터무니없는
스킬로 🛒
이세계 방랑 밥

6 고기 소보로 덮밥
× 성스러운 각인

에구치 렌 지음
author • Ren Eguchi

마사 일러스트
illustration • Masa

이신 옮김

그녀는 비어버린 나무 그릇을
슬픈 듯이 바라보고 있었다.
"……한 그릇 더, 드릴까요?"

페오도라

터무니없는 스킬

이세계 방랑 밥

6

고기 소보로 덮밥

×

성스러운 각인

에구치 렌 지음
author · Ren Eguchi
마사 일러스트
illustration · Masa
이신 옮김

인물 소개

무코다 일행

드라짱
사역마

보기 드문 픽시 드래 곤. 작지만 성체. 역시 무코다의 요리를 노리 고 사역마가 되었다.

스이
사역마

갓 태어난 슬라임. 밥 을 준 무코다를 따르며 사역마가 된다. 귀엽 다.

페르
사역마

전설의 마수 펜리르. 무코다가 만든 이세계 요리를 노리고 계약을 요구하여 사역마가 되 었다. 채소를 싫어한다.

무코다
인간

현대 일본에서 소환된 샐러리맨. 고유 스킬 '인터넷 슈퍼'를 지녔다. 특기는 요리. 겁쟁이.

신계

루사루카
신

물의 여신. 공물을 노 리고 무코다의 사역마 인 스이에게 가호를 내 린다. 이세계의 음식을 정말 좋아한다.

키샤르
신

대지의 여신. 공물을 노리고 무코다에게 가 호를 내린다.
이세계 미용 제품의 효 과에 매료되었다.

아그니
신

불의 여신. 공물을 노 리고 무코다에게 가호 를 내린다. 이세계의 술, 특히 맥주를 좋아 한다.

닌릴
신

바람의 여신. 공물을 노리고 무코다에게 가 호를 내린다. 이세계의 단것, 특히 도라야키에 는 정신을 못 차린다.

◀ 다음

지금까지의 **줄거리**

수상쩍어 보이는 왕국의 '용사 소환'에 휩쓸려 검과 마법의 이세계로 오게 된
현대 일본의 샐러리맨 무코다 츠요시.
무코다는 어찌어찌 왕성을 나와 여행을 떠나게 되었으나. 고유 스킬 '인터넷
슈퍼'로 가져온 상품과 무코다의 요리를 노리고
'전설의 마수'부터 '여신'에 이르기까지 터무니없는 녀석들이 모여들더니
사역마가 되거나 가호를 내려주는 것이었다.
던전을 공략해서 레벨이 오르고
새로운 힘—'외부 브랜드'가 개방된 무코다.
자신의 취향에 맞는 새로운 외부 브랜드를 열게 하기 위해
일부 신들은 호시탐탐 기회를 노린다.
한편. 베를레앙에서 해산물을 만끽한 무코다 일행은
다음 던전으로 향할 준비를 하는 모양인데……?

고유 스킬
『 인터넷 슈퍼 』
언제 어디서든 현대 일본
의 상품을 구입할 수 있는
무코다의 고유 스킬.
구입한 식재료에는 스테이
터스를 높이는 효과가 있다.

목 차

8 ✕   장

1 ✕   번 외   다음 ▶

제 1 장

잘 있어라, 베를레앙

오늘은 베를레앙의 아침 시장에서 해산물을 구입했다.

보리새우와 비슷한 버밀리온 슈림프, 대게와 닮은 브론즈 킹크랩, 전갱이와 닮은 아지로, 커다란 대합 같은 빅 하드 클램과 자그마한 대합 같은 스몰 하드 클램, 가리비 같은 옐로 스캘럽 등등을 이것저것 구입했다. 실제로 먹어보니 맛있었고, 다들 마음에 든 모양이니까.

이 도시의 명물인 타이런트 피시도 맛있지만, 이 도시에 숨은 명물이라고 하면 그것은 분명 조개류일 것이다. 조개류가 전부 맛있는걸. 지난번에 튀겨서 먹었던 굴이랑 똑같은 카키도 엄청나게 맛있었고. 당연히 그것도 추가로 구입했다.

그리고 이번에는 그냥 문어 그대로인 탓코라는 것을 발견했다. 이건 미리 삶아둔 상태로 팔고 있었다. 크라켄은 거부 반응을 보였으면서, 문어는 먹는 거야? 의문스럽게 여기며 가게 주인아저씨에게 물어보았더니, 최근 들어 먹게 되었다고 한다. 원래 이 지역 사람들은 먹지 않았는데, 외국에서 이 도시로 옮겨온 사람들이 먹는 것을 보고서 조금씩 퍼지고 있다고 한다.

"먹어보니 이게 꽤 괜찮더라고."

주인아저씨, 문어가 얼마나 맛있는지는 아주 잘 알거든요. 일본인이니까 말이지. 미리 삶아둔 것이니 그대로 쓸 수도 있고, 그 외에도 여기저기에 쓸 수 있으리라 생각하며 바로 구입했다.

9

시장을 돌고 나니 오늘 하루 만에 꽤 많은 양을 사고 말았다. 이번이 이곳에서의 마지막 장보기라고 생각했더니 이것도 저것도 맛있었지 싶었고, 깨닫고 보니 평소보다 많이 사버렸다. 하지만 덕분에 해산물을 일주일에 한 번씩 먹는다고 해도 3개월 정도는 즐길 수 있을 듯했다.

아침 시장에서 장을 본 다음엔 언제나 노점에서 아침 식사를 한다. 노점 순회도 오늘이 마지막이라고 말했더니 페르도 드라 짱도 스이도 기회는 지금뿐이라는 느낌으로 마구 먹어댔다. 물론 나도 그랬지만.

그리고 점심 무렵이 다 되어 모험가 길드로 향했다. 마르크스 씨는 용무가 있어 외출한 상태였고, 어제 창고에 있던 해체 담당 직원이 대응을 해주었다. 그 직원과 창고로 향해 어제 부탁했던 코카트리스, 록 버드, 자이언트 혼 래빗, 골든 백 불 고기를 넘겨받았다. 이걸로 한동안 먹을 고기가 생겼다.

"거래 대금은 전부 해서 금화 41닢입니다."

대응해준 해체 담당 직원 말로는 B랭크 자이언트 혼 래빗과 골든 백 불에서는 아쉽게도 마석이 나오지 않았다고 한다. 자이언트 혼 래빗 모피와 골든 백 불 가죽은 보기 드문 물건이기도 하여 가격이 조금 비싸게 책정되었다고 했다. 고기도 돌려받은 데다 마석이 없는데도 이 정도의 금액이라고 생각하면 꽤 괜찮은 편 아닐까? 금화 41닢을 받아 들고 우리는 모험가 길드를 뒤로했다.

자, 그럼 나는 이제 여행 중에 먹을 밥을 열심히 만들어볼까.

◇ ◇ ◇ ◇ ◇

집에 돌아오자마자 페르와 드라 짱과 스이는 바로 잠들어버렸다. 노점에서 해산물을 실컷 먹었으니까. 점심밥을 준비할 필요가 없어졌으니 잘됐다.

그럼, 나는 주방에서 여행 중에 먹을 음식을 만들어야지. 우선은 빵가루를 묻혀서 바삭한 식감을 살린 프라이를 만들자. 전갱이(아지로) 프라이, 새우(버밀리온 슈림프) 프라이, 가리비(옐로 스캘럽) 프라이, 대합(빅 하드 클램) 프라이. 이번에는 아주 넉넉하게 튀겼다. 프라이, 엄청 맛있으니까.

다음으로는 이왕 기름을 썼으니 그 김에 튀김옷에 달걀을 풀어 넣은 튀김도 만들어볼까? 튀김이라면 덮밥을 만들 수도 있을 테고. 새우(버밀리온 슈림프)튀김과 오징어(크라켄)튀김. 새우와 오징어는 절대 빼놓을 수 없는 튀김의 정석이니 이것도 대량으로 튀겨두었다. 그리고 도미와 닮은 타이도 살을 발라 튀겼다. 살짝 맛을 봤는데, 튀김옷은 바삭하고 속은 보들보들해서 일품이었다.

인터넷 슈퍼에서 채소를 조달해 채소튀김도 만들었다. 가지와 양파와 피망, 아스파라거스와 고구마, 그리고 표고버섯과 잎새버섯. 채소튀김은 내가 좋아하는 거라 이것저것 많이 튀겼다.

다음은 무얼 만들까 생각하다가 오늘 시장에서 구입한 문어를 닮은 탓코를 떠올렸다. 마침 튀김 기름이 있으니까 그걸 만들어볼까 싶었다. 이자카야의 기본 메뉴라고 할 수 있는 문어(탓코)튀김이다.

밥반찬이 될지는 약간 의심스럽지만, 맛있으니까 만들어야지. 맥주 안주로도 최고고.

재료는 더 살 것도 없이 다 갖춰져 있으니 바로 만들기 시작했다.

우선은 삶아져 있는 문어 다리를 한입 크기로 자른다. 그런 다음 비닐봉지에 술과 간장과 간 마늘과 간 생강(간 마늘과 생강은 튜브에 담긴 것)을 넣는다. 그리고 거기에 한입 크기로 자른 문어 다리를 넣고서 주물럭주물럭해주고 30분 정도 재워둔다.

그동안 커피를 마시면서 느긋하게 쉬어볼까.

"이제 슬슬 됐겠지?"

재워두었던 문어에 생긴 수분을 키친타월로 닦아주고 전체에 전분을 꼼꼼하게 묻힌다.

이제 바삭하게 튀겨내면 끝이다.

어디 맛을 한번 볼까. 파사삭.

으음, 맥주가 생각나는 맛이야.

"이런, 이제 슬슬 저녁 준비를 하는 편이 좋겠는걸. 다들 노점에서 해산물을 실컷 먹었으니까, 분명 고기를 먹겠다고 하겠지?"

무슨 고기 요리가 좋을까. 오늘 받아 온 자이언트 혼 래빗 고기를 써보는 것도 괜찮을지도. 하지만 토끼 고기 같은 건 먹어본 적 없는데, 어떤 맛이려나? 아, 엄밀하게 말하자면 이 자이언트 혼 래빗은 마물이고, 내가 아는 토끼와는 다르겠지만. 일단 조금 구워서 맛을 볼까?

고기를 아주 조금 잘라서 소금 후추만 뿌려 구운 다음, 맛을 보았다.

"닭? 아니, 돼지? 뭔가 닭고기랑 돼지고기를 섞은 것 같은 맛인데. 누린내도 안 나고 평범하게 맛있는걸."

무얼 만들까 고민하다가 간단하고 단순하게 오븐에 굽기로 했다.

두께 2센티미터 정도로 내 손바닥만 하게 자른 고기(돈가스용 고기 같은 느낌이다)에 포크로 푹푹 적당히 구멍을 내주고 허브 솔트를 뿌려서 10분 정도 둔다. 오븐용 금속 쟁반에 쿠킹 시트를 깐 다음 허브 솔트를 뿌린 자이언트 혼 래빗 고기를 올리고 올리브 오일을 듬뿍 발라주었다. 다음은 예열해둔 오븐에 넣어 노릇노릇하게 굽기만 하면 된다.

"응, 냄새 좋은걸."

자이언트 혼 래빗 허브 로스트(허브 스테이크?) 완성이다.

모두가 자고 있던 거실을 들여다보니 배가 고파졌는지 모두 일어나 있었다.

"저녁밥 다 지어놨는데, 먹을래?"

『그래.』『먹어야지.』『먹을래.』

모두에게 자이언트 혼 래빗 허브 로스트를 내주었다.

『으음, 마침 고기가 먹고 싶었다.』

『뭘 좀 아는데?』

『고기~.』

모두 고기에 달려들었다. 어쩌니저쩌니해도 다들 고기를 엄청나게 좋아하니까.

우리는 자이언트 혼 래빗 고기를 실컷 맛보고 즐겼다.

◇ ◇ ◇ ◇ ◇ ◇

　자, 그럼 오늘도 여행 중에 먹을 요리를 만들어볼까.

　페르들은 아침밥을 먹고 나더니 또 잠들어버렸다. 참고로 오늘 아침은 만들어뒀던 볼로네제를 핫도그용 번에 끼운 볼로네제 핫도그였다. 토마토소스가 빵에 배어들어서 정말로 맛있었다. 점심 시간이 되면 다들 "배고파"라고 할 테니 그때까지는 주방에 틀어박혀 있어야지.

　오늘은 수프류를 중심으로 만들어볼까 한다. 만들 예정인 것은 돈지루와 비프스튜. 그리고 클램 차우더다. 클램 차우더에 쓸 미니 클램도 해감해두었다.

　우선은 인터넷 슈퍼에서 재료 조달부터 할까. 감자와 당근과 양파, 그리고 무와 우엉과 곤약을 담았다. 다음은 데미글라스 소스 통조림과 레드 와인과 화이트 와인, 버터와 베이컨과 우유다. 사용하는 채소는 겹치는 게 많으므로 그것들은 넉넉하게 사두었다.

　조미료류는 전부 다 있으니 이번에는 보충하지 않아도 괜찮다. 부족한 게 생기면 그때 그때 사면 된다.

　좋아, 그럼 요리를 시작해볼까.

　탕탕탕, 통통통. 보글보글——.

　"후우, 다 됐다. 돈지루는 이대로 뒀다가 다시 한번 끓여서 아이템 박스에 넣으면 되고, 비프스튜는 한 소끔 더 부글부글 끓인 다음에 넣어야지."

다음은 클램 차우더다. 고기 수프는 돈지루와 비프스튜를 만들었으니, 해산물도 클램 차우더만이 아니라 다른 걸 하나 더 만들어볼까?

아직 시간에도 여유가 있으니까. 좋아. 만들자. 뭘 만들면 좋으려나?

해산물 수프라고 하면…………… 아, 간단하게 흰살 생선 토마토수프로 하자.

우선은 클램 차우더부터. 감자와 당근과 양파를 깍둑썰기하고, 베이컨도 1센티미터 정도 크기로 잘라둔다. 감자와 당근과 양파는 이어서 만들 흰살 생선 토마토 수프에도 쓰이므로 많이 썰어두었다.

다음은 해감한 미니 클램을 잘 씻어서 바닥이 깊은 프라이팬에넣고 화이트 와인으로 쪄준다. 미니 클램이 입을 열면 살을 발라내고, 감칠맛이 우러난 육수는 다음 단계에서 쓸 예정이므로 따로 보관해둔다.

달군 냄비에 버터를 넣어서 녹이고 베이컨을 넣어 한 번 볶는다. 거기에 감자와 당근과 양파를 넣어 더 볶아준다. 양파가 투명해지면 불을 약불로 조절하고 밀가루를 넣어서 섞어가며 어우러지게 한다. 그리고 물, 고형 콩소메 블록, 소금 후추와 미니 클램을 찔 때 생긴 육수를 더하고 채소가 뭉근해질 때까지 끓인다. 채소가 부드러워지면 미니 클램 살과 우유를 넣고서 한소끔 더 끓여주고 소금 후추로 간을 맞추면 완성이다.

맛을 보았다. 채소도 미니 클램도 듬뿍 들어가서 부드럽고 맛

15

있다. 잘됐다. 완벽해.

그럼 다음은 흰살 생선 토마토 수프를 만들자……라고 생각했을 때, 페르와 드라 짱과 스이가 주방에 나타나 "배고프다"고 말하기 시작했다. 완성된 돈지루와 비프스튜와 클램 차우더를 아이템 박스에 넣고, 점심 준비를 시작했다.

점심밥은 어제 튀겨놓은 튀김을 이용한 덮밥이다. 맛술과 간장과 과립형 조미료와 설탕을 함께 넣고 끓인 달큰한 양념을 뿌렸다. 역시 튀김 덮밥에는 달콤한 양념이 어울린다. 다들 맛있게 먹어주었다.

점심을 다 먹었으니 다시 요리 시작이다.

흰살 생선 토마토 수프. 여기에는 타이런트 피시를 쓰려고 한다. 생긴 것과 다르게 대구 살처럼 담백하고 맛있어서 이 수프에도 잘 어울릴 것 같았다.

우선은 부족한 재료인 생마늘과 잘라놓은 토마토 통조림을 인터넷 슈퍼에서 샀다. 그런 다음 마늘을 잘게 다져둔다. 냄비에 올리브 오일을 두르고 다진 마늘을 넣어 볶다가 향이 나기 시작하면 클램 차우더를 만들 때 잘라두었던 감자와 당근과 양파를 넣어서 볶아준다. 양파가 투명해지면 물과 잘라놓은 토마토 통조림과 고형 콩소메 블록을 넣어서 채소가 뭉근해질 때까지 끓여준다. 채소가 부드러워지면 한입 크기로 자른 타이런트 피시를 넣고, 타이런트 피시가 익었을 때 소금 후추로 간하면 완성이다.

채소가 듬뿍 들어가고 토마토의 감칠맛과 담백한 흰살 생선이 매우 잘 어우러진 일품이 만들어졌다.

"아직 시간이 있네. 조금 더 만들어볼까."

전에 만들어서 맛있게 먹었던 양념 수육과 반숙 맛 달걀을 만들면서 동시에 밥을 지었다. 내가 먹을 주먹밥을 몇 가지 만들고, 남은 밥은 오크와 블러디 혼 불과 와이번 고기로 고기 말이 주먹밥을 만들기로 했다. 고기 말이 주먹밥은 페르들도 맛있다고 했고, 여행하며 간단히 먹기에도 좋으니까. 열심히 밥을 뭉쳐 모양을 잡고 고기를 말아준 다음 그것들을 하나하나 구웠다.

"후우~, 이 정도면 되려나."

대량으로 완성된 고기 말이 주먹밥을 아이템 박스에 넣었다.

"슬슬 저녁 식사 준비를 해야겠지? 점심은 해산물이었으니까, 저녁은 고기가 좋으려나. 귀찮으니까 간단한 걸로 하자."

그런 연유로, 내가 만들기로 한 것은 코카트리스 데리야키 덮밥이다. 시판 데리야키 소스를 사용하면 매우 간단하다. 코카트리스를 노릇노릇하게 굽고, 시판 데리야키 소스를 살짝 많을 정도로 넣어 잘 섞어주기만 하면 된다. 접시에 퍼 담은 밥에 데리야키 소스를 뿌리고, 채 썬 양배추를 얹는다. 그 위에 먹기 좋게 자른 코카트리스 고기를 얹으면 완성이다. 간단하지만 아주 맛있다.

페르와 드라 짱과 스이도 "맛있어 맛있어" 하며 허겁지겁 먹었다. 마지막으로는 식후의 디저트를 요구하기에 늘 그렇듯 후미야에서 케이크와 푸딩 등을 사서 주었더니 만족한 모양이었다.

"후우~, 목욕물이 뜨끈하니 좋았어."

『목욕은 역시 좋네~.』

『목욕 기분 좋아.』

드라 짱과 스이와 함께 목욕을 하고 나온 참이었다. 이곳 욕실을 쓰는 것도 내일까지인가. 원래 귀족 별장이었던 만큼 넓고 아주 좋았다. 더는 쓰지 못하게 된다는 것이 조금 아쉬웠다.

『주인, 자기 전에 달콤한 음료수 마시고 싶어.』

『오, 좋은데? 나도 줘.』

목욕을 마치고 마시는 단 음료라는 건, 과일 우유 말이지?

"그럼 2층에 가서 줄게."

우리가 침실로 쓰고 있는 2층의 방에서는 이미 페르가 지신의 이불 위에 누워 쉬고 있었다.

"페르, 드라 짱이랑 스이가 과일 우유를 마시고 싶다는데. 페르도 마실래?"

『그래, 마시마.』

인터넷 슈퍼에서 과일 우유를 사서 각자의 접시에 따라주었다.

"다 마시면 접시는 그대로 두고 먼저 자도 돼. 나는 옆 방에서 잠깐 볼일을 보고 올 테니까."

『음? 할 일이 있는 것이냐?』

"그거야, 그거. 신들께."

『아아, 그런가. 성심성의를 다하고 와라.』

어떻게 하는 게 성심성의를 다하는 건지는 모르겠지만, 일단은 뭐. 아, 그렇지. 신이라는 건…….

"어이, 페르. 신들은 이 세계의 일은 뭐든 다 알려나?"

『그야 그럴 테지. 신이니까.』

흐음, 그렇다면 이제부터 갈 에이블링 던전에 관한 것도 알고 있으려나?

정보 수집 삼아서 좀 물어봐야지.

"여러분, 계십니까?"

그렇게 묻자 바로 신들이 반응했다.

『기다렸느니라.』『기다렸어.』『기다렸다고.』『……케이크.』

『여어, 드디어 왔군. 기다리다 죽는 줄 알았다고.』『이제야 온 겐가.』

……내가 말하기는 뭐하지만, 이 신들 이세계(지구)산 물건에 완전 푹 빠졌네.

『어쩔 수 없느니라. 네 세계의 음식은 지나치게 맛있으니 말이다!』

왜 버럭 하는 건데? 역시라고 해야 할지, 안정적으로 엉망진창이네.

뭐 됐어. 얼른 끝내도록 할까요.

"그럼, 평소처럼 닌릴 님부터인가요?"

『엉망진창이라니, 무슨 소리냐? 정말이지 너는 실례가 많은 녀석이로구나~. 이 몸이 바라는 것은 평소와 같은 후미야의 케이크이니라.』

　이런, 신들은 내 생각을 읽을 수 있었지? 조심해야겠어.

　닌릴 님은 평소와 같은 케이크라. 인터넷 슈퍼의 후미야 메뉴를 열고. 오, 신상품이 나왔잖아.

　"닌릴 님, 신상품이 나왔는데요……."

　신상품인 망고를 이용한 케이크류를 보여주었다.

　『우오오오옷, 색감이 선명하고 맛있어 보이는구나! 이건 전부 원하느니라!』

　네네, 신상품은 전부란 말이지. 망고 롤 케이크랑 시원해 보이는 유리 용기에 담긴 망고 쇼트케이크, 그리고 망고 소스가 뿌려진 레어 치즈 케이크랑 망고 젤리와 과일이 올라간 행인두부를 차례차례 카트에 담았다.

　"나머지는 어떻게 할까요? 지난번의 다음은 홀 케이크 메뉴에 있는…… 그러니까, 이 과일이 듬뿍 올라간 타르트와 밀 크레이프는 아직 안 드셨었죠?"

　『우호옷, 맛있어 보이느니라. 그래, 그 두 개는 아직이다. 그것도 부탁하느니라.』

　과일 타르트랑 밀 크레이프도 카트에. 남은 예산으로 살 수 있는 건…….

　"남은 예산 내에서 살 수 있는 건, 이 미니 사이즈의 케이크 모둠은 어떠신가요? 이걸로 딱 금화 한 닢이네요."

　『오오, 다양한 케이크 모둠이란 말이냐? 좋구나, 좋아. 그걸로 하겠느니라.』

미니 사이즈의 케이크 모둠이라. 좋아, 이걸로 닌릴 님 몫은 끝났네.

"다음은 키샤르 님이시죠?"

『맞아, 나야. 지난번 스킨과 크림은 아주 좋았어~. 다음 날 아침에 피부가 어찌나 탱탱하던지, 지금까지와는 전혀 달라서 깜짝 놀랐다니까. 그러니까 있지, 그거랑 같은 시리즈의 에센스를 갖고 싶어.』

그건 가격이 꽤 나갔었지. 마음에 들었다니 다행이네. 그거랑 같은 시리즈의 에센스라. 어디 보자………… 으헉, 30밀리리터 에센스가 은화 여덟 닢에 동화 다섯 닢이나 하잖아.

"저, 저기, 은화 여덟 닢에 동화 다섯 닢으로 꽤 비싼데, 이걸로 괜찮으신가요?"

『응. 스킨이랑 크림으로 효과를 실감했는걸. 분명 에센스도 효과가 좋을 거야. 그걸로 해줘.』

여성은 미용에 관해서는 주저치 않는구나. 이렇게 용량이 적은데 은화 여덟 닢에 동화 다섯 닢인가…… 나로서는 이해할 수 없는 세계야.

나는 그런 생각을 하면서 키샤르 님이 바라신 에센스를 카트에 담았다.

"남은 은화 한 닢과 동화 다섯 닢은 어떻게 할까요?"

『아, 나머지는 비누로 해줄래?』

글쎄 비누는 키샤르 님을 모시는 하급 신 여자아이에게 나눠줘서 남아 있지 않다고 한다.

그런 짓을 하다가 창조신(상사)?한테 들키면 어떡하시려고요? 하고 물었더니 "확실하게 입막음은 해뒀어"라고 했다. 비누에 관해 이야기하면 더는 안 줄 거라고 했더니 절대 말하지 않겠다고 키샤르 님께 맹세했단다. 신과 신의 맹세이니, 그걸 깨면 큰일이 된다는 모양이다.

하급신 아이, 비누를 위해 그런 맹세를 해도 괜찮은 거야? 뭐, 신의 세계에 관해서는 잘 모르니까. 어디, 그럼 비누란 말이지.

"우선은 전과 같은 장미향 비누가 좋을까요?"

『그래, 그걸로 부탁해.』

"나머지는 어떡할까요? 비누는 꽤 여러 종류가 있는데요."

그렇게 말하고서 비누가 쭉 늘어선 화면을 보여주었다.

『어머, 정말이네. 으음, 그럼 이세계인 군이 추천하는 걸로 부탁해.』

나한테 맡기겠다는 말이지? 그렇다면…… 내가 애용하는 소 마크 비누. 향기도 좋고, 산뜻한 느낌이라 좋다. 참고로 나는 파랑 상자 쪽을 애용하고 있다. 다음은 크림 같은 거품이 특징인 비누도 유명하니까 좋을지도. 하나 더 살 수 있는데, 어떤 게 좋으려나………… 아, 이 미국산 비누도 자주 눈에 띄었었지. 자주 눈에 띈다는 건 잘 팔린다는 뜻일 테니, 이걸로 할까? 나는 네 종류의 비누를 카트에 넣었다.

좋아, 키샤르 님 몫도 끝났다.

"다음은 아그니 님이시죠?"

『여어, 아그니다. 나는 당연히 맥주지! 지난번처럼 맥주 안주도 부탁하고 싶지만, 이번에는 전부 맥주다. 안주는 여기서도 준비할 수 있지만, 이 이세계의 맛있는 맥주만큼은 너를 통하지 않으며 구할 수 없으니까.』

구할 수 없으니까, 라니. 지난번에 꽤 많이 줬잖아? 분명 한 박스+여섯 개 묶음 세 개였으니까, 350밀리리터 캔으로 42개. 에엑? 그걸 일주일 동안 다 마신 거야?

『그것참, 움직인 후에 마시는 맥주는 최고더라고. 자기 전에 마시는 것도 맛있고. 정신 차리고 보니 하나도 안 남았지 뭐야. 하하핫.』

하하핫이 아니라고요. 아무리 그래도 과음이 지나치잖아요. 아그니 님.

『괜찮아, 괜찮아. 매일 맛있는 술을 마실 수 있어서 평소보다 상태가 좋을 정도니까!』

전에 키샤르 님이 신이라고 해도 신계에 있을 때는 인간과 다르지 않지만, 수명은 아주 길고 병에 걸리는 일도 없다고 했었지. 역시 인간과는 다를 테지.

"그럼, 정말로 모조리 맥주만 담아도 괜찮은 거죠?"

『그래, 그걸로 부탁한다.』

그렇다면 맥주를 골라볼까요. 지난번에는 A사의 프리미엄 맥주를 박스로 샀으니까, 이번에는 S사의 프리미엄 맥주를 박스로 사볼까. S사의 프리미엄 맥주도 아그니 님은 맛있다고 했었으니까 말이지. A사의 프리미엄 맥주랑 Y비스 맥주 여섯 개 묶음하고, 그리고 A사의 흑맥주도 여섯 개 묶음이 있으니까 이것도 할까. 다음은 보리의 맛을 살리는 데 공을 들였다고 하는 K사 맥주와 S사의 오래된 검은 라벨 맥주 여섯 개 묶음이다. 이런 느낌이면 되려나? 발포주도 골라볼까 싶었지만, 이번에는 맥주에 집중해보았다.

좋아, 이걸로 아그니 님 몫도 끝났고.

"다음은……."

『나, 루카. 당신이 레벨 업 한 마을에서 먹었던 밥도 맛있어 보였어. 하지만, 닌릴이 부탁한 케이크를 봤더니 역시 케이크가 좋을 것 같아. 나도 신상품 먹고 싶어.』

오, 드물게도 루카 님이 적극적이신걸.

"그럼 전과 마찬가지로 이번에도 닌릴 님과 같은 거면 될까요?"

『같은 게 좋지만, 전에 먹었던 아이스크림이란 것도 또 먹고 싶어.』

아이스크림도란 말이지…….

"그렇다면 신상품인 망고 케이크류랑 과일이 듬뿍 올라간 타르트와 밀 크레이프는 똑같이 하고, 나머지를 아이스크림으로 하면 어떨가요?"

후미야의 메뉴를 보여주면서 루카 님에게 설명했다.

"남은 걸로 여기 컵 아이스크림 중에 여덟 개를 고를 수 있는데요."

『윽!!! 일단 전부. 남은 건 당신이 골라.』

전 종류를 사고 남은 돈으로는 두 개 더 살 수 있겠는데. 그건 내가 골라도 된다고 하니, 여기서는 역시 기본인 바닐라와 초콜릿이지.

이걸로 루카 님 몫도 완료.

"다음은⋯⋯."

『그래, 우리다.』

네네, 애주가 콤비군요.

『지난번에 골라준 술은 전부 하나같이 맛있었다네. 똑같이 위스키라고 불리는 술이라도 제각기 다른 맛이라는 걸 절절하게 느꼈지. 정말로 이세계 술은 맛있더구먼.』

『정말이라니까. 지금까지 마셨던 술은 대체 뭐였나 싶더라고. 정말로 맛있는 술맛을 알아버린 지금, 다른 술을 마실 마음이 안 들어.』

정말로 이 둘은 위스키에 푹 빠졌네. 뭐, 이 세계의 술이라고 하면 주류는 에일이라고 불리는 거니까. 이 둘에게는 도수가 약할 테지.

"그래서, 뭘로 하시겠습니까?"

『그게 고민되는 점이라네. 지난번과 같은 술도 포기하기 어렵고, 새로운 맛과 만나고 싶은 마음도 있으니 말일세.』

『그렇다니까. 고민돼.』

두 애주가는 상당히 고민 중인 모양이네.

『나는 역시 세계 제일 위스키는 빼놓을 수 없다고 생각한다네.』

『그건 나도 동의야. 그리고 둥그스름한 병에 담긴 위스키도 포기하기 어렵다고 보거든.』

『그거 말인가. 그것도 맛 좋은 술이었지. 확실히 포기하기 어렵군. 이 둘은 확정인 것으로 해도 좋지 않겠나?』

세계 제일 위스키랑 둥그스름한 병에 담긴 거라면 일본 메이커의 싱글몰트 위스키를 말하는 건가?

『이봐, 대장장이 신. 나머지는 새로운 술로 하는 게 어때? 맛 좋은 술과 새로운 만남을 갖는 건 중요하니까 말이야.』

『확실히 그렇지. 그래, 그렇게 하세. 전쟁의 신여.』

"그럼 나머지는 새로운 술이면 되나요?"

『그러하네.』

『그래.』

둘의 마음에 들 법한 술이라고 하면…… 이건 어떠려나? 위스키를 마시지 않는 나라라고 해도 이름 정도는 들어본 적이 있다. 게다가 싱글몰트 위스키의 최고봉이라는 설명도 있네. 어디 어디, 셰리통에서 최저 12년간 숙성한 위스키 원액으로 과일 향이 특징이란다.

"조금 비싸지만, 이건 어떠신가요? 저는 위스키에 관해 잘 모르지만, 이 이름은 들어본 적 있습니다. 게다가 설명에 '최고봉'이라는 말이 있고요."

『최고봉…….』

『그래, 그게 좋겠군.』

『맞아, 그거야.』

좋아, 이걸로 결정. 다음은…… 아, 이건 어떠려나. 쓰여 있는 설명에 따르면 호밀 대신에 가을밀을 써서 부드러운 맛이 난다고 한다.

"이것도 아직 드셔본 적 없는 것 같은데, 어떠신가요?"

『기억에 없다만, 전쟁의 신은 어떠한가?』

『나도 본 적 없는데. 응. 그것도 괜찮지 않을까?』

이것도 결정이네. 앞으로 한 병 더 가능할 것 같은데. 오, 이건 어떠려나? 가격도 딱 알맞고. 큰 한파로 차가워지는 바람에 우연히 만들어졌다고 하는 일화를 가진 위스키다.

"마지막 한 병은 이거 어떠신가요? 이것도 두 분이 아직 안 드셔보신 것 같은데."

『응, 본 적 없어.』

『그래, 나도 본 적이 없네. 그거면 괜찮겠지.』

이걸로 마지막 한 병이 정해졌다. 다음은 평소처럼 종이 상자 제단에 올려두고서…….

"여러분, 부디 받아주십시오."

종이 상자 제단 위에서 물건들이 사라지고 신들의 환성이 들려왔다.

다음은, 그걸 물어봐야지.

"죄송합니다만, 여러분께 좀 여쭤보고 싶은 게 있는데요."

…………어라? 반응이 없는데?

"저기, 좀 묻고 싶은 게 있습니다."

…………어? 물건 받고 바로 사라진 거야? 그건 아니지.

"저기, 여러분!"

『이런, 미안하구나. 받은 술에 정신이 팔렸었다.』

『맞아, 나도 그래.』

아니, 반응해주신 건 헤파이스토스 님과 바하근 님뿐이야? 여신님들은?

『녀석들이라면, 네가 보내준 물건을 끌어안고서 바로 본인들 궁으로 돌아갔어.』

…………어이어이어이.

『묻고 싶은 게 무엇인가?』

그 글러먹은 여신님들에 관한 건 일단 잊고, 헤파이스토스 님과 바하근 님께 물어보자.

"그게, 지금부터 에이블링 던전에 갈 예정인 건 알고 계시죠? 그래서 그 에이블링 던전에 관해서 들을 수 있을까 해서요."

『오오, 그런 건가. 그거라면 자네 쪽이 잘 알 테지? 전쟁의 신이여.』

『그래. 에이블링의 던전은 말이지…….』

바하근 님의 이야기에 따르면 에이블링 던전은 현재 27계층까지 있다고 한다. 드랭과는 다르게 필드형 계층은 없고, 사방이 돌벽으로 둘러싸인 고전적인 던전인 모양이었다. 약 200년 전에 한 번 답파되었다고 하는데, 그 이후로는 좋은 소식이 없단다.

『드랭의 던전보다는 난도가 약간 낮고, 드롭 아이템이나 보물 상자에서 나온 매직 아이템도 괜찮은 게 많지만, 그곳은 그런 계층이 쓸데없이 많아서 말이지.』

뭡니까? 그 의미심장해 보이는 그런 계층이라는 표현은.

『아, 그거 말인가. 그걸 상대하려면 고생깨나 하겠구먼.』

그러니까, 그게 뭐냐고.

『그거란 건, 언데드야. 에이블링 던전은 분명 언데드 계층이 최하층까지 세 층 정도 있었을 거야.』

컥………… 언데드였어?

『언데드한테는 물리적인 공격이 효과가 없고, 마법이라면 고화력의 불 마법이나 성(聖) 마법밖에 듣지를 않아.』

엑? 그럼 어떡하라는 거야?

성 마법이라는 건 페르한테도 없는데. 신성 마법이라는 건 있었지만, 다른 거겠지?

『그래, 다른 거다. 성 마법이라는 건 타고난 재능으로, 성녀라고 불리는 자나 이세계에서 온 용사나 혹은 성기사 정도밖에 갖고 있지 않거든. 성 마법을 쓸 수 있는 이 녀석들은 언데드에 대해서는 무적이지.』

그, 그런 거구나. 그렇다면 우리의 경우에는 고화력 불 마법으로 상대할 수밖에 없는 건가?

『멍청아, 그런 고화력 불 마법을 던전 통로에서 썼다간 본인도 불덩이가 될 거다.』

크윽, 확실히.

『거기서 인간들이 쓰는 방법은, 교회에 가서 성인(聖印)이라고 불리는 인장을 무기에 부여받는 거다. 성인이 찍힌 무기로 공격받은 언데드는 소멸되거든.』

우오오, 성인이라. 에이블링에 도착하면 바로 교회에 가야겠네.

『아, 잠깐. 그 성인에도 이런저런 문제가 있어. 우선 첫 번째로, 무기에 성인을 부여받아도 언데드를 열 번 정도 공격하면 그 효과가 끝나. 두 번째로, 성인을 부여받는 데는 꽤 큰 돈이 들지. 교회 놈들이 이때다 하고 비싼 가격을 설정해둔 모양이더라고.』

뭐? 그게 뭐야? 이래서 종교가 싫다니까.

"그 교회라는 건 어느 분의 신도들이 운영하는 곳입니까?"

『우리 신자들이 아냐. 인간이 멋대로 만든 르바노프교라는 교회지. 르바노프교의 신성한 힘이 어쩌고 하는 구절이 있는데, 사실 그 성인도 몇백 년인가 전에 던전에서 가져온 거거든. 그렇지? 대장장이 신.』

『그래. 분명 현재 마르베일 왕국이라 불리는 곳의 던전에 있던 것이었지. 실물은 르바노프교의 총본산에 보관되어 있고, 에이블링에 있는 건 복제일 걸세. 그래서 어중간한 효과밖에 못 내는 거라네.』

과연 그렇군. 르바노프교는 분명 르바노프 신성 왕국이라든가 하는 인간족 지상주의 나라에서 믿고 있다고 하는 종교였던가? 르바노프교를 믿지 않는 자는 쇠락할 운명이라고 말하면서 자신들의 독자적인 신을 믿는 수인이나 엘프나 드워프들은 사교를 믿는 자 취급하며 박해한다고 들었었다. 어째서 그런 종교가 차별이 없고 비교적 자유로운 이 나라에 들어와 있는 걸까?

『바로 자유롭기 때문이야. 르바노프교는 신도를 늘릴 목적으로 네가 있는 레온하르트 왕국의 변두리까지 와 있는 거다.』

뭐 그야 그럴 테지만, 솔직히 이 나라에서는 받아들여지기 어려운 교의 같은데.

다양한 인종이 자유롭게 사는 이 나라에서 인간족 지상주의를 제창한들 말이야.

『이 나라의 백성도 바보는 아니라네. 그런 사이비 종교의 신자가 되려는 녀석은 많지 않지. 백성이 가장 필요로 할 터인 회복 마법 사용자라면 우리의 신자가 운영하는 신전에도 제법 있으니 말일세.』

『맞아. 그 교회를 이용하는 건 성인을 부여받으려는 모험가 정도야. 그것도 돈을 주고받는 관계일 뿐이고.』

바보들만 종교의 신도가 된다니 다행이네. 하지만 이런저런 이야기를 듣고 났더니 교회에 가는 건 사양하고 싶어지는걸. 그 르바노프교라는 것과는 조금이라도 얽히고 싶지 않아.

『이해해. 네가 그런 곳에 갈 필요는 없어. 우리가 있으니까.』

오오, 그저 애주가라는 인상밖에 없어서 잊고 있었지만 이 둘도 신이었지.

『자네 말일세……. 아무튼, 전쟁의 신이여. 무얼 할 셈인가?』

『이건 이 녀석에게 성 마법 스킬을 주면 만사 해결인 거잖아?』

『아니, 그건 안 될 말일세. 그런 짓을 했다간 역시 창조신님께 들킬 게야.』

『그, 그런가?』

『그런가? 가 아니라네. 성 마법 스킬 소유자는 성녀나 이세계에서 온 용사 정도란 말일세. 그런 걸 줬다간 바로 들킬 게 틀림없지.』

『그럼 어쩌지?』

『어쩌긴. 이 녀석에게는 여신들의 가호가 있고, 절대 방어도 있네. 그걸로 충분하지 않은가? 언데드를 쓰러뜨리지는 못해도 그 정도면 금방 죽지는 않을 테니.』

『그건 안 돼. 레벨을 올리기 위해서도 이 녀석은 에이블링 던전을 답파할 기세로 열심히 해줘야 한다고.』

『으음, 그렇지. 그게 있었구먼.』

『말하자면 이건 투자야. 투자. 생각해보라고, 대장장이 신. 에이블링의 던전을 답파하면 이 녀석 레벨은 얼마나 될 것 같아? 그것도 언데드를 마구 쓰러뜨릴 경우의 레벨은?』

『꽤 기대할 수 있을 테지. 다음 외부 브랜드는 물론, 그다음 외부 브랜드 개방도 노릴 수 있을지 모를 일일세.』

『그런 거라고.』

…………뭔가, 말을 마음대로 막 하고 있는데.

『허나, 아무리 그래도 성 마법은 위험하다고 보네. 으음…………잠깐. 전쟁의 신이여, 이런 건 어떻겠나? 내가 이걸 걸 슬쩍 만들어서——.』

『오오, 그거 괜찮은 생각인걸. 우리라면 간단히 만들 수 있고, 직접 신력을 주는 게 아니라 신력이 깃든 건 자네가 만드는 그 물건이니, 들킬 염려도 적겠어.』

『으하하하하, 완벽하지 않은가?』

『으하하하하, 완벽하네.』

뭘 웃고 있는 건데? 어이…….

『그럼 잠깐만 기다려보라고.』

기다리기를 5분.

『좋았어, 이거면 어떻겠나?』

『괜찮은걸. 그럼 신력은 내가 담지. ……이제 됐어.』

뭔가 아까부터 소외된 것 같은 기분인데.

『어이, 이세계인. 우리가 만든 걸 지금 그쪽으로 보내겠네.』

헤파이스토스 님이 그렇게 말한 직후에 그대로 내버려 둔 채였던 종이 상자 제단이 빛나기 시작했다. 빛이 잦아들자 거기에는 은색으로 된 가늘고 긴 물건이 놓여 있었다. 이게 뭐야……?

자세히 보니 손잡이가 긴 스탬프 같은 물건이었다. 그러니까, 그거 같은데 그거. 영화 같은 데서 나오던, 편지를 봉합할 때 밀랍에 찍는 그거. 생김새는 그것과 똑 닮았다. 하지만 각인 부분에는 아무런 문양도 없는데…….

『그건 말이지…… 그러고 보니 이름을 안 정했네. 뭐, 성각인(聖刻印)이라고 할까. 무기든 뭐든 간에 일단 그 성각인을 찍으면 말이지, 그 각인이 찍힌 무기로 공격받은 언데드는 소멸하는 거야. 아까 이야기한 교회의 성인 같은 거지.』

『교회의 성인 같은 모조품과는 차원이 다르다네. 한 번 찍으면 하루 종일 갈 걸세. 보통은 각인 부분이 보이지 않지만, 거기에 마력을 주입하면서 누르면 마력으로 만들어진 성각인이 찍히는 게지. 교회의 모조품과 달리 무기가 상하지도 않는다네.』

호오 호오, 꽤 대단한걸. 이런 걸 받아도 괜찮은 건가요?

『너한테 준 거니까 상관없어. 그보다, 일부러 그걸 줬으니까 열심히 하라고.』

『그렇다네. 자네는 레벨에 관해서는 아무 말 말라고 했지만, 그

걸 줬으니 적어도 다음 외부 브랜드라는 것에 해방되는 레벨 40
이 되도록 노력하게나.』

　으…… 압박인가. 하지만 이게 있으면 언데드도 무섭지 않을
테니까. 조금은 열심히 해볼 마음이 드는걸.

　"감사히 받겠습니다. 에이블링 던전은 들어가 보지 않으면 모
르겠지만, 열심히 하겠습니다."

　『그래, 그 마음가짐 그대로 열심히 하게나.』

　『기대한다고.』

　『그럼, 위스키일세. 전쟁의 신이여.』

　『그래, 오늘은 아침까지 마시자고. 대장장이 신.』

　………….

　"후우, 갔나 보네. 그나저나 지쳤어."

　에이블링 던전 정보를 들은 건 좋았고, 이런 것도 받았지만.

　감정해볼까.

【신의 성각인】

　대장장이 신 헤파이스토스와 전쟁의 신 바하근이 직접 만든 매
직 아이템. 이 각인을 찍은 것으로 공격하면 언데드는 소멸한다.

　새삼스럽지만, 신이 직접 만든 매직 아이템이라니. 엄청나지
않아? 아무렇지 않게 받았지만.

　뭐 어쨌든, 언제나 술을 바치고 있으니까 괜찮겠지. 응, 이 정
도는 세이프 세이프.

그보다, 다음 외부 브랜드로 술 가게가 나와주면 좋겠는데. 아니면 그 애주가 콤비가 날뛸 것만 같아. 하아, 제대로 말려든 기분도 들지만, 아무튼 적어도 레벨 40이 될 수 있도록 힘내야겠지.

에이블링 던전에서는 레벨링 해볼까요.

느지막이 아침 식사를 한 다음, 느긋하게 식후의 휴식을 취했다.

모두는 사이다를, 나는 카페오레를 마셨다. 오랜만에 맛보는 카페오레, 맛있어.

참고로 아침 식사는 모두 고기를 원했고, 오크 된장 양념구이 덮밥과 돈지루를 내주었다. 늘 그렇듯이 모두 아침부터 든든하게 많이 먹었다. 나는 돈지루와 주먹밥으로 해결했지만.

어젯밤에 헤파이스토스 님과 바하근 님에게 받은 성각인은 소중하게 아이템 박스에 넣어두었다. 에이블링 던전에서 큰 도움이 될 물건이니까.

그나저나 아이템이 많은 던전이라니…….

"페르, 어제 있지 신들한테 에이블링 던전에 관해서 들었거든."

『음, 그랬느냐? 그래서, 뭐라셨지?』

"그게 말이지…….”

어제 헤파이스토스 님과 바하근 님에게 들은 이야기를 페르와 드라 짱과 스이에게 들려주었다.

『으음, 언데드가 있는 것인가…….』

『으엑, 나 언데드는 정말 싫은데. 그게, 그 녀석들은 좀처럼 죽지를 않는다고.』

페르와 드라 짱은 얼굴을 한껏 찡그렸다. 역시 언데드는 싫은가 보다.

스이는 무슨 말인지 이해가 되지 않는 모양인지 좌우로 푸들푸들 흔들리고 있었다.

생각해보면 언데드는 성 마법 소유자가 아니면 전혀 상대가 안되잖아. 대부분의 인간은 성 마법 같은 건 갖고 있지 않으니까. 그런 언데드가 활보하는 던전이라면 약 200년 전에 답파된 후로 좋은 소식이 없는 것도 이해가 돼.

들은 바로는 드롭 아이템이나 보물 상자에서 나온 매직 아이템도 좋은 게 많다고 하니, 언데드가 있는 계층이 어느 계층인지는 몰라도 그 바로 전 계층에서 멈추거나 해도 그럭저럭 성과는 있으리라.

하지만 페르들은 에이블링의 던전도 답파할 셈이겠지?

"저기, 그렇게 말해도 페르도 드라 짱도 스이도 에이블링 던전을 답파할 셈이지?"

『당연하다.』

『당연하잖아.』

『제일 아래까지 갈 거야.』

역시나.

"일단 물어보겠는데, 언데드 대책은?"

『없다. 무시하고 달려 나갈 뿐이다. 수가 너무 많아서 무리일 때는 고화력 불 마법을 날리면 된다.』

『응, 그렇지.』

『잘 모르지만, 풋풋 하면 쓰러뜨릴 수 있지?』

거의 무대책이로군.

스이의 산탄은 좀비나 스켈레톤의 몸 전부를 녹일 기세라면 유용할 것 같지만, 레이스는 아무래도 무리겠지.

"페르, 드라 짱. 이야기한 대로 에이블링의 던전은 돌벽으로 둘러싸여 있다고. 거기서 고화력 불 마법을 썼다간 우리도 숯덩이가 돼버린단 말이야."

『음, 내 결계로 막으면 될 일이다.』

『그래, 그 방법이 있다고.』

확실히 그걸로도 나아갈 수는 있을 것 같네. 하지만 더 간단히 해결할 수 있을 듯한데.

내가 생각하는 일이 가능하다면, 우리에게는 언데드 계층이 드롭 아이템과 보물 상자 내용물을 대량으로 획득할 수 있는 흐뭇흐뭇한 계층이 될 터.

"실은 말이지, 어제 대장장이 신 헤파이스토스 님과 전쟁의 신 바하근 님한테 받은 게 있거든. 이건데…….'

나는 성각인을 아이템 박스에서 꺼내 보여주었다. 그리고 어제 헤파이스토스 님과 바하근 님에게 설명 들었던 것을 이야기했다.

『과연. 그 성각인이라는 것에 마력을 흘려보내 그 상태로 무기에 찍으면, 그 무기로 공격한 언데드는 소멸하는 것이냐. 역시 신께서 만든 물건이로군.』

『엄청나기는 한데, 무기를 써서 싸우는 건 인간 너밖에 없잖아.』

응, 지당한 의견이야. 하지만 말이지…….

"아니, 두 분의 설명에 따르면 '무기든 뭐든 간에 각인을 찍으면'이라고 했거든. 그 말을 듣는 한은, 무기에 한정된 게 아니라고 생각한단 말씀."

『무기에 한정된 게 아니라니, 그럼 무기 이외에 뭐에 찍겠다는 건데?』

으하하하, 바로 그 부분에서 내 머리가 번뜩였다고.

"너희한테."

『우리?』

『……음, 그런가. 우리 자신에게 그 성각인이라는 걸 찍으면, 우리가 공격한 언데드는 소멸한다는 뜻인가.』

"맞아. 페르가 말한 대로야. 페르와 드라 짱과 스이에게 이 성각인을 찍으면, 모두의 공격으로 언데드가 소멸하는 게 아닐까 싶거든."

『과연, 그런 건가!』

뭐, 그렇지 않을까 생각했을 뿐이지만. 이건 시험해볼 방법이 없으니 원.

하지만, 가능할 거라고 본다. 무엇보다 이건 신이 직접 만들어 낸 물건이니까.

"언데드가 있는 곳이 아니면 시험해볼 도리가 없지만, 신이 만들어준 물건이니까 괜찮을 거라고 봐. 에이블링 던전에서 시험해볼 가치는 있다고 보거든. 내가 말한 대로 되면, 언데드 계층도 무서울 것 없어. 게다가 언데드 계층은 그런 이유로 거의 다른 사람 손을 타지 않았을 테니까, 드롭 아이템이나 보물 상자도 마음껏 구할 수 있을 거야."

『헤에, 재미있을 것 같다.』

『언데드도 거침없이 쓰러뜨릴 수 있게 되는 거야? 그거 좋은걸.』

『스이도 많이 쓰러뜨릴 거야.』

던전에서 언데드 계층이 되면 바로 시험해보기로 정해졌다.

『던전이 더더욱 기대되는구나.』

『그러게. 마구 쓰러뜨리고 답파해버리자고.』

『던전 아주 기대돼~.』

모두 더더욱 의욕이 넘치게 되었는걸. 뭐 상관없으려나. 나도 레벨링 할 셈이고.

하지만 우선은 해야 할 일이 있으니까 바로 던전에 들어가지는 않을 거다.

"에이블링에 도착해도 바로 던전에 들어가거나 하진 않을 거야. 우선은 모험가 길드에 가서 던전 지도가 있는지 확인하고, 어떤 마물이 나오는지도 확인해야 해. 신들에게 거기까지는 물어보지 못했으니까. 게다가 던전 안에서 먹을 밥도 생각해야만 하니까. 이번 여행 중에 먹을 밥도 포함해서 넉넉하게는 만들기는 하겠지만, 에이블링에 도착했을 때 음식이 그다지 남아 있지 않으면 더 만들어야 할 테고. 그리고 무기 가게에도 좀 가고 싶어."

『으음, 나는 아무튼 서둘러 들어가고 싶다.』

"그 점은 선처할게."

◇ ◇ ◇ ◇ ◇

점심을 먹은 다음 우리는 모험가 길드로 왔다. 내일 이 도시를 출발하니, 그 인사를 하러 온 것이다.

창구에 말을 걸자, 바로 마르크스 씨가 나타났다.

"지난번엔 내가 대응하지 못해 미안했어. 자네가 오지 않으면 심부름꾼을 보낼까 하던 참이었다네."

지난번에 대응해준 직원에게 내 새 길드 카드를 건네두는 걸 완전히 잊어버렸었다고 한다.

그러고 보니 S랭크가 된다고 했었지. 나도 까맣게 잊고 있었다니까.

"자네가 갖고 있는 A랭크 길드 카드와 이 새 S랭크 길드 카드를 교환하세나."

나는 A랭크 길드 카드를 마르크스 씨에게 건네고 S랭크 길드 카드를 받았다.

겉보기는 A랭크와 같은 금색으로 반짝이는 카드지만, S라고 큼지막하게 쓰여 있었다.

"이걸로 자네도 S랭크 모험가일세. 앞으로도 모험가 길드를 번창하게 해주게나!"

마르크스 씨, 기대가 너무 무겁습니다.

"그래서, 뭔가 용건이라도 있는 겐가?"

"저기, 내일 아침 일찍 이곳을 떠날 셈이라 인사를 드리러 왔습니다."

"벌써 떠나는 겐가? 더 있어도 좋은데 말이지. 높은 랭크의 모험가가 마을에 있어주는 건 매주 감사한 일이니까."

마르크스 씨가 "예의 레드 드래곤(적룡) 건도 바로 정리해줬고"라며 작은 목소리로 덧붙였다.

이 도시는 해산물도 맛있고 경치도 예뻐서 나로서는 조금 더 머물어도 괜찮겠다 싶은 마음이지만, 페르들은 성각인 이야기를 듣고서 더더욱 던전에 대한 열의가 높아졌단 말이지.

이 이상 기다리게 하면 목덜미를 잡아채서 억지로 데려갈 것만 같아.

"페르들이 하루라도 빨리 던전에 가고 싶은 모양이라서요…….."

지난번에 사흘 연장하는 데도 얼마나 툴툴댔는데.

"아, 그러고 보니 이곳 다음으로는 에이블링에 간다고 했었지. 에이블링의 길드 마스터한테는 이미 연락을 해두었으니, 그곳에 도착하면 우선 모험가 길드로 가주게나."

오오, 벌써 연락을 해준 거야? 이야기가 빨라서 좋네.

"에이블링 던전의 던전 보스는 히드라라는 이야기가 있지만, 너희라면 걱정할 것 없을 테지. 답파하면 200년 만의 쾌거야. 열심히 하라고!"

『호오, 히드라라. 재미있군.』

아, 페르가 더더욱 의욕을 불태우고 있잖아.

『히드라라. 이름은 들어본 적 있지만, 나는 아직 본 적이 없어. 기대되는걸!』

『히드라는 강해~? 하지만 스이 열심히 쓰러뜨릴 거야.』

드라 짱과 스이도 페르와 마찬가지로 의욕을 불태우기 시작했다.

그나저나, 히드라라. 분명 아홉 개의 머리를 가진 뱀이었지? 그 중 하나가 불사의 머리고, 그걸 잘라내지 않는 한은 다른 머리를 아무리 베어내도 원래대로 돌아간다고 들었었다.

이, 이거 어쩌지? 머리가 아홉 개나 있으면 어느 게 불사인지 같은 건 알 수가 없잖아. 운이 아주 좋아서 불사의 머리를 바로 잘라내지 않는 한은 오랜 전투가 계속될 것 같은데. 뭐, 지금 그런 나중 일을 생각해봐야 어쩔 수 없으려나. 히드라 앞까지 다다를 수 있을지도 알 수 없는 거고.

"답파할 수 있을지는 모르겠지만, 열심히 하겠습니다. 마르크스 씨, 짧은 동안이었지만 신세 많았습니다."

"그래, 또 오게나. 건강하고!"

우리는 인사를 나누고 모험가 길드를 뒤로했다.

『내일은 일찍 출발이다. 서둘러 던전에 가는 거다.』

"알았다니까. 내일은 아침 일찍 이 도시를 출발할 거야."

제 2 장

던전 도시 에이블링

다음 날 아침, 일찌감치 아침 식사를 마치고 상인 길드에 집 열쇠를 반납한 다음 베를레앙을 나섰다.

참고로 아침밥은 밥에 잘게 썬 양상추를 깔고 그 위에 고기 소보로와 반숙 달걀을 얹은 고기 소보로 덮밥이었다. 늘 그렇듯 모두 아침부터 배불리 먹었다. 나는 모두보다는 적게 먹었지만. 이제부터 다시 여행길에 오르니 든든히 먹어두지 않으면 도중에 지칠지도 모른다.

어제 마르크스 씨에게는 미리 인사를 해두었으니 그대로 도시를 떠나 그저 계속해서 길을 나아갔다. 던전에 얼른 도착하고 싶어서인지 페르의 속도도 빨랐다. 아무래도 이 멤버에게 덤벼들 만한 용기는 없는지 여행 도중에 마물과 마주치는 일도 없었다.

『우리가 있는데 덮쳐들다니, 그런 건 지난번 도시에 들어가기 전에 나왔던 트롤 정도일걸? 그놈들 덩치는 크지만 머리는 텅 비었으니까.』

드라 짱은 그렇게 설명했다. 그러고 보니 베를레앙에 들어가기 직전에 무리에서 떨어진 트롤이 나왔었지. 그게, 다들 이런저런 마물을 잔뜩 사냥해 오잖아? 먹을 수 있는 마물은 매우 감사하지만, 먹지 못하는 마물은 아무래도 금세 잊어버리게 된다니까. 까놓고 말해서 우리한테는 이용 가치가 없다고 할까……. 물론 제대로 팔아서 돈으로 바꾸기는 할 테지만. 응, 에이블링에 가면 잊지 말고 팔아야지.

페르의 달음질이 빠르기도 해서 여행은 일사천리로 거침없이 진행되었다. 앞서가던 몇 개의 상단을 추월하며 에이블링을 향해서 한결같이 달려갔다. 여행은 순조로웠고, 베를레앙을 떠난 지 닷새 만에 희미하게 도시를 감싼 벽이 보이기 시작했다.

『저곳이 던전 도시인 모양이구나.』

"그러게. 던전 도시 에이블링인가 봐. 역시 사람들로 북적이네."

도시로 들어가는 문 앞에는 긴 행렬이 만들어져 있었다. 그러고 보니 드랭도 저런 느낌이었지.

역시 던전 도시라고 해야 할까? 던전이 있고, 거기에 도시가 생겨 번성한 것일까?

"저걸 보니 들어가는 데도 시간이 걸릴 것 같네. 얼른 가서 줄서자."

『그래.』

우리는 서둘러 갔고, 행렬의 가장 뒤쪽에 줄을 섰다.

"휴우. 드디어 들어왔네."

도시에 들어오기까지 한 시간 이상 걸렸다. 스이는 가방 안에서 자고 있으니 괜찮았지만, 페르와 드라 짱을 타이르느라 고생깨나 해야 했다. 몇 분마다 벽을 뛰어넘는 편이 빠르다는 말을 꺼내는 바람에 어찌나 곤란했는지.

『시간이 너무 많이 걸렸다. 그냥 벽을 넘어버릴까 하는 생각을 몇 번이나 했는지 모른다.』

『나도 마찬가지야. 그대로 날아가면 금방이니까.』

페르와 드라 짱이 얼굴을 찌푸리면서 그렇게 말했다.

"그런 짓을 했다간 일이 성가셔질 뿐이야. 최악의 경우엔 도시에 들어오지 못했을지도 모른다고."

무단으로 침입했다며 벌을 내릴 것이 분명했다. 그런 부분은 엄격해 보였으니까.

『그래. 그 말에 몇 번이나 참았다. 던전에 들어가지 못하게 될 테니까.』

『맞아 맞아. 던전을 위해서 여기까지 왔는데 못 들어가는 건 말도 안 되지.』

긴 줄에 서 있느라 시간은 걸렸지만, 차례가 돌아온 다음엔 빠르게 진행되었다. 역시 번쩍거리는 금색 길드 카드의 위력은 대단하네. 이게 있으면 페르들과 함께여도 아무 문제 없다.

문에 있던 병사에게 S랭크 길드 카드를 보여주자 두세 번 다시 확인하기는 했지만. 그렇게 못 믿겠다는 듯이 보는 건 실례라고 생각하거든?

이러저러하여 에이블링에 들어왔고, 가장 먼저 향한 곳은 당연히 모험가 길드였다.

문 앞의 길을 왼쪽으로 가자 커다란 건물이 보였다. 그곳이 바로 모험가 길드인 모양이었다. 역시 던전 도시의 모험가 길드답게 커다랬다. 어쩌면 드랭의 모험가 길드보다 클지도 모르겠다.

게다가 최근 지은 건물인지 새것처럼 보였다.

창구로 가서 길드 카드를 보여주자 접수처 직원이 "잠시 기다려주십시오"라며 자리에서 일어났다.

그리고 데려온 것이······.

"여어, 자네가 무코다 씨인가? 베를레앙의 마르크스한테서 연락 받았어. 나는 이곳 에이블링 모험가 길드의 길드 마스터인 나디야라고 해. 잘 부탁해."

나는 깜짝 놀라 눈앞에 나타난 여성, 나디야 씨를 올려다보았다. 30대 중반 정도로 보이는 나디야 씨는 살짝 웨이브가 들어간 새빨간 긴 머리카락과 검붉은 근육질 몸을 가진 매우 건강미 넘치는 미인이었는데, 고개를 들어 올려다보아야 할 만큼 키가 컸다.

···········크, 크다.

2미터는 확실히 넘을 거야. 키가 2미터를 넘는 미인이란 엄청나게 박력 있구나.

"크하하하. 내 키를 보고 놀란 모양이군. 처음 보는 남자들은 대체로 그런 반응이지. 어이, 해야 할 이야기가 있으니 정신 차리라고."

퍼억.

나디야 씨가 등을 두드리며 말했다. 아파요.

"자네와는 이야기해야만 하는 일이 이것저것 있으니까, 내 방으로 가자고."

나는 나디야 씨에게 이끌려 길드 마스터 방으로 향했다. 페르와 드라 짱은 뒤를 따라오고 있었다. 어이, 페르도 드라 짱도 제대로 주인을 지켜야 할 거 아냐?

길드 마스터 방에 들어간 나와 나디야 씨는 테이블을 사이에 두고 마주 앉았다.

"자네, 정말로 펜리르를 사역마로 삼았군그래. 듣기는 했지만, 실제로 볼 때까지는 반신반의였어."

뭐, 그야 그럴 테지. 늘 함께라 잊어버리곤 하지만, 세간에서는 전설의 마수라고 불리고 있으니까.

"마르크스한테 이야기는 전해 들었는데, 쌓여 있는 고랭크 의뢰를 받아준다지?"

"네, 일단은……."

"애석하게도 여기는 던전의 도시라서 말이지. 모험가는 썩어날 정도로 많아. 그래서 현재 쌓여 있는 안건은 없어."

확실히 던전을 목표로 찾아온 모험가는 얼마든지 있을 테니까. 그중에 고랭크 의뢰를 모험가 길드에서 직접 모험가를 지명해서 의뢰하면 쌓일 일도 없을 테지.

드랭도 모험가가 많아서 쌓여 있는 의뢰는 없었고.

"애초에 던전을 목표로 여기 온 거지? 던전에는 언제 들어갈 예정이야?"

"그게, 준비가 되는 대로 바로 들어갈 생각입니다."

"그런가. 드랭의 던전을 답파했다는 말은 들었어. 이곳의 던전도 200년 만에 답파될 거라 기대하고 있다고."

그렇게 되면 좋겠지만 말이죠. 아, 던전에 관해서 이것저것 물어봐야지.

"저기 말이죠, 이곳 던전에 들어가는 건 처음이라서, 여러 가지로 물어보고 싶은데……."

"아아, 그래. 이 던전은 27계층으로 되어 있어. 지금 가장 선행하고 있는 모험가는 17계층이라 보고를 받았고."

17계층? 꽤 얕다고 할까, 한 번 답파된 던전이니까 당연히 훨씬 아래 계층까지 가 있을 거라고 생각했는데.

"그다지 깊이 들어가지 못했다고 생각했지? 실제로 그러니까 어쩔 수 없지만. 자네, 이 던전에 언데드 계층이 있다는 건 아나?"

"네, 들었습니다."

"18층이 그 언데드 계층이거든. 이러니저러니해도 언데드는 성가신 상대야. 그래서 17계층에서 멈춰서 그 아래로는 가지 않으려고들 하지."

나디야 씨에게 들은 이 에이블링 던전의 구성은 간단히 말해 이런 느낌이었다.

【1~3층】빅 래트, 자이언트 배트. 쥐와 박쥐 몬스터로 신출내기 모험가라도 쓰러뜨릴 수 있는 피라미.

【4~8층】고블린, 코볼트. 아래층으로 내려갈수록 보스 방에 상위종이 나오지만 킹이 나온 적은 없다.

【9층】언데드 계층. 좀비와 스켈레톤이 나온다. 보스 방에는 스켈레톤의 상위종인 스켈레톤 워리어가 세 마리. 드물게 그 상위종이 나오는 것이 확인되고 있다.

【10~17층】곤충 계층. 아래층으로 갈수록 커지고 수도 늘어난

49

다. 게다가 독을 가진 몬스터도 섞여 나온다.

【18층】언데드 계층. 좀비, 좀비 상위종인 구울(좀비보다 움직임이 빠르다고 한다), 스켈레톤, 스켈레톤 워리어, 스켈레톤 메이지, 레이스가 나온다. 보스 방에는 스켈레톤의 상위종인 스켈레톤 나이트가 다섯 마리. 드물게 그 위의 상위종이 나오는 것이 확인되고 있다.

【19~25층】파충류 계층. 그 이름대로 뱀이니 도마뱀이니 거북이니 하는 파충류 계열의 몬스터가 우글우글하다. 곤충 계층과 마찬가지로 아래층으로 갈수록 커지고 수도 늘어나며, 독을 가진 몬스터도 섞여 나온다. 이 계층의 종반인 24, 25층 부근은 전부 독을 갖고 있다고 한다.

【26층】언데드 계층. 구울, 마미(움직이는 미라다), 스켈레톤 워리어, 스켈레톤 메이지, 스켈레톤 나이트, 레이스, 리치(레이스의 상위종으로 마법도 쓴다고 한다)가 확인되었다. 보스 방은 그들의 상위종이 나오리라 예상된다.

【27층】던전 보스 히드라.

"10층 이후는 함정도 있으니까 주의해야 해."

이야기를 듣고 있으려니 뭔가 언데드 계층이 너무한 듯한……. 9층은 그래도 이해되지만, 18층과 26층이 특히 심한걸. 거의 공격이 의미 없는 언데드인데, 상위종도 꽤 나오잖아. 이래서야 다들 가지 않으려고 하는 것도 이해가 되네. 26층의 보스 방 같은 건 상위종이 나올 거라 예상된다고 하지만 뭐가 나올지 전혀 알 수가 없는 거잖아.

나디야 씨가 말하길, 23층 이후는 약 200년 전에 이 던전을 답파한 모험가에게 알아낸 오랜 자료밖에 없어서 솔직히 확실히는 모른다고 한다.

"18층이 언데드 계층이라는 걸 아니까, 고랭크 모험가도 17계층까지밖에 내려가질 않아."

그렇게 말하며 나디야 씨도 씁쓸한 표정을 지었다. 이야기를 들은 바로는 17계층까지만 가도 충분한 이익이 생기는 모양이었고, 그렇다면 무리해서 18층으로 갈 필요는 없을 터였다. 목숨이 제일 중요한 법이니까.

이 던전은 8층과 10층부터 12층 부근에 모험가가 많은 모양이었다. 9층의 언데드는 C랭크 정도의 모험가라면 대처할 수 있다고 한다. 그 주변이 불안한 모험가는 9층으로 나아가지 않고 8층까지만 탐색을 한다. 8층까지라도 그럭저럭 수익은 생기는 모양이다.

이야기를 듣고 생각한 것은 이 던전에 들어가려면 드랭의 던전보다 더 제대로 준비를 해야 하는 점이었다. 그게, 이래서는 고기 드롭은 전혀 기대할 수 없을 거 아냐? 밥 준비는 빈틈없이 해서 가야지.

지도는 어떻게 되어 있는지 물어보니, 12계층까지는 어느 정도 정밀한 지도가 있으며 모험가 길드 창구와 던전 근처 출장소에서 팔고 있다고 했다. 지도를 살지 말지는 일단 미뤄두고 우선은 오늘 잘 곳을 확보해야지.

모두는 내일 당장이라도 던전에 들어가고 싶다고 말할 테지만, 나로서는 식사 준비에 적어도 내일 하루는 몽땅 쓰고 싶다. 그래서 던전에 들어가는 건 내일모레라고 정했다. 그렇게 되면 지금까지처럼 집을 빌리는 건 조금 아깝다 싶었다. 집은 던전에서 돌아와서 빌리기로 하고, 던전에 들어갈 때까지는 숙소에서 묵는 게 좋으리라.

"저기, 이 도시에서 사역마와 함께 묵을 만한 숙소를 추천해주실 수 있을까요?"

"그거라면 이 옆에 모험가 길드가 운영하는 숙소가 좋아. 작년에 여기를 재건축할 때 모험가용 숙소도 함께 지었거든. 자네 같은 고랭크 모험가용 방도 있고, 그중에 사역마 동반으로 묵을 수 있는 방이 있지. 좀 비싸지만, 그래도 비슷한 조건의 다른 숙소에 묵는 것보다는 쌀 거야."

오오, 그런 게 있는 거야? 좋아, 거기에 묵어야지.

"그렇다면 거기에 묵기로 하겠습니다."

"그런가. 그럼 내가 바로 안내해주기로 하지."

"네? 길드 마스터가 직접 나서실 필요 없습니다. 혼자서 가겠습니다."

"무슨 소리. 나는 자네에게 기대를 걸고 있으니, 이 정도는 당연히 해야지. 따라와."

나는 다시 나디야 씨에게 끌려갔다.

모험가 길드가 운영하는 숙소로 가자 나디야 씨를 본 접수처 직원이 깜짝 놀랐다.

그야 그럴 테지. 길드 마스터가 와버렸으니까.

"기대주인 S랭크 모험가를 데려왔어."

나디야 씨, 조금 더 제대로 소개해주세요.

일단 "안녕하세요" 인사하고, 사역마와 함께 묵을 수 있는 방을 부탁했다.

1박에 금화 세 닢. 던전에 들어갈 때까지 이틀 동안 묵기로 했다.

나디야 씨에게는 하나 더 물어봐야 할 게 있었지. 창을 구하고 싶다고 말하고 추천하는 무기 가게를 물어보자, 모험가 길드 건너편 대각선 방향에 있는 가게를 추천한다고 가르쳐주었다.

"그곳은 초심자용부터 명검까지 물건을 다양하게 갖추고 있어서 추천해. 점주는 무뚝뚝하지만 말이지. 으하하."

그렇게 말하고서 호쾌하게 웃은 나디야 씨는 모험가 길드로 돌아갔다.

"방으로 안내하겠습니다."

종업원에게 안내받은 방은 사역마와 함께 묵을 수 있는 방이라 1층에 위치하고 있었다.

역시 1박에 금화 세 닢이나 하는 만큼 방이 넓었다. 이거라면 페르들이 함께여도 충분한 넓이다. 게다가 1층에 있어서 내 자랑인 마도 버너도 마음껏 쓸 수 있다. 그 버너는 꽤 무거워서 2층 이상의 방일 경우에는 아주 튼튼하게 지어진 곳이 아니면 꺼내기가 어렵다.

방에 전용 욕실과 화장실도 딸려 있었다. 욕실을 살펴보니 아무래도 호화 저택에 있던 널찍한 욕조 정도는 아니지만, 내가 갖고 있는 것보다 조금 작은 욕조가 있었다.

그래도 전용 욕실이 있는 것만으로도 다행이었다. 어차피 쓰는 건 나와 드라 짱과 스이뿐이고, 좁아서 불편하다 싶으면 그때는 따로따로 목욕하면 될 뿐이니 문제없을 터였다.

그럼 우선은 무기 가게에……

『배가 고프다.』『나도.』『스이도.』

도시에 들어오는 데 시간이 걸리는 바람에 점심시간이 지났으니까. 일단 밥부터 먹을까.

점심은 미리 만들어두었단 와이번 고기 덮밥이다. 모두 와구와구 먹었다.

밥도 다 먹었으니, 나는 잠깐 무기 가게에 다녀오기로 할까. 초심자라도 쓰기 쉬운 창을 구하려고 한다. 쓰기 괜찮다면 그대로 쓸 수도 있고, 스이에게 미스릴로 똑같이 생긴 창을 만들어달라고 할 수도 있다.

무기 가게는 숙소 바로 옆이기도 해서 모두 방에서 쉬고 있으라고 하고 혼자서 갔다. 안에 들어가자 키가 작고 무뚝뚝한 얼굴에 수염도 북슬북슬한 드워프 주인장이 있었다. 이번에도 고집이

세 보이네.

"저기, 실례합니다······."

"뭔가?"

"초심자라도 다루기 쉬운 창이 있을까요?"

"초심자라도 다루기 쉬운 창이라고?"

드워프 주인장이 나를 머리부터 발끝까지 빤히 바라보았다.

"자네, 정말로 초심자로군. 본인에게 맞지도 않는 걸 갖고 싶어 하는 멍청이보다는 훨씬 나아. 좋아, 골라주지. 잠깐 기다려."

그렇게 말하고 드워프 주인장은 창이 진열되어 있는 곳으로 향했다. 그리고 손에 든 것은······.

"이걸세. 내 제자가 만든 건데, 가격도 적당하고 물건도 나쁘지 않아."

건네받은 것은 자루가 나무로 되어 있고 그 끝에 날카롭고 곧은 날이 달려 있는 단순한 형태를 가진, 그야말로 창이다 하는 느낌의 물건이었다. 너무 무겁지도 가볍지도 않아서 확실히 초심자에게는 딱 맞을지도.

가격은 금화 한 닢. 분명 모험가 길드에 등록하고 맨 처음 샀던 쇼트 소드가 은화 여덟 닢이었으니, 터무니없이 비싼 것도 아니고.

"하지만 잘 손질하지 않으면 안 돼. 쇠로 된 무기는 손질을 잘 못하면 금방 무뎌지거든. 자신의 목숨을 맡기는 무기야. 그 점은 명심해둬."

확실히 마물의 피 같은 게 묻은 채로 두면 쇠 무기는 녹슬겠지.

어라? 그러고 보니 미스릴 같은 경우엔 어떻지? 스이가 만들어
준 미스릴 쇼트 소드는 손질 같은 거 한 적 없는데. 그래도 여전
히 잘 드는데 말이지······.

"참고로 미스릴로 된 건 어떤가요?"

"미스릴이라. 그건 특수하지. 손질 같은 걸 하지 않아도 예리함
은 달라지지 않아. 마법과의 친화성도 높고. 그런 특수한 효과와
희소성도 있어서 미스릴로 된 무기는 비싸지."

과연. 이거 스이한테 미스릴 창을 만들어달라고 하는 편이 좋
을 것 같은데? 미스릴 광산을 발견했을 때 떨어져 있던 미스릴 광
석을 슬쩍····· 어흠, 주워두길 정말 잘했어.

드워프 주인장이 선반에 장식되어 있던 미스릴 무기를 구경시
켜줬는데, 가장 싼 쇼트 소드라도 금화 230닢이나 하지 뭐야.

"뭐, 자네도 이걸 살 수 있게 될 때까지 열심히 하라고."

여유롭게 살 수 있지만, 미스릴제 무기를 가게에서 사는 일은
없을 테지.

가게 주인장을 향해 마음속으로 "죄송합니다" 하고 사과하면
서, 금화 한 닢짜리 창을 사서 무기 가게를 나왔다.

그리고 숙소로 돌아와 곧바로 스이에게 미스릴 창을 만들어달
라고 했다.

"스이, 부탁이 있는데. 이거랑 똑같은 창을 만들어줄 수 있을까?"

방금 사 온 창을 스이에게 보여주었다.

『알았어. 스이 있지, 점점 만드는 거 익숙해져서 전보다 빨리
만들 수 있을 것 같아.』

"그럼 이걸 부탁해도 될까?"

나는 스이에게 창과 미스릴 광석을 건넸다. 그러자 스이가 말한 대로 지금까지보다 훨씬 빠르게 완성해주었다. 그 시간은 약 10분.

『다 됐어.』

"진짜 빠르네. 이렇게 단시간에 이 정도의 물건을 만들다니. 스이, 대단해!"

스이가 만들어준 것은 넋이 나가버릴 것만 같은 미스릴 창이었다.

"고맙다. 스이."

내가 그렇게 말하자 스이가 기쁜 듯이 뿅뿅 뛰어올랐다.

스이가 만들어준 창을 감정해봐야지.

【미스릴 창+】

제작자 스이. 잘 만들어진 미스릴제 창. 아주 잘 든다.

오오, 역시 스이. 쇼트 소드와 마찬가지로 플러스 표시가 있잖아. 게다가 아주 잘 든다니.

이걸로 미스릴 쇼트 소드에 미스릴 창까지 생겼다. 그럼 이제 내일은 던전용 밥을 만들고, 내일모레는 드디어 던전이다.

오늘은 아침밥을 먹은 다음 페르들을 숙소에 두고서 그리 멀지 않는 곳에 있는 식료품을 파는 구획으로 향했다. 빵 가게를 몇 곳 돌면서 흑빵을 확보. 드랭에서 산 게 아직 조금 남아 있지만, 그걸로는 부족하니까. 다른 가게도 슬쩍 구경했지만, 살 만한 것은 딱히 없었다.

그대로 숙소로 돌아와서 열심히 던전용 밥을 만들었다. 지난번에 만들어둔 게 아직 남아 있지만, 그것만으로는 조금 불안하다. 특히 모두가 좋아하는 고기 요리가…….

그런 연유로 고기 요리를 중심으로 만들어나갔다. 우선은 오크와 블러디 혼 불 된장 양념구이. 양이 많이 줄어서 추가로 더 만들어두었다. 이건 양념에 재워둔 걸 굽기만 하면 되는데, 밥과 매우 잘 어울리고 맛있다. 이번에는 골든 백 불 고기도 된장 양념에 재워두었다.

그리고 오크 생강구이, 와이번과 블러디 혼 불 고기로 만든 고기 쇠고기덮밥. 된장 양념구이는 물론이고, 이 음식들은 이제 고정 메뉴라고 해도 좋을 정도다. 간단한 데다 맛있고, 모두가 좋아하니까. 몇 번을 먹어도 질리지 않는 맛이라고 할까? 넉넉하게 만들어도 이래저래 금방 소비해버리니, 이번에는 전보다 더 많이 만들었다. 쇠고기덮밥은 된장 양념구이와 마찬가지로 골든 백 불 고기로도 만들어보았다.

다음은 골든 백 불 고기와 마늘종 스태미나 볶음이다. 그리고 블러디 혼 불 고기와 채소볶음에 오크 고기 채소볶음. 물론 양념은 만능 조미료인 불고기 소스다. 이번에는 소금 소스도 써보았다.

그리고 블러디 혼 불 고기로 비프스튜와 하야시 라이스도 만들었다. 비프스튜는 모두 아주 좋아하는 데다 빵과도 잘 어울리는 일품이라 나로서도 있는 편이 좋으니까. 하야시 라이스도 전에 만들어 먹었을 때 맛있기도 했고 간단해서 또 만들어보았다.

간 고기 요리는 여행 중에 거의 다 먹었으니까, 더 만들어야겠다. 오크와 블러디 혼 불을 섞어 갈아서 햄버그와 고기 소보로, 볼로네제를 만들었다. 키마 카레도 만들까 했지만, 던전 안에서 카레 냄새는 (여러 가지 의미에서) 안 좋으리라 생각해 그만두었다. 그래서 대신 가지와 간 고기를 짭조름하게 간한 중국식 된장 볶음을 만들었다. 물에 푼 녹말가루를 넣어서 걸쭉한 느낌을 냈다. 이건 덮밥으로 해서 먹어도 맛있다.

코카트리스 데리야키와 허니 머스터드 소스 소테도 만들었다. 코카트리스 고기를 갈아서 만든 닭고기 소보로도.

"후우~. 다음은 어떻게 할까⋯⋯."

튀김류는 여행 전에 대량으로 만들어두었으니 양이 충분할 테고. 돼지고기찜과 돈지루도 충분히 남아 있다. 밥도 추가로 지었으니 문제없으리라.

"해산물 요리도 꽤 남아 있었지."

마찬가지로 프라이도 여행 전에 대량으로 만들어서 아직 꽤 남아 있다. 튀김도 아직 남아 있고. 클램 차우더도 잔뜩 남았다.

페르들에게 내주면 먹기는 하는데, 더 달라고는 하지 않는 탓이다. 말하길, 이런 것으로는 배가 부르지 않는단다. 건더기를 듬뿍 넣었는데도 말이지.

뭐, 그건 그렇다 치고. 뭘 만들까⋯⋯. 페르들 점심밥으로 로스트비프 덮밥을 만들어버려서, 재료가 떨어진 참이니 추가로 만들어둘까? 추가로 골든 백 불 고기 로스트비프랑 겸사겸사 오크 고기 로스트 포크도 만들었다. 이거라면 그대로 먹어도 되고 샌드위치를 만들어 먹어도 된다.

"다음은, 나로서는 생선을 이용한 요리가 더 있었으면 싶은데…… 아, 생선을 넣고 지은 영양밥도 괜찮으려나?"

모두, 라기보다는 주로 페르가 허전하다든가 부족하다든가 하는 말을 할 것 같지만 말이지. 이건 내가 먹고 싶으니까, 거의 나를 위한 게 되겠지만. 가끔은 괜찮잖아.

만드는 건 도미(타타이) 영양밥과 문어(탓코) 영양밥이다. 그렇다고는 해도 내가 만드는 만큼 조리법은 아주 간단하다.

우선은 인터넷 슈퍼에서 생강과 과립 다시마 육수, 그리고 맛간장을 구입한다. 그리고 쌀을 씻어서 물에 불려둔다.

그리고 도미(타타이) 살에 소금을 뿌려서 노릇하게 굽는다. 문어(탓코) 영양밥은 삶은 탓코 다리를 3밀리미터 정도 두께로 자르고, 생강은 채 썰어둔다.

다음은 불린 쌀에 과립 다시마 육수와 맛간장을 넣어서 가볍게 섞는다. 그다음은 도미를 쌀 위에 얹어서 밥을 지으면 도미 영양밥 완성이고, 문어와 채 썬 생강을 섞어서 밥을 지으면 문어 영양밥 완성이다.

일식에는 맛간장이 만능이다. 어떤 양념을 할지 고민스러울 때 맛간장을 넣으면 대부분은 어떻게든 된다고 본다. 그도 그럴 것이 육수가 들어 있어서, 그것만으로도 맛있으니까. 그리고 영양밥은 백간장을 넣어 지어도 맛있다.

응, 먹고 싶어졌어. 저녁밥은 이걸로 할까? 하지만, 이것만 주면 페르들이 불만을 터뜨리겠지? 간단하게 뫼니에르라도 만들까? 밀가루를 뿌리고 버터로 구운 연어(사쿤) 뫼니에르에 아스피도켈론 뫼니에르, 가리비(옐로 스캘럽) 관자 뫼니에르를 만들었다. 여기에 양파 풍미의 스테이크 소스를 뿌리면 아주 간단한 일본풍 뫼니에르가 완성된다.

"자, 그럼 슬슬 저녁 식사 시간이니 밥을 차려볼까."

도미 영양밥과 문어 영양밥, 양쪽 다 먹었는데 역시 맛있었다.

페르도 먹기는 먹었지만, 뫼니에르 쪽이 더 마음에 든 모양인지 그쪽만 허겁지겁 먹었다. 드라 짱은 의외로 문어 영양밥이 취향에 맞는 모양이었다.

『식감이 재밌어.』

그렇게 말하며 더 달라고도 했다. 물론 뫼니에르도 우걱우걱 먹었다. 스이는 양쪽 모두 맛있다고 했다. 응응, 역시 생선은 좋지. 나로서는 대만족인 저녁 식사를 마치고, 또 한바탕 작업을 시작했다.

드라 짱과 스이와 함께 목욕을 한 다음, 방 한쪽에서 평소의 의무를 시작하기로 했다.

참고로 모두는 먼저 바로 잠자리에 들었다. 어쨌든 내일부터는 던전이니까 말이지.

"여러분, 계십니까?"

페르들이 자고 있기 때문에 자연스럽게 목소리가 작아졌다.

『기다렸느니라!』『기다렸어~.』『기다렸다고.』『……케이크랑 아이스크림.』

『여어, 왔나!』『기다렸다고.』

신들의 목소리가 들려왔다.

"저기 말이죠. 내일부터 던전에 들어갈 예정입니다. 그래서, 지난번 던전에 들어갔던 경험에 비춰봤을 때, 오늘은 다음번 몫도 포함해서 부탁드립니다."

던전에 들어가면 분명 일주일 이상은 걸릴 테니까.

그렇다면 다음번 분량까지 한꺼번에 해버리는 게 나을 터다.

『뭐, 뭣이라?! 그, 그, 그 말은 오늘은 금화 두 닢분이라는 것이냐?!』

이 목소리는 닌릴 님(유감 여신)인가?

"그렇게 됩니다."

『만세! 이니라!』

다른 신들에게서도 환성이 일었다.

그렇게 흥분하지 말아줬음 좋겠는데. 다음번 몫을 포함했을 뿐이지 늘어난 게 아니라고.

『좋다, 처음은 이 몸이니라! 당장 후미야의 케이크를 보여다오! 금화 두 닢분의 케이크이니라!』

네네, 흥분해서 큰 소리 내면 안 되지. 일단 여신님이니까. 그럼 첫 번째는 닌릴 님(유감 여신)이지?

"금화 두 닢이니까, 케이크라면 꽤 살 수 있는데요……. 그렇지, 이걸로 하실래요? 꽤 크기는 하지만요."

그렇게 말하며 내가 보여준 것은 장방형에 과일이 듬뿍 올라간, 여러 명이 먹을 수 있는 케이크였다.

가격은 은화 아홉 닢이라고 한다. 아무리 그래도 너무 크려나?

『우호옷! 호화롭구나! 좋구나, 아주 좋구나! 맛있어 보이느니라! 그래, 이 몸은 그걸로 하겠느니라!』

"네? 꽤, 괜찮은 겁니까? 상당히 큰데요……."

살짝 농담 삼아 해본 말이었는데, 닌릴 님(유감 여신)은 진심으로 이걸 사겠다고 한다.

『그래, 괜찮으니라. 이 몸은 이게 좋다!』

그, 그렇다면 사겠습니다만. 나는 그 커다란 케이크를 카트에 넣었다.

"다음은 어떡하실래요? 이쪽은 아직 손을 대지 않았던 종류들인 것 같은데요……."

그렇게 말하며 보여준 것은 선물용 모둠 과자 메뉴였다.

『음, 이것은! 도, 도, 도라야키가 아니냐아앗!!!』

"도라야키입니다."

『어, 어째서 진작 말해주지 않은 것이냐.』

그런 말씀을 하신들 말이죠. 케이크 케이크 노래를 했던 건 당신이잖아.

"그보다, 도라야키로 하실 건가요? 몇 개나 할까요?"

『열 개는 원하느니라.』

네네, 열 개요.

"이것 말고도 꿀과 으깬 팥을 섞은 소, 밤이랑 고구마 소가 들어간 도라야키도 있는 모양인데요……."

『뭣이?! 그것도 열 개씩이니라!』

네네, 이것도 열 개씩.

"나머지는 어떻게 하시겠어요? 카스텔라 같은 것도 있는데요."

『카스텔라! 당연히 카스텔라도 원하느니라.』

카스텔라도 하나.

"다음은…… 아, 이건 어떠신가요? 술이 살짝 들어간 케이크인데, 하나 하나 포장되어 있고 맛도 다양하게 담겨 있어요."

그러게 말하며 스카치 케이크 모둠을 보여주었다.

『오옷, 많이 들어 있으면서 맛도 다양하다니 좋구나. 그래, 그걸로 하겠느니라.』

스카치 케이크(스무 개) 모둠이랑.

"담은 금액이…… 이런데요? 파이라는 과자도 바삭하고 맛있습니다."

『바삭이라. 맛있겠구나. 그걸로 하겠느니라.』

마지막 파이 모둠을 카트에 넣었다.

"다음은 키샤르 님이시죠?"

『그래, 나야~. 금화 두 닢이란 말이지? 우후후후후후후.』

무, 무섭거든요.

『너에게 받았던 스킨이랑 크림이 아주 마음에 들어. 네가 말했던 대로 피부가 탱탱해져서 최고야! 그러니까 추가로 그 스킨이랑 크림을 갖고 싶어. 절대 떨어지는 일이 없게 해야 해.』

재고를 비축해두겠다는 거로군. 누나도 대량으로 비축해뒀었지.

『다음은 같은 시리즈로, 세안제라고 하던가? 그것도 있으면 부탁하고 싶어. 그리고 팩. 그걸 쓰면 피부가 촉촉해져서 좋더라~.』

전에 샀던 스킨과 크림, 같은 시리즈의 세안제, 그리고 팩이라. 어디 어디…….

스킨에 크림, 세안제를 카트에 넣고. 오, 같은 시리즈 중에 시트 팩도 있잖아.

"팩 말인데요. 같은 시리즈인 시트 팩이 있는데, 이걸로 괜찮으신가요?"

『어머, 같은 시리즈가 있는 거야? 그럼 그걸로 부탁해.』

예이예이. 그럼 이제 남은 건 은화 다섯 닢 정도인가.

"은화 다섯 닢이 남았는데, 다른 건 뭘 하시겠습니까?"

『그러네. 뭔가 추천하는 거 없어?』

나한테 미용과 관계된 걸 물은들 곤란할 뿐인데…….

아, 그러고 보니 누나는 마사지 크림 같은 것도 썼었지. 어디 어디…… 오, 이게 괜찮겠는데?

"마사지 크림 같은 건 어떠신가요? 이거라면 사용법도 간단할 것 같은데."

설명에는 씻어낼 필요가 없는 젤 타입의 마사지 크림이라고 쓰여 있었다.

"젤 타입의 마사지 크림인데, 1분 정도 아래에서 위로 부드럽게 마사지하면서 피부에 스며들게 하는 거라네요. 씻어낼 필요가 없다고 쓰여 있습니다. 효과로는, 마사지를 통해 피부를 활성화시켜서 촉촉하고 탱탱한 피부를 유지한다고 되어 있어요."

『촉촉하고 탱탱한 피부…… 응, 그게 좋겠어. 그걸로 부탁해.』

미용 제품은 역시 비싸네. 대략적인 걸 갖춘 것만으로 금세 금화 두 닢을 써버렸다.

누나, 매달 얼마나 썼던 걸까? 생각한 것만으로도 무서워.

"다음은 아그니 님이시죠?"

『여어. 나는 평소 그대로 맥주야! 지난번에 줬던 박스에 든 맥주, 그거 맛있던걸. 그건 또 박스로 부탁해. 그리고 금색인 것도 맛있었으니까, 이번에는 박스로 갖고 싶어. 그리고 까만 동그라미가 그려진 거, 그것도 취향에 맞았으니까 박스로 부탁해.』

지난번에 보낸 박스, 그러니까 플라스틱 맥주 박스에 담긴 거라고 하면 S사의 프리미엄 맥주를 말하는 거지? 그래, 그건 맛있지. 다른 것보다 조금 비싸지만, 나도 꽤 좋아하는 맥주다.

금색이라고 하면 Y비스 맥주인가? 이건 최근 들어 계속 보냈었지. 그리고 검은 동그라미라는 건 S사의 오래된 검은 라벨의 맥주인가. 호오, 꽤 기본적인 걸 골랐네. 기왕이면 하고 프리미엄이나 흑맥주 같은 걸 주로 하고 지난번에 처음으로 S사의 검은 라벨 맥주를 보냈었는데. 아그니 님은 이런 쪽이 취향인 건가?

뭐, 오래전부터 있던 기본적인 상품이라는 건, 그만큼 많은 사람들이 좋아해 왔다는 뜻일 테니 어떤 의미에서는 틀림없을 테지. 좋아, S사의 프리미엄 맥주와 Y비스 맥주와 S사의 검은 라벨 맥주를 상자째로 샀다.

"그 외에는 어떡하시겠어요?"

『나머지는 맡길게. 이번에는 안주도 조금 넣어줘.』

나머지는 내가 고르고, 거기에 안주도 담으란 말이지. 그러면, 나머지는 어떡할까. 지금까지 보낸 적 없는 걸로 해볼까? 발포주 종류도 조금 넣어보는 것도 괜찮을지도.

어떤 걸로 할까…… 오, 이건 아직 보낸 적 없었는데. 감칠맛에 중점을 둔 100퍼센트 맥아를 사용한 S사의 맥주. 이건 여섯 개 묶음 팩으로 해야지.

그리고, 발포주를 골라볼까. 어떤 게 좋으려나………… 좋아, 정했어. K사의 발포주 인기 넘버 원이이라는 걸 여섯 개 팩으로, S사의 파란 캔이 인상적인 발포주도 여섯 개 팩으로. K사의 목 넘김이 깔끔한 점이 장점인 발포주 여섯 개 팩, A사의 잡맛이 없이 깨끗한 맛이 장점인 발포주 여섯 개 팩으로 정했다.

나머지는 안주 종류를 골랐는데, 맥주와 잘 어울리는 튀김류를 중심으로 닭 꼬치구이 등도 담았다.

"다음은 루카 님이시죠?"

『……케이크랑 아이스크림이 좋아. 하지만 오늘은 금화 두 닢 이니까 밥도.』

네네, 케이크와 아이스크림과 밥이란 말이죠?

"그럼, 우선은 케이크인데요. 뭐가 좋으신가요?"

『닌릴과 똑같은 건 너무 커. 나는 다양한 맛을 먹어보고 싶어.』

과연, 다양한 맛이라. 그렇다면…….

"다양한 맛을 바라신다면, 차라리 여기 있는 쇼트케이크 전 종류라는 건 어떠실까요?"

후미야의 쇼트케이크 메뉴를 보여주면서 루카 님에게 물어보았다.

『이거 전부…… 응, 그게 좋겠어.』

어디, 쇼트케이크 전 종류를 다 하면 스물다섯 개네.

"그리고 다음은 아이스크림인데, 이것도 전 종류로 할까요?"

『응. 그리고 바닐라라는 아이스크림은 많이 먹고 싶어.』

루카 님은 바닐라 아이스크림이 마음에 드신 모양이다.

"아, 그렇지. 아이스크림이라면 이런 것도 있어요."

그렇게 말하며 보여준 것은 아이스크림 케이크였다.

"아이스크림 케이크라고 하는데, 아이스크림으로 만든 케이크예요."

『그거, 갖고 싶어!』

말이 없고 조용한 인상인 루카 님이 살짝 흥분했어. 후미야의 아이스크림이 꽤 마음에 들었나 보네. 나는 루카 님이 요청한 컵 아이스크림과 아이스크림 케이크를 카트에 담았다.

"나머지는 식사류로 해도 될까요?"

『응.』

나머지는 루카 님이 마음에 들어 했었던 튀김과 만두, 꼬치구이에 돈가스 덮밥 등등을 인터넷 슈퍼에서 고르고 내가 만든 클램 차우더와 해산물 프라이 등도 더해서 적당히 골라 담았다.

후우, 이 정도면 되겠지.

"마지막은 헤파이스토스 님과 바하근 님이시죠?"

『그래, 둘이 합쳐서 금화 네 닢분의 술이로구나.』

『금화 네 닢분의 위스키를 찬찬히 골라주겠어!』

뭐, 뭔가 둘 모두 엄청나게 흥분했는걸.

『우선은 당연히 세계 제일 위스키다.』

이걸 한 병씩 고르는 건 이제 정해진 일이나 다름없지.

『그리고 지난번에 '최고봉'이라고 했던 위스키야. 그건 정말 맛있었어.』

『그래. 향기가 좋은 데다 맛도 부드러운 술이더구먼. 그것도 우리에게 각자 한 병씩 부탁하네.』

흐음흐음, 지난번에 골랐던 싱글몰트의 최고봉이라는 그걸 한 병씩이란 말이지.

"다른 건 어떻게 하실래요?"

『이보게, 전쟁의 신이여. 지난번에 붉은 밀랍으로 봉해져 있던 위스키, 그건 어떻겠나?』

『오오, 그것도 맛있었지.』

『그럼 그걸 한 병씩이 아니라 둘이 한 병으로 하고, 또 다른 술로 하세나.』

『좋아. 이번에는 그 보드카라는 술도 부탁하고 싶은데.』

붉은 밀랍으로 봉인되어 있는 위스키라고 하면 분명 가을밀을 사용한 위스키였지?

응, 인터넷 슈퍼라 종류가 다양하지 않아서, 이제 더는 새로운 게 없어 보이는데.

"두 분, 이걸 보면 아실 거라고 생각합니다만, 위스키도 이제 새로운 게 없는데 어떡하죠?"

나는 인터넷 슈퍼의 위스키 메뉴를 보여주면서 그렇게 물어보았다.

『흐음, 확실히 전부 눈에 익은 것들이군그래. 역시 술 가게가 있으면 싶어지는구먼.』

『그러게. 어이, 이세계인 알고 있겠지?』

바하근 님, 어쩐지 야로 시작하는 위험한 직업을 가진 분처럼 보이시는데…….

하지만 뭐, 얼마 전에 좋은 물건을 받은 건 사실이니까.

"네. 다음에 술 가게가 나올지 어떨지는 잘 모르겠지만, 열심히 하겠습니다."

적어도 다음 외부 브랜드가 개방될 레벨까지는 말이지.

『알면 됐어. 알면. 대장장이 신, 이제 이건 이 중에서 맛있었던 걸 부탁할 수밖에 없겠지?』

『그렇군.』

헤파이스토스 님이 『으음』하며 잠시 생각에 잠겼다.

『나는 검은색 병이 좋다고 보네만, 전쟁의 신은 어떠한가?』

『아, 그거 말이지? 나도 좋아.』

헤파이스토스 님이 좋다고 말한 검은 병이란…… 이 S사의 검은 병 위스키인가?

"두 분이 말씀하신 건 이건가요?"

『그래 그걸세.』

『맞아 맞아.』

나는 S사의 검은 병 위스키를 카트에 넣었다.

"다음은 어떻게 하시겠습니까?"

『대장장이 신, 나는 검은 라벨이었던가? 그게 좋은데, 어때?』

『오오, 그거 말인가? 그것도 꽤 맛있었지. 좋다고 보네.』

바하근 님이 말하는 검은 라벨이라는 건, 이거려나?

"검은 라벨이라는 건, 이건가요?"

『맞아, 맞아, 그거야.』

『그래. 그거라네.』

검은 라벨이 붙은 유명한 미국산 위스키다. 나는 검은 라벨이 붙은 미국산 위스키를 카트에 넣었다. 그런 대화를 몇 번인가 반복하면서 위스키를 추가로 몇 병 카트에 담았다.

"마지막은 이 보드카를 각각 한 병씩 드리면 될까요?"

『그렇다네.』

『그래, 좋아.』

보드카를 두 병 카트에 넣는 것으로 끝났다. 다음은 종이 상자 제단에 물건들을 올리고…….

"여러분, 부디 받아주십시오."

그렇게 말하자 종이 상자 제단에 놓여 있던 것들이 사라졌다. 직후에 와아 하고 신들의 환성이 일었고, 바쁘게 움직이는 발소리가 들려왔다.

후우~, 겨우 끝났네. 내일부터는 던전이니까, 얼른 자야지.

◇　◇　◇　◇　◇

"그럼, 가볼까?"

『그래.』

『아자, 던전이다!』

『던전~.』

아침밥을 먹은 다음 우리 일행은 숙소를 나서 던전으로 향했다.

"아, 던전에 가기 전에 잠깐 모험가 길드에 인사를 하고 올게."

모험가 길드도 바로 옆이니 일단 나디야 씨에게 말이라도 해두고 가기로 했다.

창구에 있던 직원에게 말을 걸자 바로 나디야 씨를 부르러 가 주었다.

"오늘부터 던전에 간다고 들어서, 자네를 기다리던 참이었어."

"기다렸다니, 저한테 무슨 용건이라도 있으신가요?"

"아니 그게……."

나디야 씨가 살짝 곤란하다는 표정을 한 다음 뒤쪽을 보았다. 뭐지?

"무코다 씨, 와버렸습니다."

오고 말았어 에헷 하는 느낌으로 나디야 씨 뒤에서 모습을 드러낸 것은 만면에 미소를 띤 익숙한 얼굴의 장년 엘프였다.

"…………어라? 어, 어, 어째서 당신이 여기에 있는 거예요?!"

만면에 미소를 띤 장년 엘프는 잊을 수도 없는 바로 그 사람.

때때로 질려버릴 만큼 드래곤 사랑이 넘치는 엘랑드 씨였다.

◇ ◇ ◇ ◇ ◇

엘랑드 씨와 재회하여, 접수창구 앞에서 이야기하는 것도 뭐한
지라 우리는 2층의 길드 마스터 방으로 자리를 옮겼다.

"엘랑드 씨, 정말이지 당신이라는 사람은……."

엘랑드 씨에게 이야기를 듣고 기가 막히고 말았다.

엘랑드 씨의 이야기에 따르면 그는 우리가 드랭을 떠난 직후에
예정대로 왕도로 향했다고 한다.

그리고 모험가 길드의 왕도 본부와 임금님에게 드랭의 던전이
답파되었다는 사실을 보고하고, 내가 건넸던 던전 보물 상자에서
나온 해독의 목걸이도 헌상품으로서 전달했단다.

임금님도 헌상품인 해독의 목걸이를 보고 매우 기뻐하신 모양
이었다. 앞으로도 좋게 좋게 부탁한다는 의미로 헌상했는데, 정
답이었나 보네. 앞으로도 가능한 한 이런 헌상품을 임금님께 전
하고, 이 나라에서의 자유를 확보해가야지.

아, 그건 그렇고. 왕도에서의 보고를 마치고, 오랜만에 왕도에
왔으니 싶어진 엘랑드 씨는 한동안 왕도에 머무르기로 정했다고
한다.

그리고 며칠 후, 드랭으로 돌아가기 전에 왕도의 모험가 길드
에 인사를 하러 갔는데…….

"왕도 본부의 길드 마스터에게 무코다 씨가 레드 드래곤(적룡)을 토벌했다고 들었습니다! 레드 드래곤입니다, 레드 드래곤! 게다가 무코다 씨는 에이블링으로 향한다고 하지 뭡니까! 왕도에서 발 빠른 말을 타고 달리면, 무코다 씨가 에이블링에 도착할 때에 맞출 수 있을 터. 그렇게 생각했더니 더는 참을 수가 없어서……. 목적지를 변경해서 에이블링으로 와버렸습니다."

와버렸습니다, 가 아니라고. 미인 엘프라고는 해도 아저씨가 "와버렸습니다" 같은 말을 해본들 전혀 귀엽지 않거든.

"정말이지, 갑자기 아침 일찍 드랭의 길드 마스터가 나타나서 무슨 일인가 싶었다니까."

나디야 씨는 그렇게 말하며 쓴웃음을 지었다. 그야 그렇겠지. 타 지역 지부의 길드 마스터가 갑자기 나타나면 무슨 일이라도 난 건가 싶을 거야. 게다가 아무런 사전 연락도 없었던 모양이니까.

내가 잘못한 건 아니지만, 어쩐지 죄송합니다. 이 사람의 드래곤 사랑을 얕봤습니다.

"그런 것보다, 무코다 씨. 레드 드래곤(적룡)이요, 레드 드래곤! 어서 보여주십시오!"

아니 아니 아니. 어서 보여주십시오라고 한들, 무리야 무리.

"엘랑드 씨, 저기 말이죠. 저희는 지금부터 던전에 들어갈 예정입니다만……."

페르도 드라 짱도 스이도 드디어 던전에 간다며 대기하고 있는 중이라고.

아까부터 『아직이냐?』라든가, 『얼른 가자고』라든가, 『던전, 기다려?」라든가 하며 모두에게서 염화가 들어오고 있다고. 이제 와서 던전에 가는 게 미뤄진다고는 말 못 해.

"무슨 말을 하시는 겁니까? 던전보다도 레드 드래곤(적룡) 쪽이 중요합니다!"

이런, 이 사람 레드 드래곤(적룡) 쪽이 중요하다고 단언했어.

"잠깐, 그 말은 흘려들을 수가 없겠는데."

나디야 씨가 발끈했다고요. 발끈. 던전 도시에 사람으로서 '던전보다도' 같은 말을 들으면 그야 기분이 좋지 않을 테지.

"드랭의 길드 마스터인 엘랑드 씨. 당신, '던전보다도'라니. 여기 던전은 어찌 되든 상관없다고 말하고 싶은 건가?"

단조로운 낮은 목소리로 그렇게 말한 나디야 씨. 엘랑드 씨를 보는 눈이 날카롭다. 엘랑드 씨도 자신의 실언을 깨달았는지 "아, 아니, 그런 의미가 아니라……"라고 말하며 쩔쩔맸다.

화난 나디야 씨는 박력이 엄청나네요. 이 사람은 절대 화나게 하지 않도록 조심하자.

"그런 의미가 아니라니, 내 귀에는 그런 뜻으로 들렸는데? 드랭의 던전이 무코다 씨에게 답파된 덕분에, 엘랑드 씨네는 막대한 이익을 봐서 윤택해졌다지? 그 무코다 씨가 우리 도시에 와준다기에 나는 아주 큰 기대를 했었거든. 200년 만에 이 에이블링의 던전이 답파되는 게 아닐까 하고."

나디야 씨의 눈빛이 엄청나.

"아, 아니, 저기 말이죠, 바, 방금 발언은, 흥분을 주체 못 하고 나온 말이라고나 할까……."

시선을 회피하면서도 필사적으로 그렇게 말하는 엘랑드 씨. 식은땀이 줄줄 흐르고 있어.

"흥분이라. 나한테는 본인은 충분히 벌었으니 남들은 어찌 되든 알 바 아니라는 식으로 들렸는데?"

뭐, 확실히 엘랑드 씨 말투는 그렇게 받아들여도 이상하지 않을지도.

하지만 엘랑드 씨한테는 신세를 졌고, 앞으로도 신세를 질 예정이니까 이쯤에서 도움의 손길을 내밀어 볼까.

언제가 되었든 간에 레드 드래곤(적룡)에 관한 건 엘랑드 씨에게 부탁할 수밖에 없기도 하고.

"나디야 씨, 어느 쪽이 됐든 여기서 레드 드래곤(적룡)을 어떻게 할 생각은 없습니다. 지금 바로 던전에 갈 겁니다. 우리 사역마들도 의욕이 넘치고 있으니까, 답파도 가능할 것 같습니다. 그리고 에이블링 다음에 드랭으로 가서 레드 드래곤(적룡)을 부탁할 셈이었으니까, 엘랑드 씨도 여기서는 참아주세요."

"후우, 무코다 씨 얼굴을 봐서 이번에는 나도 물러나지. 우리로서는 레드 드래곤(적룡) 같은 것보다 던전 답파 쪽이 중요하니까. 하지만 말이지, 엘랑드 씨. 길드 마스터라는 입장도 있으니 언동에는 조금 더 주의하는 편이 좋을 거야."

나디야 씨도 그렇게 말하며 겨우 분노를 누그러뜨려 주었다.

레드 드래곤(적룡) 같은 것보다 던전 답파 쪽이 중요하다는 말은 약간의 앙갚음이리라.

"죄, 죄송합니다. 앞으로 조심하겠습니다."

남의 집에 온 고양이처럼 엘랑드 씨가 움츠러들었다. 길드 마스터의 위엄이고 뭐고 없네. 이 사람은 지금까지도 줄곧 그랬지만.

아니, 그리고 보니 이 사람은 길드 마스터잖아? 이런 데서 땡땡이치고 있어도 되는 거야?

"그런데 엘랑드 씨. 드랭으로 돌아가지 않아도 괜찮은 건가요? 우고르 씨한테 혼날 텐데요?"

우고르 씨가 우수하다고는 해도 길드 마스터가 장기 부재인 건 안 좋을 거라고 생각하는데.

"괜찮아요, 괜찮아. 우고르 씨가 다 잘해주고 있을 겁니다. 그보다, 저는 정했습니다! 저도 무코다 씨와 함께 던전에 들어갈 겁니다!"

…………뭐? 이 사람 지금 뭐라고 한 거야?

"그럼 바로 가볼까요!"

"아뇨 아뇨 아뇨, 가볼까요가 아니라고! 엘랑드 씨, 어째서 당신까지 가는 건데요? 당신 길드 마스터고, 모험가는 은퇴했잖아요!"

"오호, 그건 괜찮은 이야기로군."

어라? 예상치 못한 곳에서 지원 사격이.

"나디야 씨, 하지만 엘랑드 씨는 모험가가 아니라고요."

"응? 모르는 건가? 던전에 들어갈 수 있는 건 모험가만이 아니야. 기사단 같은 경우도 훈련으로 들어갈 때가 있고, 모험가 출신인 사람이 용돈 벌이 삼아 들어가는 경우도 있어. 신청만 하면 일단은 누구라도 들어갈 수 있지. 물론 그 책임은 스스로 져야 할테니, 나름대로 실력이 있는 자로 한정될 테지만. 그러니 엘랑드 씨가 던전에 들어가도 이상할 건 없어."

혁, 그렇구나. 몰랐어.

일단 누구나 들어갈 수 있다고는 해도, 이후의 일은 자기 책임이라 모험가 이외의 사람이 던전에 도전하려면 역시 나름대로 싸우는 기술이 있는 기사단이나 모험가 출신인 자들뿐인 모양이지만.

"엘랑드 씨라고 하면 전 S랭크 모험가잖아. 현 S랭크 무코다 씨와 전 S랭크 엘랑드 씨 콤비라면 이곳 던전의 답파 가능성도 훨씬 높아질 거야."

나디야 씨의 그 말을 듣고 엘랑드 씨가 응응하며 고개를 끄덕였다.

"맞습니다. 역시 전 S랭크 모험가 거인 공주님이로군요. 뭘 좀 아십니다. 던전이라는 것은 복수의 모험가로 파티를 짜서 도전하기에 앞으로 나아갈 수 있는 것입니다."

나디야 씨도 전 S랭크 모험가였군요. 게다가 거인 공주라는 있는 그대로의 이명을 가진.

아, 그건 일단 제쳐두고, 복수의 모험가가 파티를 맺는다는 둥 하는 말을 하고 있지만, 나한테는 페르와 드라 짱과 스이라는 매우 믿음직한 동료가 있으니까 평범한 솔로와는 다르거든.

"저기 말이죠. 엘랑드 씨도 알고 계신 대로 저한테는 페르도 드라 짱도 스이도 있으니까 전혀 문제 될 게 없는데요?"

"무슨 말씀입니까? 문제가 아주 많습니다! 까놓고 말해서, 저도 드라 짱과 모험을 하고 싶습니다! 드라 짱과 던전에서 모험하고 싶단 말입니다. 이번 기회를 놓칠 수는 없습니다! 저는 무슨 일이 있어도 따라갈 겁니다!"

우와아, 결국 본심이 튀어나왔네. 나이를 먹을 만큼 먹은 아저씨가 어린애처럼 떼쓰지 말라고.

"아, 아니, 던전에 들어가면 한동안은 나오지 못할 테고……. 아무리 우고르 씨가 있다고는 해도, 그건 좀 곤란하지 않을까 싶은데요."

"우고르 군이 있으면 드랭은 전혀 문제없습니다."

아니, 문제가 아주 많지. 또 우고르 씨한테 혼날 거라고. 우고르 씨 무섭게 화낼 거라고.

"아니, 그게, 무슨 일이 생겼을 때라든가…… 그러니까 예를 들면, 갑자기 고랭크 마물이 나타났을 때라든가."

"전혀 문제없습니다. 우고르 군은 저래 봬도 전 B랭크 모험가이고, 드랭은 던전이 있어서 고랭크 모험가가 상주하고 있으니까요."

충격적인 사실이 밝혀졌다. 우고르 씨가 전 B랭크 모험가였다니. 전혀 그렇게 보이지 않았는데.

아니 그보다, 엘랑드 씨는 무슨 일이 있어도 따라올 셈이구나. 거절해도 제멋대로 따라올 것 같은데…….

"하아, 알았습니다. 함께 가죠."

"네엡!"

엘랑드 씨 싱글벙글하네. 드라 짱을 뜨거운 시선으로 보고 있어.

"이야기가 마무리된 모양이군. 그럼 등록은 여기서 해두지. 그대로 던전에 들어가도 돼. 두 사람 모두 드롭 아이템과 매직 아이템 등등을 잔뜩 가지고 돌아오길 기대하며 기다리고 있겠어."

어째선지 엘랑드 씨도 따라오는 상황이 되어버린 우리 일행은 나디야 씨에게 배웅을 받으며 던전으로 향했다.

◇ ◇ ◇ ◇ ◇ ◇

우리는 던전에 들어가기 위해 줄을 섰다. 주변이 다소 시끄러워서 성가셨다.

"어라? 드랭 모험가 길드의 길드 마스터인 엘랑드 씨잖아?"

"전 S랭크 모험가 엘랑드 씨야."

"옆에 사역마를 데리고 있는 모험가, 요즘 소문이 돌고 있는 녀석 아냐?"

"어째서 드랭의 길드 마스터가 이런 데 있는 건데?"

"엘랑드 옆에 있는 사역마를 데리고 있는 사람, 최근 소문으로 들은 무코다인가 하는 녀석이지?"

등등 다양한 이야기가 들려왔다. 모두 소곤소곤 말하고 있지만, 다 들리거든요. 레벨이 올라가서인지는 모르겠지만, 귀가 밝아졌단 말이야. 작은 목소리라도 꽤 잘 들린다고.

하지만 뭐, 눈에 띄는 건 어쩔 수 없으려나. 페르들이 있는 것만으로도 눈에 띄는데, 이번에는 엘랑드 씨까지 함께니까. 여기 있는 모험가들 중에도 엘랑드 씨를 아는 사람이 많아 보여. 드랭의 길드 마스터가 이런 데 있으면 그야 당연히 눈에 띄겠지. 지금은 안 들리는 척을 해두는 게 무난하려나.

안 들린다, 아무 말도 안 들린다. 스스로에게 그렇게 말하면서 주변으로 시선을 돌렸다. 에이블링의 던전도 드랭과 비슷한 느낌이었다. 도시를 감싼 벽 밖에 있으며, 그 주변에는 상인 정신이 넘치는 사람들의 노점이 죽 늘어서 있었다. 던전 입구 근처에는 모험가 길드의 출장소도 있는 모양이었다.

"드랭의 던전과 비슷하네요."

"던전 입구 주변은 대체로 이런 법이지요. 이 나라에는 던전이 하나 더 있는데, 그곳도 이런 느낌입니다."

호오, 그렇구나. 던전이 있으면 사람이 모여드니까. 상인이 그걸 놓칠 리 없겠지.

응? 저건…….

"드랭에서 유행하는 튀긴 감자입니다~. 따끈따끈하고 맛있습니다~."

저건 드랭의 상인 길드에서 내가 선보였던 감자튀김이잖아? 그 노점이 벌써 이 도시에까지 생겼다니. 퍼지는 속도가 엄청나게 빠르네!

"아, 저 튀긴 감자는 무코다 씨가 가르쳐주었던 것이로군요. 드랭에서도 큰 인기랍니다. 아이의 간식으로도 좋고, 술안주로도 딱이라면서 말이지요. 저도 먹어봤습니다. 저건 에일과 잘 맞더군요~."

내가 튀긴 감자 노점을 빤히 보고 있다는 것을 눈치챈 엘랑드 씨가 그렇게 말했다.

엘랑드 씨도 이미 먹어본 건가. 감자튀김을 파는 가게가 그렇게 많아졌구나. 뭐, 필요한 재료도 별로 없고 간단하니까. 그래서 가르쳐준 거기도 하고.

그냥 먹어도 맛있고, 안주로는 더할 나위 없지. 갓 튀긴 감자튀김에 맥주…… 어울리지 않을 리가 없지. 아, 이런 이런. 먹고 싶어졌잖아.

"아, 그렇지. 정말로 식량은 준비하지 않아도 괜찮은 겁니까?"

음식 이야기가 나와서인지 엘랑드 씨가 내게 그렇게 물었다.

길을 가던 도중에 엘랑드 씨가 던전에 들어가려면 식량이 부족하다며 그것만큼은 보충하고 싶다고 말했고, 나는 넉넉하게 준비했으니 괜찮다고 말했었다.

"괜찮다니까요. 아이템 박스에 잔뜩 준비해뒀거든요."

어제 하루 종일 준비했으니까 말이지. 엘랑드 씨 몫도 충분하리라고 본다.

만약 부족해진다고 해도, 나한테는 인터넷 슈퍼가 있으니 굶을 걱정은 없다. 뭐, 엘랑드 씨한테 인터넷 슈퍼를 사용하는 모습을 들키지 않도록 해야겠지만.

"아사해서 언데드 동료가 되는 일만큼은 없도록 해주십시오."

"아하하, 그런 일은 없을 겁니다."

인터넷 슈퍼 스킬이 있는 내가 있으니 만에 하나라도 그런 일은 절대 생길 리 없지.

"걱정하실 필요 없어요. 페르들이 있으니 밥에 소홀할 수는 없잖아요. 식량은 아주 넉넉하게 준비했습니다."

밥이 없다든가 더럽게 맛없는 휴대식 같은 걸 줬다간 페르들이 나를 가만히 안 둘 거다.

"그렇게 말씀하신다면 식량에 관한 건 맡기겠습니다. 잘 부탁 드립니다."

엘랑드 씨도 겨우 납득해준 모양이다. 하지만 역시 전 S랭크 모험가네. 던전에서 식량이 얼마나 중요한지 잘 알고 계시잖아.

"그렇지. 엘랑드 씨는 모험가 시절에 이곳 던전에 들어간 적이 있으신가요?"

"네. 그렇다고는 해도 17층까지입니다만."

17층까지라. 역시 다음 18층이 언데드 계층이라서 거기서 멈춘 걸까?

"17층이라고 하면, 18층에 언데드 계층이 있어서인가요?"

"그렇습니다. 역시 언데드는 성가시니까요. 파티 멤버들끼리 이야기한 결과, 그렇게까지 무리할 필요는 없다고 하여 17층에서 멈추었습니다."

그야 목숨이 제일 중요하니까. 하지만 S랭크 파티라도 언데드 는 버거운 건가?

"S랭크 파티라도 언데드는 사양하고 싶은 법인가요?"

"그야 그렇지요. 기본적으로 물리 공격도 마법 공격도 듣지 않으니까요. 언데드 계층 대처법은 대미지를 주고 그 틈에 앞으로 나아가는 식입니다. 솔직히, 꽤 귀찮지요. 게다가 포위되기라도 하면 어찌할 도리 없이 소모전이 시작됩니다."

그렇게 말하며 엘랑드 씨가 싫다는 표정을 지었다.

언데드에 포위된다…… 그런 상황이 되면 살아남을 수 있을 것 같지가 않아.

"언데드 대책으로서는 일단 교회의 성인도 있습니다만, 사실 그렇게 대단한 효과는 없답니다."

교회의 성인 말이지.

열 번 정도 공격하면 효과가 없어진다고 하니, 비싼 값을 받는 것치고는 효과가 너무 보잘것없긴 하지.

"하지만 이번에는 여러분과 함께이니, 답파는 틀림없지요."

그렇게 단언하는 것도 곤란한데. 페르들이 있고, 언데드 대책으로 신들에게 받은 아이템이 있으니까 일단 괜찮을 거라고는 생각하지만.

헤파이스토스 님과 바하근 님에게 성각인을 받아서 얼마나 다행인지 모르나니까. 아무든, 첫 언데드 계층인 9층에서 시험해봐야지.

"아, 다음이 저희 차례입니다. 저도 오랜만에 던전이라 기대됩니다. 게다가 이번에는 드라 짱과 함께…… <u>으흐흐흐흐흐흐</u>."

엘랑드 씨, 기분 나빠요. 자, 드디어 던전이다. 기합을 넣고서 들어가 볼까.

제 3 장

던전 돌입

입구에 선 병사에게 길드 카드를 보여주고 던전 안으로 들어갔다.

엘랑드 씨는 엄밀하게 말하자면 모험가는 아닌지라, 던전에 들어가기 전에 등록하여 받은 던전 카드를 보여주고 들어갔다. 모험가가 아닌 사람이 던전에 들어갈 때는 등록할 때 던전 카드가 발행되고, 그것을 보여주고서 던전에 들어가게 된다고 한다.

안쪽은 사전에 들었던 대로 사방이 석벽으로 둘러싸인 고전적인 던전이라는 느낌이었다. 석벽으로 둘러싸인 통로는 어떤 구조로 되어 있는 것인지 알 수 없지만, 너무 밝지도 않고 너무 어둡지도 않은 일정한 밝기를 유지하고 있었다.

"스이, 던전 안에 들어왔어."

그렇게 말하자 스이가 가죽 가방에서 뿅 하고 튀어나왔다.

『던전, 던전.』

스이는 즐거운 듯이 퐁퐁 뛰어올랐다.

『초반에는 피라미밖에 없는 모양이다. 서둘러 나아가겠다. 타라.』

기척을 읽는 페르가 그렇게 말했다.

엘랑드 씨가 동행하는지라 페르는 염화를 썼다.

엘랑드 씨는 페르가 사람 말을 할 수 있다는 것을 알지만, 던전 안에는 다른 모험가도 있으니까.

"잠깐 기다려. 엘랑드 씨, 이곳 던전은 8계층과 11, 12계층 부근에 사람이 많은 모양이던데, 드롭 아이템이나 보물 상자 같은 것도 그 계층 근처부터 괜찮아지는 느낌인가요?"

"그게 그러니까, 6, 7계층부터도 괜찮지만 그 부근은 초급 모험가에게 양보해주는 편이 좋다고 봅니다. 무코다 씨도 S랭크이고 저도 은퇴는 했지만 전 S랭크니까 말이죠. 본격적으로 탐색하는 건 13계층 부근부터가 좋을까요?"

13계층이라. 분명 곤충 존이었지? 그 전에 9층이 언데드 계층이니까 거기서 헤파이스토스 님과 바하근 님에게 받은 성각인도 시험해두고 싶은데.

그리고 그 성각인을 시험하기 전에 이번 던전행을 위해 새롭게 준비한 창을 써서 익숙해지고 싶어. 창을 조금 휘둘러본 감촉으로는 어찌어찌 쓸 수 있을 것 같은 느낌이었지만, 역시 제대로 써보지 않으면 알 수 없으니까.

"사실대로 말하자면 저는 언데드가 처음입니다. 그러니 9층에서 조금 익숙해졌으면 해요. 그리고 이번 던전행을 위해서 창을 새로 구했는데, 그것도 9층 언데드 계층 전에 써보고 싶습니다. 그러니까 8층부터 탐색을 해도 괜찮을까요?"

"그런 이야기라면 물론 괜찮지요."

"페르도 그걸로 괜찮을까?"

『8층이라. 피라미 기척밖에 없지만, 뭐 괜찮겠지. 단숨에 간다. 타라.』

타라니, 이번에는 나뿐만이 아니라 엘랑드 씨도 있다고. 이런 때는…….

『스이, 엘랑드 씨를 태워줄 수 있을까?』

『응, 좋아.』

스이가 페르만 한 크기로 커졌다. 엘랑드 씨가 "오오" 하고 소리를 내며 놀랐다.

"8층까지 단숨에 나아갈 예정이니까, 엘랑드 씨는 스이를 타주세요."

"예? 그래도 되는 겁니까?"

"네, 됩니다. 스이도 진화해서 크기를 어느 정도 자유자재로 바꿀 수 있게 됐거든요. 그 덕분에 사람을 태우는 것도 가능해졌답니다."

내가 그렇게 말하자 "호오" 하며 매우 감탄했다.

"슬라임도 사역마로 삼으면 그렇게 진화를 하는군요."

"아뇨, 스이는 특수 개체이기 때문이라고 생각합니다. 슬라임을 사역마로 삼는다고 해서 반드시 진화한다고는 할 수 없을 테고요."

"확실히 그렇군요. 그 전에 슬라임을 사역마로 삼는 테이머는 저도 무코다 씨 이외에는 들은 적이 없으니까요. 하하하."

그야 그렇겠지. 슬라임은 피라미 취급이니까. 우리 스이가 특별한 거라고.

『어이, 어서 타라.』

서둘러 나아가고 싶은 페르가 재촉했다.

"그럼, 엘랑드 씨. 스이를 타주세요."

내가 그렇게 말하자, 엘랑드 씨가 주저주저하는 느낌으로 스이에 올라탔다.

"오, 생각했던 것보다 느낌이 괜찮군요."

말랑말랑하니까. 물침대에 올라탄 감각에 가깝겠지.

엘랑드 씨가 스이에 올라타는 것을 지켜본 다음, 나도 페르 등에 올랐다.

『모두에게 결계를 펴두겠다. 그럼 출발한다.』

"그렇게 해주면 고맙지. 드라 짱과 스이는 뒤처지지 않게 따라와 줘."

『그래.』

『알았어.』

우리 일행은 페르를 선두로 삼아 던전을 나아갔다.

석벽에 둘러싸인 통로를 휙휙 이동했다.

들었던 대로 1층부터 3층에는 빅 래트와 자이언트 배트, 4층부터는 고블린이 나왔지만 페르의 결계도 있어서 "어라? 있었어?"라는 느낌으로 어려움 없이 돌파했다.

때때로 초심자로 보이는 젊은 모험가들이 있어서 그 옆을 빠르게 지나쳐 갈 때면 모두 우리를 보고 넋 나간 표정을 지었다. 뭐, 마음은 이해되지만 던전 안에서 한눈팔면 안 되지.

그렇게 막힘없이 나아가기를 약 한 시간──.

『이 계층을 내려가면 8층이다.』

페르가 그렇게 말했고, 나는 페르의 등에서 내렸다.

"그것참, 놀랐습니다. 던전을 이렇게 빠르게 나아가다니."

스이에게서 내려서며 엘랑드 씨가 말했다.

"페르 덕분이에요. 기적 감지가 특기거든요. 그렇지? 페르."

내가 그렇게 말하자, 페르가 약간 쑥스러운지 『나한테 걸리면 별것 아니다』라는 무뚝뚝한 대답이 돌아왔다.

"역시 펜리르로군요."

그런 펜리르를 보며 엘랑드 씨는 연신 감탄했다. 페르의 기척 감지는 언제나 큰 도움을 주고 있지.

"그럼, 수고스러우시겠지만 8층부터 탐색을 시작하기로 하겠습니다. 잘 부탁드립니다."

"네."

창을 시험해볼 때다. 스이가 만들어준 미스릴 창을 아이템 박스에서 꺼냈다.

"호오, 미스릴 창입니까? 창을 처음 써보신다고 했던 것 같은데, 처음부터 분발하셨군요. 뭐, 무코다 씨는 잘 버시니까 얼마든지 가능한 일일 테지만요. 하하하."

애매하게 "그야 뭐……" 하고 대꾸해두었다. 초심자가 미스릴 창이라니, 역시 그렇게 보이는 건가.

하지만 높은 완성도에 비해 비용은 거의 들지 않았는데 말이지.

창은 처음 만든 후에 스이에게 다시 부탁해서 조금 개조를 했다. 이 창은 자루 부분도 미스릴로 되어 있는데, 매끈매끈해서 미끄러질 것 같았기 때문에 살짝 손을 봤다. 스이에게 부탁해서 잘 미끄러지지 않게 올록볼록 엠보싱 가공을 했다.

스이에게 설명해도 좀처럼 이해하지를 못해서 어쩌나 했는데, 식칼 등에 미끄러지지 않도록 손잡이에 엠보싱 가공이 된 것이 있었다는 것을 떠올리고 인터넷 슈퍼에서 좀 찾아보았다. 그리고 그런 식칼을 찾아냈다. 그걸 보여주면서 이런 느낌으로 해달라고 스이에게 부탁했었다.

엠보싱 가공이 된 창은 잘 미끄럽지 않게 되어 쓰기 편해졌다.

"참고로 제 무기는 이겁니다."

엘랑드 씨가 허리에 찬 검집에서 꺼낸 것은 미스릴제인 가느다란 장검이었다.

"모험가 시절부터 애용했지요. 하지만 무코다 씨께 구입한 어스 드래곤(지룡) 이빨로 만든 드래곤 소드도 애검으로 삼을 예정이랍니다~. 우후후후후후."

엘랑드 씨, 방금 문제가 될 발언은 은근슬쩍 한 것 같은데? 어스 드래곤(지룡) 이빨로 만든 검은 길드 소유로 길드에 장식될 예정이 아니었던가? 모험가들의 관심을 끌어 도시로 불러들이는 데 유용할 거라며?

"아니, 그건 길드 소유인⋯⋯."

"어흠, 무, 물론 그렇지요. 가끔 아주 살짝 빌려 쓸까 하는 것뿐입니다."

아니, 이제 와서 새어 나온 본심을 수습하려 해본들 말이지. 아니 뭐, 엘랑드 씨니까. 그건 훗날 드랭의 모험가 길드에서 어떻게든 해주세요.

"그럼, 가볼까요?"

"네."

『다들, 여기서는 창 훈련도 하고 싶으니까 전부 쓰러뜨리지 말고 내 몫도 남겨줘.』

페르와 드라 짱과 스이에게 염화로 그렇게 전하고 우리 일행은 8층 탐색에 나섰다.

◇ ◇ ◇ ◇ ◇

『이 계층은 피라미밖에 없구나. 내가 상대할 것도 없다. 드라와 스이가 맡아라.』

페르가 염화로 그렇게 말하며 드라 짱과 스이에게 전부 떠넘겼다.

『여기 있는 거라고 해봐야 고블린이나 코볼트잖아? 나도 그런 건 상대하고 싶은 마음 없어. 스이, 맡길게.』

드라 짱도 고블린과 코볼트는 상대하고 싶지 않은지 스이에게 떠넘겼다.

『스이가 혼자서 쓰러뜨려도 돼?』

스이는 뿅뿅 기쁜 듯이 뛰어올랐다. 스이만큼은 상대가 무엇이든 의욕이 넘치는 모양이다. 하지만 있지, 혼자서 다 쓰러뜨리는 건 곤란하거든. 아까 내 몫도 남겨달라고 했잖니? 스이.

『스이, 혼자서 전부 쓰러뜨리는 건 안 돼. 창 훈련을 하고 싶으니까 내 몫을 남겨달라고 말했잖아.』

『아, 그랬지. 전부 쓰러뜨리면 안 되는 거지? 그럼 주인한테는 몇 개 남겨주면 돼?』

『으음. 일단 한 마리만 쓰러뜨리지 말고 내 쪽으로 보내줄래?』

아직 창을 얼마나 쓸 수 있을지 모르니까. 신중하게, 일단은 시험 삼아 한 마리부터.

스이를 선두로 해서 나와 엘랑드 씨, 그 뒤에 페르와 드라 짱이라는 진형으로 던전을 나아갔다.

"그걋, 그걋앗!"

통로 앞에 있던 고블린 집단이 우리 존재를 눈치채고 달려들었다.

『고블린이다. 스이가 쓰러뜨릴게.』

풋, 풋, 풋━━━.

스이의 산탄이 쏟아지자 고블린들이 풀썩풀썩 쓰러졌다.

내가 한 말을 지켜준 것인지 살아남은 한 마리가 이쪽을 향해 달려왔다.

"에잇."

나는 그 고블린을 향해서 미스릴 창을 내찔렀다.

창끝이 고블린의 가슴 한가운데로 빨려 들어가듯이 슥 들어갔고, 뽑아내자 고블린은 힘없이 쓰러졌다. 응, 미스릴 쇼트 소드와 마찬가지로 무시무시할 만큼 예리하다. 역시 미스릴. 이런 걸 만들어낸 스이도 대단하고.

"놀랐습니다. 특수 개체로 강하다는 말은 무코다 씨께 들었습니다만, 이런 공격이 가능한 슬라임이 있을 줄은⋯⋯."

스이가 공격하는 모습을 보고서 엘랑드 씨가 그렇게 말했다.

아, 스이가 슬라임이라서 믿지 않았었구나. 뭐, 그것도 어쩔 수 없다고 하면 어쩔 수 없는 일이지만. 어쨌든 슬라임이라고 하면 피라미의 대표 같은 거니까. 하지만 우리 스이는 방금 본 대로 엄청나게 강하거든.

"방금 그건 시작에 불과합니다. 훨씬 대단하다니까요. 스이, 어서 계속해서 가자."

그렇게 말하자 스이는 『네에』하고 염화로 대답하고 8층 통로를 거침없이 나아갔다. 도중에 있는 방에는 들어가지 않고, 그저 통로를 계속 나아가 보스 방에 도착했다. 살펴보니 10대 중반 정도의 젊은 모험가들이 고블린과 코볼트 혼성 부대와 싸움을 벌이고 있었다.

"초급 모험가 파티인 걸까요?"

"그런 모양이로군요. 응, 제법이네요. 에이블링에서도 괜찮은 모험가가 자라고 있나 봅니다."

오, 엘랑드 씨가 길드 마스터다운 발언을 했어.

"그 눈은 뭡니까? 저도 길드 마스터인 만큼 모험가들에게는 관심을 두고 있습니다."

내가 뜨뜻미지근한 시선으로 바라보자, 당황한 듯이 엘랑드 씨가 대꾸했다.

아니 그게, 이 사람은 드래곤 사랑이 격렬해서 살짝 유감스러운 사람이라는 인상밖에 없거든.

"정말입니다."

"뭐, 그렇다고 해두죠."

"아니, 해두는 게 아니라······."

"아, 끝났나 보네요."

젊은 모험가들이 전투를 마치고 이쪽으로 돌아왔다.

그리고 스쳐 지나가면서 우리에게 "끝났으니 들어가시죠"라고 말하며 통로 쪽으로 되돌아 나갔다.

"어라? 저 아이들 다음 층으로 나아가지 않는 걸까요?"

"다음은 제1 관문이기도 한 언데드가 있는 9층이니까요."

그렇구나. 다음은 언데드 계층이었지. 초급 모험가한테는 버거우려나.

"그렇지. 여기는 저한테 맡겨주시겠습니까?"

"네? 그래도 상관없지만, 엘랑드 씨한테는 부족한 상대 아닌가요?"

페르들에게 의지하는 나와 달리 일단 이 사람은 진짜 전 S랭크니까.

"하하. 그렇기는 하지만 오랜만의 던전이니까요. 몸을 좀 풀 겸 제 실력도 보여드리죠."

오오, 엘랑드 씨의 검술을 볼 수 있는 거야? 흉내는 낼 수 없겠지만, 내가 검을 쓸 때 조금이라도 참고가 된다면 좋겠는걸.

그러면 이제 보스 방에 돌입할 마음으로 가득한 스이를 설득해야만 하는데.

『스이, 여기는 엘랑드 아저씨가 쓰러뜨릴 거니까, 조금만 참아줄 수 있을까?』

『우웅, 스이가 쓰러뜨리고 싶은데.』

『미안해. 하지만 있지, 다음 층에서는 지금까지 본 적 없는 마물이 나오거든. 그쪽을 잔뜩 쓰러뜨려 주면 좋겠는데.』

『본 적 없는 게 나오는 거야? 와, 신난다. 스이, 다음 층에서 열심히 할래.』

옳지 옳지. 스이는 다음 층에서 힘내줘.

나도 열심히 할 생각이기는 하지만, 좀비나 스켈레톤 같은 걸 실제로 보면 다리가 풀려버릴 것 같거든.

"그럼, 엘랑드 씨. 부탁드립니다."

"예. 그럼 시작하겠습니다."

그렇게 말하고 엘랑드 씨가 보스 방으로 돌입해 갔다.

슉, 휘릭, 슈우우우우우우우웃──── 철컥.

물 흐르듯 고블린과 코볼트를 베어버리고 애검을 검집에 되돌렸다.

"끝났습니다."

싱글벙글한 표정을 짓고 있는 엘랑드 씨. 나는 처음부터 끝까지 입을 떡 벌린 채 바라보고 있을 뿐이었다.

"대단해, 대단해요 엘랑드 씨! 전 S랭크라는 건 정말이었군요!"

엘랑드 씨의 검 놀림은 마치 춤을 추는 것만 같았다.

"정말이었군요라니, 의심하셨던 겁니까? 몇 번이고 S랭크라고 말하지 않았습니까?"

아니, 면목 없습니다. 그게 말이지, 나는 엘랑드 씨의 이상한 모습밖에 못 봤다고. 의심한 건 아니지만, 정말이야? 하는 생각을 아주 살짝 할 수밖에 없지 않겠어? 아무튼 진짜 실례했습니다.

아, 그런 건 어찌 됐든 상관없고.

"뭔가요? 그 물 흐르는 듯한 검기는. 어디 대단한 유파의 기술을 단련했다든가, 그런 건가요?"

그 검기를 보면 분명 그럴 테지. 물 흐르듯이 슈우우우욱 하고 베어버렸다고.

"그것참, 그렇게 대단한 건 아닙니다. 제 검은 제 스스로 고안한 겁니다. 엘프의 신체 능력과 경험이 만들어낸 기술이죠."

"……그걸, 직접?"

"예. 엘프는 원래 몸이 가벼우니까요. 검기도 자신에게 맞춰 개량을 거듭하여 점점 자신에게 맞는 움직임이 되어가는 느낌이라고 할까요? 그렇게 된 다음에는 경험을 쌓아가면 어느 정도로 검을 쓸 수 있게 됩니다. 엘프는 인간보다 수명이 긴지라, 몇 배나 되는 경험을 할 수 있으니까요. 장수하는 엘프라 다행이었지요. 하하하."

엘프, 장난 아니네. 그보다, 치사해. 수명이 길다는 것만으로도 엄청나게 유리하잖아. 뭐, 부러워한들 어찌할 수 없는 일이지만.

엘랑드 씨의 검, 조금은 참고할 수 있으려나 했는데. 전혀 참고가 안 되겠어.

"그럼 9층으로 갈까요?"

우리 일행은 보스 방 앞에 있는 계단을 내려갔다.

드디어 언데드 계층이다. 헤파이스토스 님과 바하근 님에게 받은 그걸 시험해볼 때로군.

"다음 언데드 계층은 아무튼 빠르게 빠져나가는 것이 중요합니다. 여러분, 뒤처지지 않도록 주의해주십시오."

엘랑드 씨가 드물게도 진지한 표정을 하고서 말했다.

"아뇨, 언데드도 쓰러뜨리면서 갈 겁니다. 사실은 이런 걸 구해서요……."

나는 엘랑드 씨에게 성각인을 보여주었다.

"이건 성각인이라고 하는데, 교회의 성인 강화판입니다."

엘랑드 씨에게 그렇게 전하자 눈을 동그랗게 뜨며 놀랐다.

"그, 그, 그런 물건을 어디서 구하신 겁니까?!"

성인도 교회에서 쓰고 있는 건 복제품이고, 실물은 르바노프교의 총본산에 있다고 하니까 국보처럼 엄중하게 보존되어 있을 테지. 그것의 강화판이라니, 엘랑드 씨가 놀랄 만도 하려나.

"저기, 그건 비밀입니다."

신에게 받았다고는 아무래도 말할 수 없으니까.

"아무튼, 이런 것을 손에 넣었으니 유효하게 써보려고 합니다. 그러니까, 효과는 아까 말했던 대로 성인의 강화판 같은 느낌입니다. 무기 등에 이 성각인을 찍고, 그것으로 공격하면 언데드는 소멸합니다. 그 효과는 하루 종일 간다고 합니다."

헤파이스토스 님과 바하근 님에게 들은 이야기를 엘랑드 씨에게 설명해주었다.

"아니 아니 아니, 자, 잠깐 기다려주세요. 대, 대체 뭡니까? 그 효과는. 분명 성인의 강화판이기는 하지만, 강화가 지나친 것 아닙니까?"

엘랑드 씨가 놀라는 것도 무리는 아니지만, 일단 신이 만들어 준 거니까 뭐.

애주가 콤비, 정말 좋은 일을 해줬다니까.

"무기 등이라는 건, 무기 이외에도 효과가 있다는 뜻일 테죠? 예를 들면 마법으로 공격한다면, 그 마법을 날리는 본인에게 성각인을 찍으면 언데드에게 마법 공격이 가능해진다는 말이지요? 게다가 효과가 하루 종일 간다고요?!"

아, 아니, 엘랑드 씨 들이대는 건 그만둬 주세요. 어, 얼굴이 가까워.

"지, 진정하세요."

엘랑드 씨의 어깨를 밀어내며 진정하라고 말했다.

"이게 진정할 수 있는 일입니까?! 무코다 씨는 성 마법이 아님에도 언데드에게 효과가 있는 물건을 가지고 있는 겁니다! 게다가 효과는 절대적이면서 사용법은 그저 찍기만 하면 된다니! 이건 국보급, 아니 그 이상의 물건입니다!"

그건 그럴 테지만, 신들이 준 거니까 어쩔 수 없잖아.

"아, 그, 이 성각인에 관한 건 비밀로 부탁드립니다."

"당연합니다! 이런 국보급 이상의 물건을 개인이 소유하고 있다는 말, 무서워서 못 합니다!"

죄, 죄송합니다.

"그나저나, 펜리르를 사역마로 삼고 거기에 마검 칼라드볼그에 그 성각인이라고 하는 개인으로서는 가질 수 없는 것들을 가지고 있는 무코다 씨는 대체 어떤 사람입니까?"

"어떤 사람이라니, 평범한 모험가인데요……."

이세계 소환에 휘말려든 이세계의 전 샐러리맨이라는 직함도 있습니다만.

"평범한 모험가라니, 평범할 리가 없지 않습니까! 정말이지……."

그렇게 말하며 엘랑드 씨가 어이없어했다.

엘랑드 씨에게 어이없다는 시선을 받는 나라니……. 살짝 납득이 가지 않지만, 뭐 됐어.

"그럼, 성각인을 찍고서 9층을 공략하도록 하죠. 페르와 드라 짱과 스이는 직접 몸에, 나랑 엘랑드 씨는 무기에……."

"자, 잠깐만 기다려주십시오. 이런저런 일이 있어서 마음이 진정되질 않으니."

거기까지 말한 엘랑드 씨가 드라 짱에게 뜨거운 시선을 보냈다.

"드라 짱을 꼭 끌어안게 해주십시오. 그러면 마음이 평온해질 겁니다."

그리고 그렇게 이어 말하면서 양손을 꼼지락꼼지락 움직였다.

『이, 이 녀석 뭐야? ……오지 마! 아니, 나는 아무나 만질 수 있을 만큼 쉽지 않다고!』

그렇게 말한 드라 짱이 엘랑드 씨에게서 멀찍이 떨어졌다.

"아앗, 드라 짜아아앙."

엘랑드 씨가 멀어져가는 드라 짱을 향해서 손을 뻗었다.

"성가시게 굴면 미움받을 거라고 생각해서 지금까지 참았으니까, 조금 정도는 괜찮지 않습니까아아아아."

드라 짱에게 뜨거운 시선을 보내기는 했지만 얌전히 있었던 건 그런 이유였던 건가.

『이 녀석, 시시때때로 나를 빤히 보고 있어서 정말이지 기분 나쁘다고. 이 녀석에게 안기다니, 절대로 싫어!』

드라 짱……. 엄청난 거부반응이네. 엘랑드 씨가 들으면 엉엉 울 거야.

『드라 짱. 안는 건 못 하게 할 테니까, 아주 살짝, 정말 아주 살짝만 만지게 해주지 않을래?』

염화로 드라 짱에게 그렇게 말하자『에엑』하며 불만스러워했다.

『이 사람에게는 앞으로도 신세를 져야 한다고. 아주 조금이면 되니까, 부탁할게. 던전에서 나가면 좋아하는 푸딩을 실컷 먹게 해줄 테니까.』

엘랑드 씨에게는 레드 드래곤(적룡)을 부탁해야만 하니까, 너무 무시할 수도 없단 말이야.

『쳇, 어쩔 수 없네. 푸딩 잊지 말라고!』

겨우 만져보는 것만은 승낙해주었고, 드라 짱이 떨떠름하게나마 내 품 안으로 들어왔다.

"엘랑드 씨, 안는 건 무리지만 만지는 건 허락해줬습니다."

"오옷, 오오오오오옷."

엘랑드 씨가 곧바로 바짝 다가왔다.

제가 드라 짱이 아닌데도 기분 나쁩니다. 엘랑드 씨.

"그럼……."

엘랑드 씨가 드라 짱의 등에 손을 올렸다.

쓰담쓰담, 쓰담쓰담.

꽤나 기뻤는지, 단정한 얼굴이 헤벌쭉 풀어졌다. 그리고 그 손이 머리 쪽으로 향하려 했고.

『머리는 만지지 마.』

드라 짱이 단호하게 소리쳤다.

"아, 엘랑드 씨. 머리는 안 됩니다."

"이런."

엘랑드 씨도 불만스러워하기는 했지만, 들은 대로 등만 계속 쓰다듬었다.

물론 얼굴은 풀어져 있었다.

"안는 건 안 된다고 말했지만, 무코다 씨에게는 안겨 있는군요."

"아니, 그게, 그건 그러니까, 우리는 사역마 계약을 맺었으니까요."

"크으으으으, 역시 사역마 계약입니까……."

분한 얼굴로 "나도 언젠가 드래곤과 사역마 계약을 맺고야 말 겠어"라고 중얼거리는 엘랑드 씨.

맺고야 말겠다니, 무리라고 생각합니다만.

『어이, 이제 충분하잖아?』

드라 짱도 한계에 다다른 모양이었다.

"엘랑드 씨, 이제 그만하시죠."

"에이, 아주 조금, 아주 조금만 더."

"너무 끈질기게 그러시면 이번에야말로 정말 미움받게 될 겁니다."

"크읏……."

엘랑드 씨가 마지못해서라는 느낌으로 드라 짱에게서 손을 뗐다.

"그럼 성각인을 찍겠습니다. 우선은 제 창에 찍어보죠."

나는 성각인에 마력을 흘려보내면서 미스릴 창 날 부분에 찍어보았다. 이 세계의 문자와도 다른, 상형 문자 같은 것이 한순간 옅게 빛나며 떠오르는가 싶더니 빨려들어 가듯이 사라졌다.

다음은 페르들에게 찍으려고 하는데, 이거 아프 건 아니겠지? 으음, 일단 나한테 먼저 찍어서 시험해볼까? 무슨 일이 있다고 해도 스이 특제 포션도 있고, 스이 특제 일릭서도 세 병 정도 만들어둔 게 있으니까 괜찮겠지.

시험 삼아 손등에 찍어보았다. 살짝 따뜻해진 느낌이 들었을 뿐, 아무렇지도 않았다.

"찍었을 때 살짝 따뜻한 느낌이 들 뿐, 아무렇지 않으니까 괜찮을 거야. 페르, 드라 짱, 스이, 찍을게."

『그래.』

페르의 덥수룩한 털을 제치고, 목 부근에 성각인을 꾹 찍었다.

『네가 말했던 대로 아무렇지도 않다. 이걸로 언데드를 몰살시킬 수 있는 건가? 그놈들은 성가셔서 피하는 일이 많았다만. 크크크, 이걸로 마음껏 처리할 수 있겠구나.』

페르, 어쩐지 음험해 보여. 페르라고 해도 지금까지 언데드와는 상대하기 어려웠을 테니까 뭐.

『다음은 나야.』

드라 짱의 목 부분에도 성각인을 꾹 찍었다.

『이걸로 언데드를 공격할 수 있단 말이지? 나도 언데드를 마구 쓰러뜨려 주겠어!』

드라 짱도 의욕이 넘쳤다.

『스이도.』

네네. 스이에게는 몰캉몰캉 미끈미끈한 머리 위에 성각인을 꾹.

『스이도 풋풋해서 많이 쓰러뜨릴래!』

스이도 의욕 넘쳤다. 아, 스이는 언제나 의욕이 넘치던가?

"마지막은 저로군요. 저도 마법이 특기이니, 손등에도 찍어주십시오."

엘랑드 씨의 희망대로 애용하는 검과 손등에 성각인을 찍었다.

"좋아, 이걸로 준비는 다 됐습니다. 언데드 계층이라 지금까지 사람 손이 그다지 닿지 않았을 거라 생각합니다. 좋은 게 손에 들어올지도 모르니 적극적으로 탐색하며 나아가죠."

그렇게 우리 일행은 언데드가 우글대는 9층에 발을 들여놓았다.

9층 통로에서 처음으로 마주친 것은 좀비 세 마리였다.

"으아아." "아아." "으아."

생기 없는 눈을 한 좀비가 거무스름하게 썩어가는 몸으로 느릿느릿하게 걸으며 이쪽을 향해 오는 모습은 그야말로 공포 영화에서 본 좀비 그 자체였다.

"으엑, 기분 나빠."

겉모습도 그렇지만 냄새가 엄청난걸……

『으음, 좀비의 이 냄새만큼은 익숙해질 수가 없군. 견디기 힘든 악취다.』

『이 냄새는 뭐야? 코가 썩겠어!』

『우으, 냄새나.』

응, 모두가 말한 대로 냄새가 심하다.

"좀비 냄새는 강렬합니다. 좀비가 있는 곳에서는 코로 숨을 쉬지 않는 것이 철칙이지요."

엘랑드 씨가 그렇게 가르쳐주었다.

"그럼 어서 이 불쾌한 냄새의 근원을 쓰러뜨리도록 하죠."

엘랑드 씨가 애검을 뽑아 들고 좀비를 베려 하자……

『스이가 쓰러뜨릴래.』

풋, 풋, 풋━━━.

썩어가던 육체에 산탄이 맞았고, 가슴에서 배 부근에 커다란 구멍이 뚫렸다. 좀비는 움직임을 멈추고 풀썩 앞으로 꼬꾸라졌다. 그리고 잠시 후 던전에 빨려들어 가듯이 사라져갔다.

"오오, 성각인 효과가 확실하네요."

"솔직히 반신반의했습니다만 아주 잘 듣는군요. 이거라면 언데드도 무섭지 않습니다."

"네, 쑥쑥 나아가죠."

통로를 나아가자, 다음은 스켈레톤이 나타났다. 응, 해골이네.

『다음은 내가 가마.』

그렇게 말한 페르는 스켈레톤을 향해 달려들었다.

페르의 몸통 박치기. 드라 짱처럼 마법을 두르는 일도 없이, 있는 그대로의 몸통 박치기였지만, 커다랗고 튼튼한 페르가 하면 그것도 훌륭한 공격이었다. 빠른 속도의 트럭에 치인 것처럼 스켈레톤은 공중을 날아 천장과 벽에 부딪혀 산산이 부서졌다.

페르의 공격이었다고는 해도 이렇게 산산조각이 나다니, 혹시 스켈레톤은 부서지기 쉬운 거야?

"엘랑드 씨, 스켈레톤은 원래 저렇게 잘 부서지는 건가요?"

"아뇨 아뇨. 저건 성각인의 효력과 페르 님의 힘이 만들어낸 것일 테죠."

무기로 공격한 것도 마법으로 공격한 것도 아닌 단순한 몸통 박치기로 산산조각이 나버린 스켈레톤을 보며 엘랑드 씨도 쓴웃음을 지었다.

이어서 마주친 것은 또다시 좀비였다. 이번에는 네 마리다.

『다음은 내가 가겠어!』

그렇게 말한 드라 짱이 앞으로 날아가며 몸을 앞으로 구부리더니 좀비의 등을 얼음 기둥으로 꿰뚫어버렸다.

콰직, 콰직, 콰직, 콰직————.

『헤헷, 식은 죽 먹기네. 응? 뭔가 있는데? 어이, 뭔가 나왔어.』

좀비가 사라지고 드롭 아이템이 나온 모양이었다. 드라 짱이 자그마한 병을 건네주었다.

"이건…… 뭐지?"

작은 병에는 거무튀튀한 액체가 들어 있었다. 이럴 때는 감정이지.

【부식액】
생물을 부식시킨다.

부식액이라니……. 어디에 쓰라는 건데?

"그것은 좀비의 드롭 아이템인 부식액이로군요. 언데드의 드롭 아이템은 수가 적기 때문에 나름 고가로 거래됩니다."

부식액 병을 본 엘랑드 씨가 그렇게 가르쳐주었다.

"하지만, 부식액을 쓸 데가 있는 건가요?"

고가로 거래된다는 것은 좋은 일이지만, 대체 어디에 쓰는 걸까? 그것이 의문이었다.

"그야 이것저것 있지요. 여차할 때 공격에도 쓸 수 있고, 부식액은 꽤 수요가 있습니다."

엘랑드 씨의 이야기에 따르면 이 부식액은 즉효성이 높아서, 그야말로 여차할 때의 공격 수단으로 활용할 수 있다고 한다. 예를 들면, 자신의 힘으로는 어찌할 수 없는 마물과 마주쳤을 때 이 부식액을 던져 시간 벌기에 쓴다. 바로 부식이 시작되기 때문에 고랭크 마물이라고 해도 충분히 발목을 잡을 수 있다고 한다. 죽음에까지는 이르지 않지만. 과연, 그렇게 쓸 수 있는 건가.

페르들이 있으니 그런 위기는 없으리라 보지만, 만에 하나 내가 혼자 있을 때 무슨 일이 벌어질 경우를 생각하면 하나 정도는 가지고 있는 것도 나쁘지 않겠는걸.

"공부가 되었습니다."

"언데드의 드롭 아이템은 가능한 한 드랭의 모험가 길드에도 넘겨주셨으면 하니, 계속 쓰러뜨리도록 하죠."

성각인이 있으면 언데드도 별문제 없을 듯하니, 에이블링에서 매매하는 것을 최우선으로 삼는다고 해도 남은 분량을 드랭에서 팔 수도 있으리라.

이후 성각인의 효과로 엘랑드 씨의 마법으로도 언데드를 쓰러뜨릴 수 있다는 것이 확인되었다. 나도 미스릴 창으로 스켈레톤을 쓰러뜨리거나 하면서 다 함께 막힘없이 앞으로 나아갔다.

도중에 미믹이 변신한 보물 상자를 꿰뚫어 보았더니, 어떻게 안 거냐며 엘랑드 씨가 아주 신기하다는 표정을 지었다. 감정 스킬을 갖고 있는 것은 옛날이야기에 나오는 이세계에서 소환된 용사 정도라고 했었지? 페르가 가르쳐주었다고 얼버무렸다. 위험하네, 위험해.

그런 상태로 9층의 보스 방에 도착했다.

좀비와 스켈레톤이 수십 마리, 스켈레톤 워리어라는 것이 있었지만 페르와 드라 짱과 스이에게 걸리면 눈 깜빡할 사이에 끝이었다. 스켈레톤 워리어는 스이의 산탄에 검째로 녹아버렸다. 나도 모두가 남겨준 스켈레톤과 좀비를 한 마리씩 쓰러뜨렸다.

드롭 아이템 중에는 함정이 딸린 보물 상자가 있었고, '포이즌 나이프'라는 것을 손에 넣었다. 하지만, 가끔은 그냥 열리는 보물 상자를 준비해주었으면 싶은걸.

이리하여 우리 일행은 9층의 언데드 계층과 작별을 고하고 10층으로 향했다.

◇ ◇ ◇ ◇ ◇

10층에 다다랐을 때, 모두가 배가 고프다고 말하기 시작했다. 이쯤에서 휴식을 취하는 것도 좋으려나.

"엘랑드 씨. 제1 관문인 9층을 돌파했으니, 이 부근에서 식사라도 하는 게 어떨까요?"

"아, 분명 첫 세이프 에리어가 여기서 멀지 않은 곳에 있었을 겁니다. 저를 따라오시죠."

엘랑드 씨가 그렇게 말했고, 우리는 엘랑드 씨를 뒤따라갔다.

"화이트 캐터필러가 있군요. 제가 해결하겠습니다."

엘랑드 씨가 보고 있는 통로 저편으로 시선을 주자 몸길이 1미터 반 정도는 될 듯한 하얀 애벌레가 천천히 이쪽을 향해서 기어오고 있었다. 커다란 애벌레, 기분 나빠.

"화이트 캐터필러는 움직임이 둔하지만, 점성이 강한 실을 토해냅니다. 그 실에 닿으면 움직이기 힘들어지는 것뿐 아니라, 떼어내는 것도 성가시기 때문에 원거리에서 공격하는 것이 제일 확실합니다."

오호라, 공부가 되는걸. 아, 방금 하얀 실을 토해냈어. 꽤 멀리까지 날아오네. 2미터 정도는 날아온 것 같은데. 엘랑드 씨가 말할 대로 가까이 다가가지 않고 원거리에서 공격하는 것이 무난하겠어.

"그럼, 가볼까요. 윈드 커터."

휘잉, 휘잉———.

바람의 칼날이 화이트 캐터필러를 베어 갈랐다.

"삐기이이이이이."

새된 단말마를 지르고서 화이트 캐터필러가 사라져갔다.

"그리고 이 계층에는 그레이 캐터필러라는 마물에 나옵니다만, 그쪽은 특히 주의해야 합니다. 그레이 캐터필러는 몸 표면에 털이 자라나 있는데, 거기에 닿으면 닿은 부분이 찌르르하면서 마비 상태가 된답니다. 게다가 일정 거리까지 접근하면 그 털을 날리기까지 하죠."

털이 자라나 있다니, 털벌레인 건가. 커다란 털벌레도 기분 나쁜걸.

엘랑드 씨의 이야기에 따르면 그 마비는 길어도 30분 정도라지만, 마물이 우글대는 던전에서는 충분히 목숨을 잃을 수도 있다. 17계층까지의 곤충 존은 아래로 내려갈수록 독을 가진 몬스터도 섞여 있다고 하니, 정말이지 상태 이상 무효화를 갖고 있어 다행이다 싶었다. 그 점은 신들에게 감사한다.

이러저러하는 사이에 세이프 에리어에 도착했다. 안은 꽤 넓었고, 드랭 던전의 세이프 에리어에 있던 것 같은 물을 쓸 수 있는 곳은 없었지만 두 배쯤은 넓어 보였다. 이 던전은 8층과 10층부터 12층 부근에 모험가가 많다고 들었는데, 그 이야기대로 여기에도 사람이 꽤 많았다.

그래도 워낙 넓어서 우리가 쉴 공간도 충분히 확보할 수 있을 듯했다. 오, 마침 벽 쪽에 빈 공간이 있네.

"후우, 그럼 밥을 먹을까?"

『밥, 밥~.』『그래. 어서 준비해라.』『밥이다, 밥, 밥.』

우리 굶주린 군단이 재촉을 시작했다. 네네, 잠깐만 기다려봐. 어디, 메뉴는 뭘로 할까………… 아, 이걸로 하자. 여행에 나서기 전에 만들어두었던 것 중에 남은 고기 말이 주먹밥과 돈지루.

평소처럼 네이호프에서 산 접시에 담으려다가 그만두었다. 여기는 던전이라 바닥에 돌로 되어 있다. 페르들의 접시를 돌바닥 위에 놓았다간 모두가 허겁지겁 먹다 도자기 접시가 돌바닥에 부딪혀서 깨질지도 모른다. 게다가 도기 접시에 페르들의 밥을 담아주는 모습을 엘랑드 씨와 다른 모험가들이 보았다간 졸도할지도 모른다. 아낌없이 돈을 써서 산 접시는 보는 눈을 가진 사람이 보면 비싼 가격의 물건이라는 것을 바로 알 테니까. 지금은 무난하게, 도자기 접시를 사기 전에 썼던 나무 접시를 쓰기로 하자. 나무 접시에 고기 말이 주먹밥을 가득 담고 바닥이 깊은 나무 접시에 돈지루를 덜어 담았다.

"여기."

페르와 드라 짱과 스이에게 내주었다.

『음, 평소 쓰던 접시는 어찌했느냐?』

『그건 도자기로 된 거라, 여기서 쓰면 깨질지도 모르거든.』

『흐음, 확실히 이 돌바닥에서는 깨질지도 모르겠군. 그 접시가 마음에 들지만 할 수 없지.』

은근 마음에 들었구나. 아무 말도 없길래 접시 같은 건 뭐든 상관없는 건가 했는데.

페르도 드라 짱도 스이도 배가 많이 고팠는지 우걱우걱 먹기 시작했다.

서둘러 먹지 않으면 우리 몫까지 없어질 기세다. 나와 엘랑드 씨의 몫을 페르들보다 한층 작은 나무 접시에 담았다. 그리고 인터넷 슈퍼에서 산 차가운 물을 담아둔 도자기 피처를 꺼내서 나무 컵에 따랐다. 이 피처는 네이호프에서 산 물건이다. 네이호프에서 빌렸던 저택에 있던 피처를 보니 갖고 싶어졌고, 도자기의 도시니 분명 구할 수 있을 거라 생각해 찾아보았다. 그리고 도시를 나서기 전에 서둘러 샀었다. 그때까지는 물을 페트병째로 아이템 박스에 넣어두었었는데, 지금은 페트병과 피처에 넣은 것을 보존해두었다.

"엘랑드 씨, 드세요."

"오오, 좋은 냄새가 나는군요~. 아주 맛있어 보입니다."

고기 말이 주먹밥에는 포크를, 돈지루에는 숟가락을 함께 주었다. 사실 고기 말이 주먹밥은 손으로 잡고 먹고 싶은 마음이지만, 손이 더럽기도 하고 이 세계 사람은 손으로 음식을 집어 먹는 것에 거부감을 가질 테니까. 먹기 조금 힘들지만, 포크로 참아야지.

고기 말이 주먹밥을 포크로 쿡 찍어서 덥석 베어 물었다.

으음, 맛있어. 달고 짭짤한 양념과 쌀밥의 조합은 언제 어디서든 맛있다니까.

엘랑드 씨도 나를 따라서 고기 말이 주먹밥을 포크로 찍어 베어 물었다.

"하아, 이건 맛있군요~. 이 달콤 짭짤한 맛이 참을 수가 없네요. 던전에서 이렇게 맛있는 밥을 먹을 수 있을 거라고는 상상도 못 했습니다."

고기 말이 주먹밥은 엘랑드 씨의 입에도 맞는 모양인지, 우걱우걱 먹고 있었다.

『한 그릇 더.』

페르와 드라 짱과 스이의 추가 주문이다.

『이쪽 고기로 말아놓은 것을 더 다오.』

페르는 채소가 잔뜩 들어 있어서인지 돈지루는 피하고 싶은 모양이다. 처음에 준 것은 다 먹은 모양이지만.

돈지루 맛있는데.

『나는 양쪽 다. 이쪽 고기를 말아놓은 건 많이, 수프 쪽은 아까의 절반 정도면 돼.』

드라 짱은 고기 말이 주먹밥 많이에 돈지루는 절반인가. 아니, 바라는 게 많잖아.

『주인, 스이도 둘 다 더 줘. 많이 줘.』

스이도 양쪽 다 추가인가. 좋아, 스이는 곱빼기로 줄게.

모두에게 음식을 더 내주고 나도 다시 식사를 시작했다.

아, 돈지루 맛나. 고기 말이 주먹밥과 돈지루 조합은 최고야.

"이 수프, 건더기가 많이 들어가서 맛있습니다."

엘랑드 씨, 돈지루도 마음에 든 모양이다. 내가 자신 있어 하는 요리라 그런지 좀 기쁜걸.

"더 드릴까요?"

"오오, 그럼 사양하지 않겠습니다."

엘랑드 씨에게 돈지루를 더 담아주었다.

꿀꺽…….

누군가가 군침을 삼키는 소리가 들렸다. 아까부터 세이프 에리어 안에 있는 모험가들의 시선이 느껴졌다.

당신들, 안 줄 거거든. 던전 안에서 밥은 귀중하니까. 밥은 사수하겠어.

어디서 개가 짖냐는 양 모험가들의 시선을 무시하고 페르와 스이는 평소처럼 몇 번이나 한 그릇 더를 외쳤다.

우리 일행은 식사를 배부르게 한 다음 잠시 휴식을 취하고서 10층 탐색을 시작했다.

엘랑드 씨의 말에 따르면 10계층은 화이트 캐터필러와 그레이 캐터필러 에리어로, 드롭 아이템인 실이 매우 인기가 있다고 한다. 역시 전 S랭크 모험가인 엘랑드 씨의 깊은 지식은 도움이 되네.

하지만 엘랑드 씨…… 드라 짱이 마물을 쓰러뜨릴 때마다 "대단해!"라든가 "역시!"라든가 하는 말을 하며 뜨거운 시선을 보낸단 말이지. 지나치게 드라 짱만 칭찬하니까, 스이가『우우, 스이도 쓰러뜨렸는데』라며 약간 삐졌잖아. 내가 대신 칭찬해서 기분을 풀어줬지만. 엘랑드 씨에 관해서는『저 엘프 아저씨는 있지, 드래곤을 아주 좋아하는 이상한 사람이거든. 그래서 드라 짱만 응원하는 거야. 나는 스이가 얼마나 대단한지 아니까 신경 쓸 것 없어』라고 가르쳐주었다. 스이는『그런 거구나』라며 이해한 건지 이해 못 한 건지 알 수 없는 느낌이었지만.

페르는『피라미는 너희끼리 상대해라』라며 드라 짱과 스이에게 다 떠넘겼다. 그래도 덫이 있을 때는 제대로 주의를 주었으니까, 감사한 일이다.

이러저러하는 사이에 10층 보스 방 앞에 도착했다. 보스 방에는 화이트 캐터필러와 그레이 캐터필러가 방의 절반 가까이를 채우고서 꿈틀꿈틀 움직이고 있었다. 드라 짱과 스이가 돌입해서 순식간에 쓰러뜨려 줬지만. 꽤 많은 수의 드롭 아이템을 회수하고 우리는 11계층으로 향했다.

11층에서 가장 먼저 마주친 마물은 개미였다. 몸길이가 1미터 가까이 되는 커다란 검정 개미.

"저건 킬러 앤트입니다. 이 층은 킬러 앤트와 그 상위종이 나옵니다."

저 개미, 어쩐지 입에서 까득까득 소리를 내고 있는데…….

"킬러 앤트는 D랭크 마물이라 한 마리 한 마리 각각의 힘은 대단치 않습니다만, 아무튼 수가 아주 많습니다. 포위당하지 않도록 주의해주세요."

포위되어 물리기라도 하면 순식간에 뼈만 남을 때까지 먹어치울 것만 같다. 턱 힘이 강하고, 잘못 물리면 팔이나 다리가 절단될 수도 있다고 한다. 무, 무서워. 아무튼 집단에 포위되지 않도록 조심해야지……. 우와앗, 지금도 벌써 십수 마리가 떼를 지어 이쪽으로 다가오고 있잖아.

"이런 마물은 포위되기 전에 일찌감치 공격해서 섬멸하는 것이 정석입니다. 물론 도망칠 수 있을 정도의 마력과 체력은 온존하면서 말이지요."

115

확실히 저렇게 우르르 달려들면 피하면서 앞으로 나아가는 것도 어려울 테지.

『요컨대 평소 우리가 하던 그대로 선수 필승이라는 말이네. 맡겨두라고!』

그렇게 말한 드라 짱이 킬러 앤트 가까이로 날아가 번개 마법을 날렸다.

빠직 빠직 빠지지지직————.

킬러 앤트 주변에 전격이 내달렸다. 전격을 받은 킬러 앤트는 몸을 뒤집고 죽었다.

『헷, 어때?』

"대단해! 역시 드라 짱!"

엘랑드 씨가 박수를 치면서 침이 마르게 드라 짱을 칭찬했다.

『이 엘프, 뭘 좀 알잖아.』

칭찬이 싫지는 않은지 드라 짱의 염화가 들려왔다. 엘랑드 씨, 드라 짱을 너무 치켜세우는데. 자, 어서 가자고요.

킬러 앤트가 드롭한 턱은 단단하고 튼튼해서 나이프 소재로 귀하게 여겨진다고 한다. 철제 나이프보다 튼튼하고 예리함도 좋은데다 녹슬지 않아서 손질도 간단하기 때문에 인기라는 모양이다. 이걸로 스이에게 나이프를 만들어달라고 하는 것도 괜찮겠는걸. 미스릴 나이프는 아무래도 눈에 띄고 마니까.

킬러 앤트 집단을 몇 번인가 쓰러뜨리며 나아가고 있는데…….

『멈춰라. 이 앞 모퉁이를 돌아간 곳에 킬러 앤트와 그 상위종 집단이 있다.』

페르의 목소리였다. 주변에 다른 모험가가 없었기 때문에 염화가 아니라 목소리를 내서 이야기했다.

『내가 가마.』

그렇게 말하고서 페르가 달려 나갔다. 피라미는 상대하지 않겠다고 했지만 참을 수 없었던 모양이다.

페르를 쫓아가자 이미 킬러 앤트의 모습은 보이지 않았고, 드롭 아이템이 그 자리에 떨어져 있었다.

"이건…… 킬러 앤트 나이트가 있었군요."

떨어진 드롭 아이템 중에 검게 빛나는 단단한 외피가 있는 것을 보고서, 엘랑드 씨가 말했다.

킬러 앤트 나이트는 킬러 앤트보다 한층 크고 단단한 외각으로 뒤덮여 있다는 모양이었다. 드롭 아이템은 그 외각으로, 가볍고 튼튼해서 갑옷 소재로 인기가 많다고 한다.

"나디야 씨가 투덜거렸었답니다. 요즘 곤충계 마물의 외각이 매물로 나오는 일이 적다고. 수가 적은 지금이라면, 평소보다 조금 비싼 값에 팔 수 있을지도 모르겠군요. 이건 저희 길드에서도 갖고 싶은 소재입니다."

호오, 엘랑드 씨네도 원하는 건가. 던전 도시는 모험가가 많은 도시이기도 하니, 무기 방어구 소재는 많으면 많을수록 좋은 것인지도 모르겠네.

페르도 공격에 참가하기 시작하면서 탐색은 막힘없이 진행되었고, 이 층의 보스 방 앞에 도착했다.

앞의 모험가 파티가 전투를 마친 모양인지, 만신창이가 된 5인조 모험가가 포션을 들이켜면서 느릿하게 걸어 나왔다. 아무래도 다음 층으로는 나아가지 않는 모양이었다. 그들은 아무 말 없이 우리 옆을 스쳐 지나갔다.

"그럼, 가볼까요?"

그렇게 말을 걸면서 보스 방으로 들어가 보니, 앞에 있던 것은 우글대는 킬러 앤트의 산이었다.

"어, 엄청난 수네요……."

"그렇군요. 킬러 앤트 나이트도 꽤 있는 모양입니다. 어쩌면 안에 킬러 앤트 퀸이 있는 걸지도 모르겠습니다."

엘랑드 씨의 말에 따르면, 킬러 앤트 퀸이라는 것은 킬러 앤트의 최상위종으로, 이 보스 방에도 좀처럼 나타나지 않는다고 했다.

"만약 킬러 앤트 퀸이 있다고 한다면, 그게 나올 수도 있습니다."

"그거라니, 뭔가요?"

엘랑드 씨에게 물은 순간이었다.

『우와아 많다아. 스이 있지, 퓻퓻 해서 많이 쓰러뜨릴래!』

『유후! 나도 지지 않는다고!』

그렇게 말하며 스이와 드라 짱이 산처럼 쌓인 대량의 킬러 앤트를 향해 갔다.

몇 분도 지나지 않은 사이에 킬러 앤트의 산은 깨끗하게 정리되었고, 남은 것은 몇 마리의 킬러 앤트 나이트와 터무니없이 커다란 개미였다.

"대량의 킬러 앤트에 가려져 보이지 않았습니다만, 있었군요. 안쪽에 있는 커다란 놈이 킬러 앤트 퀸입니다."

"크, 크다."

킬러 앤트 퀸은 무심코 그렇게 말해버릴 정도의 크기로, 보통 킬러 앤트의 세 배 가까이 되었다. 전투력은 거의 없지만 대량의 킬러 앤트를 낳는다는 점에서 B랭크로 지정되어 있다고 한다.

"좀처럼 나오지 않는 퀸이 나왔다는 것은, 운이 더 좋으면 좋은 물건을 드롭할 수도 있다는 뜻이지요."

좋은 물건이라. 퀸에게서는 희귀한 드롭 아이템이 나오는 걸까? 아무튼 쓰러뜨리지 않으면 알 수 없는 건가.

『스이가 저 커다란 거 해치울래.』『약았네. 내가 할 거라고!』『스이가 할 거야.』『내가 할 거야!』

스이도 드라 짱도 전혀 양보하지 않았다. 정말이지. 스이도 드라 짱도 의욕이 지나치게 넘친다니까.

『잠깐. 너희는 방금 검은 개미 놈들을 해치웠잖나. 마지막은 내가 하겠다. 이론은 받아들이지 않는다.』

페르는 그렇게 말하더니 바로 공격 태세에 들어갔고, 오른쪽 앞다리를 한 번, 두 번 휘둘렀다.

서걱, 서걱————.

페르의 발톱 베기로 퀸과 나이트 등등이 한순간에 조각조각이 되었다.

……늘 그렇지만, 싱겁네.

"앗, 나왔습니다. 운이 좋군요~. 제가 말했던 게 바로 이겁니다."

그렇게 말한 엘랑드 씨가 주워 든 드롭 아이템을 보여주었다.

엘랑드 씨가 손에 든 것은 무지갯빛으로 빛나는 주먹만한 오팔 같은 보석이었다.

"킬러 앤트 퀸의 눈입니다. 눈이라고 불리지만, 보석으로 취급 됩니다. 이 정도 크기의 물건은 저도 오랜만에 봤습니다."

킬러 앤트 퀸의 눈은 매우 아름다워서 보석 장신구로 인기가 있으며, 반지나 목걸이나 브로치 등으로 가공된다고 한다. 무지갯 빛으로 빛나는 그것은 귀족에게도 인기 있는 물건으로, 이렇게나 크면 바로 사겠다는 사람이 나설 거라고 했다. 좀처럼 손에 넣기 힘든 물건이라고 하니 운이 좋았네. 다른 드롭 아이템도 회수한 다음 우리는 12층으로 향했다.

12층에는 드랭의 던전에도 있었던 2미터를 넘는 사마귀 마물 인 자이언트 킬러 맨티스와 그것보다 조금 자그마한 킬러 맨티스 가 기다리고 있었다.

하지만, 여기에서도 드라 짱과 스이가 솔선하여 격파해갔다. 나도 레벨 업 한다는 목적이 있기 때문에 몇 마리인가 공격을 했 는데, 스이가 만들어준 미스릴 창의 성능이 너무 좋아서 어려움 없이 쓰러뜨릴 수 있었다. 그것을 빼면 나와 엘랑드 씨는 열심히 드롭 아이템을 주웠고, 페르의 길 안내 덕분에 순조롭게 길을 나아갈 수 있었다. 보스 방도 사마귀투성이였지만, 이번에도 드라 짱과 스이가 간단히 처리했다. 그런고로, 우리는 어려움 없이 13층으로 나아갔다.

13계층에서 기다리고 있던 것은 킬러 호네트였다. 이것도 드랭의 던전에 있던 마물이다. 드라 짱은 『켁, 킬러 호네트잖아』라며 싫다는 투로 말했고, 페르도 싫다는 듯이 얼굴을 찡그렸다.

그래도 드랭에서 쓰러뜨렸던 경험이 있으니 괜찮을 거라고 생각했는데, 엘랑드 씨의 이야기에 따르면 이 던전의 킬러 호네트는 독이 강한 특수 개체가 많다고 한다. 그래서 이 층에 온 순간 다른 모험가가 보이지 않게 되었던 것인가 보다.

『어이, 이러쿵저러쿵할 것 없이 전부 쓰러뜨리면 되는 거잖아. 붕붕거리며 날아다녀서 성가시고 귀찮기는 하지만.』

나와 엘랑드 씨가 이야기하는 사이에 짜증이 치민 듯이 드라 짱이 그런 말을 꺼냈다.

『그래. 드라 짱이 말한 대로다. 남김없이 없애버리면 될 뿐이다.』 『쓰러뜨릴래.』

페르도 스이도 드라 짱의 말에 동의했다.

『그럼, 간다!』

쿠오오오오오──────옷.

드라 짱이 입을 크게 열고 불을 뿜어냈다.

"드, 드라 짱?!"

"드, 드래곤 브레스?!"

그 모습에는 나도 놀랐지만, 엘랑드 씨도 눈을 부릅뜨고 놀라고 있었다.

"픽시 드래곤이 브레스를 토해내다니, 과거 문헌에도 실려 있지 않았습니다! 새로운 발견입니다!"

입에서 불을 뿜어내는 드라 짱을 보고서 엘랑드 씨가 흥분해 말했다.

드라 짱은 개의치 않고 불을 내뿜어 킬러 호네트를 불태워 버렸다. 마치 화염 방사기 같았다.

"드라 짱, 브레스를 쓸 수 있었구나……."

그렇게 말하자 『아니야』라는 드라 짱의 염화가 전해졌다.

『브레스는 있지. 용종 중에서도 대형종만 뿜어낼 수 있어. 내 건 불 마법이야. 뭐, 브레스랑 비슷해 보이기는 하지만.』

드라 짱은 그렇게 말하고 다시 불을 뿜어내 킬러 호네트를 불태웠다.

엘랑드 씨는 불을 뿜는 드라 짱을 반짝반짝 빛나는 눈으로 바라보고 있었다. 보고 있기 힘들어.

"불 마법을 저렇게 써도 괜찮은 걸까……."

『너는 좁은 곳에서 불 마법을 쓰면 숨쉬기 힘들어지지 않을까 걱정하는 것일 테지?』

『맞아. 페르는 알고 있나 보네.』

『그래. 옛날에 던전 안에서 싸우다 그만…….』

예전에 뭔가 저질렀던 모양이다.

『내 경험을 바탕으로 말하자면, 저 정도는 걱정할 것 없다.』

『어? 그런 거야?』

『몇 번이고 던전에 들어갔던 경험이 있는 내가 하는 말이다. 걱정하지 마라. 무엇보다, 지금 너는 숨쉬기 괴로운가?』

그러고 보니 저렇게나 불을 뿜어대고 있는데도 숨쉬기 괴롭다든가 하는 느낌은 전혀 없네.

『그런 거다.』

으음, 잘 모르겠지만 이 판타지 같은 세계에서 지구의 논리가 전부 통하는 건 아닐지도 모르겠네. 페르가 괜찮다고 했으니 그렇게 걱정할 필요도 없으려나.

그 후로는 드라 짱 덕분에 어려움 없이 나아갔고, 우리는 13층의 보스 방에 도착했다.

"……이건 또 안 좋은 시기에 맞닥뜨렸군요."

보스 방 안은 붕붕붕붕 하고 커다란 날갯소리를 내는 킬러 호네트로 가득 채워져 있었다.

"전에 왔을 때는 그 수가 절반도 안 되었습니다만……. 그리고 안에 킬러 호네트의 집이 있기는 했었습니다만, 이번에는 본 적도 없는 거대한 벌집이 있군요."

벌집이 있는 건가…….

"킬러 호네트는 먼저 벌집을 처리하는 편이 좋다고 했었지?"

『그래, 하지만 이렇게나 많으면 벌집을 공격하는 것도 쉽지 않다. 먼저 벌집 밖에 있는 킬러 호네트를 줄이지 않으면 어떻게 할 수 없을 거다.』

주변에 모험가들이 없어서 페르는 목소리를 내서 대답했다.

"이렇게나 많으면 역시 그래야 하는 건가?"

"네. 먼저 이 킬러 호네트를 어떻게든 하지 않으면 진행할 수 없습니다."

엘랑드 씨도 같은 의견이었다.

『내가 갈게. 이 녀석들도 똑같이 태워버리면 되니까.』

그렇게 말하며 방 안으로 들어가려 하는 드라 짱을 서둘러 제지했다.

"잠깐 기다려. 페르, 모두에게 결계를 부탁해."

『음. 알았다…… 됐다.』

『그럼 다녀올게!』

그렇게 말한 드라 짱이 보스 방 안으로 들어가더니 기세 좋게 불을 뿜어내 킬러 호네트를 불태웠다.

"자, 자잠, 잠깐 기다려주세요. 결계라니, 서, 설마, 전설의 결계 마법 말입니까?!"

뭐? 전설?

"페르, 이게 무슨 말이야?"

『인간이라도 예전에는 쓸 수 있는 자가 있었다고 한다만, 지금 결계 마법을 쓸 수 있는 건 나 정도뿐일 거다.』

뭐, 뭐야 그게? 그런 말 들은 적 없다고. 처음 만났을 때부터 아무렇지 않게 결계를 펼쳤었잖아.

『당연한 일이다. 쓸 수 있는 걸 쓰지 않고 어쩌란 거냐?』

페르가 당연하다는 듯이 그렇게 말했다. 아니, 그건 뭐 그렇기는 하지만.

『어이, 이제 슬슬 정리됐어. 이 멍청하게 커다란 벌집도 태워버리면 되는 거야?』

드라 짱에게서 염화가 들어왔다.

『안 돼! 스이가 할 거야!』

스이가 본인이 하겠다며 떼를 썼다.

『뭐야. 이대로 태워버리는 편이 간단한데.』

『드라 짱, 혼자 치사해. 스이도 하고 싶어.』

스이, 이 층에서는 그다지 나서지 못했으니까.

『이 층에서는 스이가 나설 자리가 없었으니까. 미안하지만 여기는 스이에게 양보해주지 않을래?』

그렇게 말하자 드라 짱은『쳇, 할 수 없지』라며 물러나 주었다.

『스이, 해도 된대. 드라 짱에게 제대로 고맙다고 해야지.』

『응. 드라 짱, 고마워.』

스이가 그렇게 말하자 드라 짱이 살짝 쑥스러운지 고개를 홱 돌렸다.

『그래서, 어떻게 공격할 거야? 드랭 때처럼 물로 공격할 거야?』

『응. 크고 큰 물 공을 만들어서 가둘래.』

그렇게 말하며 스이는 기쁜 듯이 뿅뿅 뛰어올랐다.

『그럼 시작할게.』

왜건만했던 드랭 던전 때의 배도 더 되는 벌집을 스이가 물 마법으로 만든 워터 볼(물 공) 안에 가두기 시작했다. 다음은 벌집이 사라질 때까지 방치다. 전멸까지는 시간이 조금 걸리리라.

남은 킬러 호네트도 드라 짱이 정리해주었고, 보스 방에는 대량의 드롭 아이템이 여기저기 흩어져 있었다.

"그럼, 드롭 아이템을 주울까요?"

엘랑드 씨에게 말을 걸었는데, 여전히 결계 마법에 놀란 채 아연실색하고 있었다.

마음을 가다듬고, 드롭 아이템은 킬러 호네트의 독침, 킬러 호네트(특수 개체)의 독침, 킬러 호네트의 날개, 킬러 호네트(특수 개체)의 날개. 쓰러뜨린 수가 수인 만큼 꽤 양이 많았다. 드랭에서는 나오지 않았던 날개는 약을 만드는 재료가 된다고 한다.

마침 드롭 아이템을 다 모았을 무렵에 스이의 염화가 전달되었다.

『주인, 쓰러뜨렸어.』

벌집도 끝난 모양이다. 스이에게 물을 없애달라고 부탁하고 드롭 아이템을 확인했다.

"아, 로열젤리가 있어요."

"오오, 잘됐군요. 로열젤리는 귀해서 아주 인기가 있답니다. 드랭에서도 사고 싶었습니다만, 가죽을 우선해야 해서 단념했었지요."

로열젤리는 건강에 신경을 쓰는 귀족에게 아주 인기 있는 물건이라고 한다. 핥기만 해도 기운이 난다고 하니 그럴 만도 한가.

"오옷, 킬러 호네트 퀸의 독침이 나왔습니다."

그렇게 말하며 보여준 것은 1미터 이상은 되어 보이는 끝이 뾰족한 가늘고 긴 원뿔형 침이었다.

"랜스 사용자에게는 탐이 나는 물건이지요."

내구성은 물론이거니와 공격한 상대를 중독 상태로 만들 수 있기 때문에, 이것으로 만든 랜스는 일급품이라고 한다.

그 후에도 열심히 드롭 아이템을 주워 모으고, 우리 일행은 14계층을 향해서 계단을 내려갔다.

14계층에 있던 것은, 이번에도 드랭 던전에서도 나왔던 베놈 타란툴라와 포이즌 스파이더였다. 역시 특수 개체가 많은 듯하여 엘랑드 씨에게 이야기를 들으려 했을 때였다.

『정말이지, 인간들은 이야기를 좋아한다니까. 이야기 같은 걸 하기 전에 바로 쓰러뜨리면 되잖아. 쓰러뜨리면.』

그렇게 말하고 드라 짱이 13층 때와 마찬가지로 입에서 불을 뿜어내서 베놈 타란툴라와 포이즌 스파이더를 태워버렸다.

드라 짱의 불 마법을 빠져나온 몇 마리도 스이가 쓰러뜨렸다. 나도 베놈 타란툴라를 딱 한 마리 쓰러뜨렸다.

"그나저나 이 층에서도 대량의 드롭 아이템을 입수했군요. 제 아이템 박스도 거의 가득 찼습니다."

드라 짱도 스이도 마주친 마물은 경쟁하듯이 놓치지 않고 섬멸하고 있기 때문에 드롭 아이템 수가 장난 아니었다.

이래서는 앞으로도 드롭 아이템을 대량으로 회수하게 되겠지…… 아, 그렇지.

"그럼 이걸 드릴 테니까, 여기 담아주세요."

나는 갖고 있던 매직 백을 엘랑드 씨에게 건넸다.

"매직 백입니까? 그럼 빌리도록 하겠습니다."

『어이, 배고프다고.』『스이도 배고파졌어.』『드라와 스이가 말한 대로 확실히 배가 고프구나.』

엘랑드 씨와 이야기하고 있으려니 모두가 배가 고프다고 말하기 시작했다. 벌써 저녁 시간인가?

"엘랑드 씨, 모두 배가 고픈 모양이니까, 오늘 탐색은 일단 마무리하죠."

"벌써 그런 시간입니까? 지나치게 순조로워서 시간 감각이 이상해지는군요. 하하하."

그런 이야기를 하면서 페르의 안내를 따라 세이프 에리어에 도착했다.

한숨 돌리면서 널찍한 방 안으로 들어가 보니 먼저 온 손님이 있었다. 이 층에서 다른 모험가와 맞닥뜨린 것은 처음이었다. 인간 남성 둘에 수염이 덥수룩한 드워프가 한 명, 엘프 여성이 한 명인 4인 파티였다. 저쪽 모험가들도 페르들과 함께인 것이 신경 쓰이는지 힐끔힐끔 이쪽을 살피고 있었다.

"……혹시 드랭의 길드 마스터인가?"

넓고 조용한 세이프 에리어 안에 조용히 중얼거린 목소리가 몹시 크게 울렸다.

"어라? 눈에 익은 얼굴이로군요. 분명…… A랭크 모험가 파티인 아크(방주, 方舟)였던가요?"

"역시 드랭의 길드 마스터였군요. 기억해주시다니, 기쁩니다."

여기서 만난 '아크(방주)'라는 모험가 파티는 아무래도 엘랑드 씨와 아는 사이인 모험가들인 모양이었다.

제 4 장

이 세계 엘프는 미식가였다

14층의 세이프 에리어에서 만난 A랭크 모험가 파티 아크(방주)는 반년 정도 전까지 드랭에서 장기 체재하며 던전에 도전했었다고 한다.

"저도 길드 마스터로서 도시에 있는 B랭크 이상의 모험가는 파악하고 있답니다."

그렇게 말하면서 어째선지 의기양양한 표정을 짓는 엘랑드 씨.

분명 길드 마스터라면 도시에 체재하고 있는 고랭크 모험가는 파악해두는 편이 좋겠지.

전부 우고르 씨에게 떠넘기는 엘랑드 씨지만, 아주 조금 다시 봤다.

"우고르 군한테 귀에 못이 박히도록 들었답니다. 무슨 일이 생겼을 때를 대비하여 제대로 파악해두라고."

아, 우고르 씨의 지시가 있었기 때문이었던 거로군요. 엘랑드 씨답네요.

"그래서, 어째서 드랭의 길드 마스터가 이런 곳에 있는 겁니까?"

아크(방주)의 리더로 보이는 금발 근육질에 뺨에 상처가 있는 30대 중반 정도의 모험가라기보다는 용병이라고 하는 편이 더 잘 어울리는 듯한 분위기 있는 남자가 그렇게 말했다.

"그게, 어쩌다 보니?"

아니, 전혀 아니잖아.

"엘랑드 씨……."

내가 어이없어하는 눈으로 바라보자 엘랑드 씨가 움찔하며 허둥대기 시작했다.

"저기, 그게, 아니, 왕도에 볼일이 있어서 갔다가 돌아오는 길에 잘 아는 친한 모험가가 에이블링 던전에 들어간다는 소문을 들어서 말이지요. 그래서 에이블링에 와봤더니 소문대로 던전에 들어간다고 하길래, 같이 말이죠……."

정확하게 말하자면 드라 짱을 노리고 온 거니까, 그 설명도 좀 아닌 것 같은 느낌인걸.

그래도 어쩌다 보니라는 설명보다는 나으려나.

"그럼 저쪽이 친하다는 그 모험가입니까?"

"그렇습니다. 이쪽은 S랭크 모험가인 무코다 씨."

"무코다라고 합니다. 잘 부탁드립니다."

가볍게 인사하자 용병 같은 리더가 이쪽을 빤히 바라보았다. 왜, 왜 그러지?

"테이머 무코다라. 혹시 드랭의 던전을 답파했다는 모험가인가?"

"아아, 네. 일단은 뭐……."

거의 페르와 드라 짱과 스이 덕분이지만.

"역시 그런가. 펜리르를 사역마로 삼고 있다는 이야기는 들었지만, 진짜였군."

남 일인 양 크게 하품을 하는 페르를 보면서 용명 같은 리더가 그렇게 말했다.

역시 A랭크쯤 되면 언뜻 봐도 페르가 펜리르라는 걸 아는 모양이네.

"모험가들 사이에서도 역시 소문이 돌고 있군요. 드랭의 선전이 되어 감사한 일이기는 합니다만."

엘랑드 씨의 이야기에 따르면 내가 드랭의 던전을 답파하고 도시를 떠난 후, 드랭을 찾는 모험가가 늘었다고 한다. 답파 이야기를 듣고서 '나도'라는 마음을 갖게 된 모양이라고 한다.

"이런, 미안하군. 자기소개가 늦었어. 나는 아크에서 리더를 맡고 있는 가우디노라고 하네."

가우디노 씨는 검사인지 버스터드 소드를 차고 있었다. 용병 같은 외모와 잘 어울렸다.

"그리고 이 녀석이……."

가우디노 씨가 파티 멤버를 차례차례 소개해주었다.

가우디노 씨보다 조금 젊은 20대 중반 정도의 창술사 기디온 씨.

마른 근육질에 갈색 짧은 머리카락과 이목구비가 뚜렷한 할리우드 배우 못지않은 꽃미남이었다.

다음으로 소개받은 사람은 워 해머를 장비한 드워프 시그발드 씨.

드워프 특유의 작은 키에 근육이 울끈불끈 튼실하고 수염이 덥수룩한 아저씨였다.

마지막으로 소개받은 사람은 활을 가진 엘프 페오도라 씨였다.

어깨에 닿을락 말락 한 길이의 금색 실 같은 머리카락과 녹색 눈동자, 빈틈없고 날카로운 생김새를 가진 그야말로 엘프라는 느낌이 드는 엄청난 미인이었다.

활을 들고 있지만, 엘프는 마력도 많다고 하니 이 사람이 마법

사도 겸하고 있으리라.

"조금 묻고 싶은 게 있는데, 이 층까지 오면서 어땠지?"

어땠냐고 물은들 평소대로였다고 할까, 모두가 있으니까 순조롭기 그지없었는데.

"여기는 특수 개체가 나오는 던전이기는 하지만, 그렇다고는 해도 지나치게 많은 듯한 느낌이었습니다."

엘랑드 씨가 그렇게 대답했다.

"역시 그런가……."

가우디노 씨를 비롯한 아크 멤버들은 이 던전에 들어오는 것이 두 번째라고 하는데, 지난번보다 나타나는 특수 개체가 많다고 느꼈다고 한다.

"드물게 그런 일이 있다는 이야기는 들었지만, 딱 그 시기에 걸리고 만 모양이로군."

가우디노 씨의 이야기에 따르면, 이 던전은 5년부터 10년 주기로 특수 개체가 많이 나오는 시기가 있다고 한다.

"그러고 보니 그런 이야기가 있었지요. 지나치게 별 어려움 없이 오다 보니 잊고 있었습니다."

엘랑드 씨도 알고 있었나 보다.

"별 어려움 없이라니. 역시 S랭크는 말하는 게 다르군."

그렇게 말하며 가우디노 씨가 쓴웃음을 지었다. 가우디노 씨, 진짜 분위기 있네요.

"아뇨 아뇨, 제가 현역이던 시절이라고 해도 이런 속도로 진행하는 건 불가능합니다. 이것도 무코다 씨 덕분이지요."

엘랑드 씨가 그렇게 말하자 가우디노 씨 일행이 내 쪽을 바라보았다. S랭크라고는 하지만 어디를 어떻게 보아도 전혀 강해 보이지 않는 내 역량을 가늠하고 있는 것이리라. 응, 강한 건 내가 아니라 페르랑 드라 짱이랑 스이니까.

"저기, 저희는 사역마가 강해서요."

내가 그렇게 말하자 모두 페르를 보며 납득한 표정을 지었다. 강한 건 페르만이 아닌데 말이지.

"펜리르인 페르는 물론이고, 픽시 드래곤이 드라 짱도 강합니다. 그리고 특수 개체 슬라임인 스이도 강하죠."

"드래곤은 알겠지만, 슬라임도 강한 건가?"

가우디노 씨가 약간 의심하는 눈치다. 다른 멤버도 비슷한 표정을 짓고 있었다.

"저도 슬라임에 관해서 그렇게 생각했습니다만, 이 아이는 특별하답니다. 싸우는 모습을 보지 않는 한은 아무래도 믿기 어렵겠지만 말이죠. 아무튼, 무코다 씨의 사역마들은 전부 아주 강합니다. 그들 덕분에 이 던전에 들어온 첫날에 여기까지 올 수 있었죠."

엘랑드 씨가 그렇게 말하자 가우디노 씨와 아크의 멤버 전원이 깜짝 놀랐다.

『어이, 배가 고프다. 밥을 다오.』

등 뒤에서 페르가 말을 걸었다. 화가 나서 염화가 아니라 목소리로 직접 말한 모양이었다.

인간의 말을 한 페르를 보고 아크 멤버들이 놀라 입을 떡 벌렸다.

펜리르가 인간의 말을 한다는 사실은 옛날이야기 등을 통해서 전해지고 있지만, 실제로 이야기하는 것을 보면 대체로 모두 그런 반응을 보이더라고. 꽃미남과 미인(드워프인 시그발드 씨는 제외하고)이 입을 떡 벌리고 살짝 얼빠진 표정을 짓고 있으니 웃음이 터질 것만 같다.

『진짜라고. 얘기보다 먼저 밥부터 줘.』『주인, 배고파.』

드라 짱도 스이도 배가 많이 고픈 모양이다.

"미안 미안. 금방 밥 줄게. ……아, 가우디노 씨랑 여러분도 식사가 아직이시면 함께 드시겠어요?"

이렇게 만난 것도 인연이니까 함께 식사를 하는 것도 좋으리라. 다른 모험가도 없고.

아크 멤버들은 모험가 경력도 길어 보이니, 이런저런 이야기도 들을 수 있을지 모른다.

저녁 식사 메뉴는 프라이로 정했다.

전갱이(아지로) 프라이와 새우(버밀리온 슈림프) 프라이, 가리비(옐로 스캘럽) 프라이, 대합(빅 하드 클램) 프라이, 흰살 생선(아스피도켈론) 프라이를 나무 접시에 담아서 프라이 모둠을 만들었다. 페르와 드라 짱과 스이에게는 프라이 모둠을 수북하게 담아주고 타르타르 소스도 듬뿍 뿌려주었다. 페르들에게는 살짝 평이 안 좋지만, 클램 차우더도 일단 내놓아 봤다. 나와 다른 사람들은 프라이 모둠과 클램 차우더와 흑빵 세트 메뉴다. 물론 프라이 모둠에는 타르타르 소스를 넉넉하게 곁들였다.

페르들은 내주자마자 허겁지겁 먹기 시작했지만 엘랑드 씨와 아크 멤버들은 어째선지 좀처럼 손을 대지 않았다.

"저기, 이건 그대로 먹으면 되는 겁니까?"

아, 그렇구나. 프라이는 처음 볼 테고, 타르타르 소스도 어찌하면 좋을지 몰랐던 건가.

"이건 말이죠, 베를레앙에서 구한 해산물에 빵가루를 묻혀서 기름에 튀긴 프라이라는 요리입니다. 곁들인 이 하얀 소스를 찍어서 드세요. 이런 식으로."

튀김을 포크로 찍고 거기에 타르타스 소스를 듬뿍 발라 입에 넣었다.

으음, 새우 프라이 엄청 맛있어.

아, 별생각 없이 해산물 튀김을 내놨는데, 해산물을 못 먹거나 할 수도 있겠네. 네이호프에서 만났던 새도 워리어(그림자 전사) 멤버인 모험가 알론츠 씨가 해산물을 정말 싫어한다고 했던 것이 떠올랐다. 그러고 보니 그 사람들도 에이블링으로 간다고 했었는데.

던전에서 나가면 느닷없이 마주친다거나 하는 거 아닐까? 에이, 설마. 이곳도 꽤 큰 도시라고 하니 다시 만날 수 있을 리 없겠지.

"혹시 입에 맞지 않으시면 다른 걸 꺼낼 테니 사양 말고 말씀해주세요."

그렇게 말했지만, 걱정할 필요 없었던 모양이다. 엘랑드 씨도, 가우디노 씨를 비롯한 아크 멤버들도 아무 말 없이 튀김을 우걱 우걱 먹고 있다. 마음에 든 모양이라 다행이다.

그럼 나도 먹어볼까. 아, 전갱이(아지로) 프라이 맛있어. 튀기자 마자 바로 아이템 박스에 넣어놓았더니 바삭바삭한 그대로네. 타 르타르 소스를 발라서 먹으니 참을 수 없이 맛있어.

"역시 전갱이 프라이에는 타르타르네."

여기에 차가운 맥주를 한 모금……. 아니, 안 되지. 지금은 던 전 안이라고.

그나저나 어째서 튀김을 먹으면 맥주를 마시고 싶어지는 걸까?

"이 프라이라는 건 처음 먹어봤는데, 맛있구먼. 에일과 아주 잘 어울릴 것 같아."

드워프인 시그발드 씨가 프라이를 먹으면서 그렇게 말했다.

역시 드워프네.

"네. 프라이만이 아니라 튀김 요리는 다 맥, 이 아니라 에일과 아주 잘 어울린답니다."

"호오, 그런가. 그러고 보니 드랭에서 유행하는 감자튀김이었 던가? 그것도 에일 안주로는 최고였지."

감자튀김도 벌써 먹어본 거야?

"그 감자튀김을 드랭에 알린 게 바로 무코다 씨입니다."

"뭐라? 그런 겐가? 모험가 실력만이 아니라 요리 솜씨도 일류 라니, 대단하구먼."

아니, 쑥스럽네. 라고 말해도 전부 대강대강 만든 남자 요리인데. 인터넷 슈퍼가 있는 덕분이기도 하고. 여기가 던전이 아니라면, 당장 위스키라도 내줄 텐데.

『어이, 한 그릇 더다. 이 생선과 조개에는 우스터 소스를 뿌려서 다오. 다른 건 평소와 같은 하얀 소스다.』

페르에게서 추가 주문이 떨어졌다.

전갱이 프라이와 대합 프라이에는 우스터 소스, 새우 프라이, 가리비 플이에 흰살 생선에는 타르타르 소스라. 그러고 보니 전갱이 프라이와 대합 프라이에는 우스터 소스가 잘 어울린다고 했었지.

『나도 더 줘. 이 생선이랑 이 조개랑 이 조개에 갈색 소스를 뿌려서 줘.』

드라 짱은 전갱이 프라이에 가리비 프라이, 대합 프라이에 우스터 소스를 뿌린 걸로.

『스이도 더 먹을래. 스이는 있지, 하얀 걸 뿌린 게 좋아.』

스이는 타르타르 소스를 뿌린 거란 말이지. 물론 모든 종류를 곱빼기로 담아서.

각자의 주문대로 접시에 담아 내어주자 다시 우걱우걱 먹기 시작했다.

"그 갈색 소스는 뭔가요?"

엘랑드 씨가 흥미진진해하는 느낌으로 물었다.

"이거요? 이건 우스터 소스라고 하는 소스입니다. 이걸 뿌려서 드셔보시겠어요?"

엘랑드 씨의 접시가 빈 것을 보고 권해보았다.

"꼭 좀 부탁드립니다."

모든 종류를 다 먹는 건 힘들겠지? 우스터 소스와 가장 잘 맞는 건 전갱이 프라이려나?

일단 전갱이 프라이에 우스터 소스를 뿌려서 내주었다.

"우스터 소스에는 이 프라이가 제일 잘 맞는다고 생각하거든요. 드셔보세요."

"오오, 고맙습니다."

엘랑드 씨는 곧바로 우스터 소스를 뿌린 전갱이 프라이를 베어물었다.

"오오, 짜기만 한 게 아닌 복잡한 맛이 나는 소스가 이 포슬포슬하고 담백한 맛의 생선과 잘 어울리는군요. 아까 먹은 신맛이 도는 부드러운 맛의 하얀 소스도 매우 맛있었습니다만, 이쪽 소스도 꽤 좋군요."

엘랑드 씨는 그렇게 평가하며 덥석덥석 전갱이(아지로) 프라이를 먹었다.

"""꿀꺽……."""

아크 멤버들이 엘랑드 씨를 빤히 바라보고 있었다. 가우디노 씨도 기디온 씨도 시그발드 씨도 저런 체격이니 양이 모자라려나? 마른 편인 페오도라 씨도 더 먹을 수 있을 것 같은 느낌이고.

"아, 더 드시겠어요?"

"미안, 그래도 되겠나?"

"부탁해."

"나도 부탁하네."

"……(끄덕끄덕끄덕)."

이 사람들은 프라이 전 종류를 더 먹을 수 있을 것 같은데.

그리고 더 먹고 싶어 하는 듯한 엘랑드 씨에게도 말을 건넸다.

"엘랑드 씨도 더 드실래요?"

그렇게 묻자 기뻐하며 "부탁합니다" 하고 빈 접시를 내밀었다.

엘랑드 씨와 아크 멤버들에게 우스터 소스를 뿌린 모둠 프라이를 내주었다.

"이쪽 갈색 소스가 뿌려진 것도 맛있는걸."

"우걱우걱, 꿀꺽…… 맛있어."

"맛있구면. 여기에 에일이 있으면 최고겠어."

"……(우물우물우물우물)."

"그나저나, 던전 안에서 이렇게 맛있는 밥을 먹을 수 있다니 꿈만 같군요. 던전에서 제일 힘든 게 뭔가 하면 맛없는 휴대식만 먹어야 하는 거니까요. 아이템 박스가 있어도 용량이 있으니, 다른 짐을 생각하면 결국 식량은 휴대식이 되는 게 보통이죠."

엘랑드 씨의 그 말에 아크(방주) 멤버들도 응응하고 고개를 끄덕였다.

"그렇군요. 저는, 큼직한 아이템 박스를 갖고 있어 다행이네요."

나는 얼버무리듯이 그렇게 말했다. 나는 큼지막하다고 할까, 거의 무한하니까.

"이 수프도 일품이로군요. 무코다 씨가 만드는 요리는 정말로 맛있습니다. 왕도에서 일류라고 불리는 레스토랑보다 낫습니다."

엘랑드 씨는 클램 차우더를 마시면서 내 요리를 칭찬했다.

그렇게까지 칭찬받으니 어쩐지 낯간지러운데.

"나도 맛있다고 생각했는데, 엘프인 당신이 그렇게 말한다면 분명 틀림없을 테지. 맛에 까다로운 우리 페오도라도 정신없이 먹고 있고."

엘랑드 씨가 가우디노 씨에게 "이 맛이라면 엘프인 우리도 푹 빠질 만하죠"라고 답했고, 페오도라 씨가 말없이 끄덕끄덕 몇 번이고 고개를 끄덕였다.

응? 이 맛이라면, 이라니. 뭔가 엘프와 관계가 있는 건가?

내가 의아하게 여기고 있으려니 엘랑드 씨가 가르쳐주었다.

"우리 엘프는 수명이 기니까요. 그런 만큼 이런저런 것들을 맛본답니다. 미식을 즐기는 자도 많지요. 그런고로 엘프 중에는 입이 고급인 자가 많죠. '맛있는 걸 먹고 싶다면 엘프에게 물어라'라는 말이 있을 정도랍니다. 그중에서도 모험가 엘프는 세계 각지를 돌아다니며 그 지역의 맛있는 것도 먹다 보니, 특히 맛에 까다롭다는 말을 듣고 있지요."

호오, 그런 이야기가 되는 건가. 의외네, 의외야. 이 세계의 엘프는 미식가로 통하는 거구나.

엘프라고 하면 채식주의자에 소식하는 이미지가 강했는데, 이 세계의 엘프는 고기 오케이인 육식계 엘프인 데다, 엘랑드 씨도 페오도라 씨도 해산물도 이렇게 우걱우걱 먹고 있는 걸 보면 우리와 다를 게 없네.

『더 다오.』『스이도 더 먹을래.』

엘랑드 씨와 아크 멤버들과 이야기를 하고 있는 중에 페르와 스이에게서 추가 요청이 들어왔고, 다시 프라이 곱빼기를 내주었다. 드라 짱은 배가 부른지 뒹굴 드러누워 배를 문지르고 있었다.

엘랑드 씨와 아크 멤버들에게도 음식이 더 필요한지 물어보았는데, 배가 너무 불러서 더는 못 먹겠다고 했다.

한 사람을 빼고는 말이다.

페오도라 씨가 클램 차우더가 담겨 있었던 텅 빈 나무 그릇을 슬픈 듯이 보고 있었다.

겉모습은 쿨한 미녀이건만.

웃음이 터지려는 것을 참고 "클램 차우더, 수프 더 드릴까요?"라고 했더니, 페오도라 씨가 끄덕끄덕 고개를 끄덕이면서 나무 그릇을 내밀었다.

클램 차우더를 덜어 담아주자 기쁜 듯 싱글벙글한 얼굴로 먹었다.

"맛있는 걸 대접해줘서 고마워. 그리고………… 미안. 페오도라는 말은 없지만 실력 있는 모험가라, 우리 멤버들도 한 수 위로 보고 있거든. 그런데 먹는 게 얽히면……."

가우디노 씨가 페오도라 씨를 보며 면목 없다는 듯이 고개를 숙였다.

"아뇨 아뇨, 맛있게 드셔주시는 건 저도 기쁘니까요."

게다가 겉모습은 쿨하고 미녀인 페오도라 씨가 실은 대식가 먹보 캐릭터였다니, 재미있는 걸 본 기분이기도 하니까.

페오도라 씨는 그 후에도 클램 차우더를 한 그릇 더 먹고 만족한 듯한 표정을 지었다.

페르와 스이도 그 뒤로 두 번 정도 프라이 곱빼기를 더 먹고서야 겨우 만족했고, 그제야 오늘의 저녁 식사가 끝났다.

다음 날 아침 식사는 당연히 아크 멤버들과 함께 먹게 되었다.

물론 내가 준비한 것이다. 그게, 기대한 듯한 눈으로 바라보잖아. 특히 페오도라 씨의 눈빛이 엄청났다고. 저런 미인에게 기대 가득한 시선을 받으면 대접하지 않을 수가 없잖아.

메뉴는 고기 소보로 덮밥으로 했다. 담백하지만 든든해서 던전에서 활동을 시작하기 전인 아침 식사로 딱일 터였다. 아이템 박스에 넣어두었던 갓 지은 밥을 나무 그릇에 담고, 밥을 덮듯이 채 썬 양배추를 올리고 그 위에 고기 소보로를 듬뿍 얹었다. 이것만으로도 맛있지만, 살짝 토핑을 해도 좋겠다 싶어서 아이템 박스를 뒤져보았다. 마침 달걀이 남아 있길래 한가운데에 달걀노른자를 올렸다. 페르들에게는 노른자를 깬 다음 내주었는데, 기세 좋게 우걱우걱 먹기 시작했다.

엘랑드 씨와 아크 멤버들에게도 내주었다.

"이건 말이죠, 이렇게 노른자를 깬 다음에 고기와 섞고, 이런 느낌으로 아래 있는 밥과 함께 떠서 드시면 됩니다."

낯선 메뉴일 테니 먹는 법을 실연해주었다.

음식에는 까다롭다고 하는 엘랑드 씨와 페오도라 씨가 킁킁 냄새를 맡은 다음에 본 걸 그대로 따라서 고기 소보로 덮밥을 덥석

한 입 먹었다. 그리고…….

두 사람 모두 눈을 크게 부릅뜨는가 싶더니만, 고기 소보로 덮밥을 기세 좋게 우걱우걱 먹기 시작했다.

그 모습을 보고 있던 다른 세 사람이 머뭇머뭇하는 느낌으로 고기 소보로 덮밥에 손을 댔다.

"날달걀을 쓰는 게 별로이지 않을까 했는데, 이거 참 맛있군…….."

가우디노 씨의 그 말을 듣고서 허겁지겁 덮밥을 먹던 기디온 씨가 크게 고개를 끄덕였다.

"날달걀 같은 걸 먹었다간 배탈이 날 뿐이라고 생각했는데, 이렇게 맛있게 먹을 수 있다니. 한 수 배웠어."

고기 소보로 덮밥을 크게 한 입 먹으며 시그발드 씨가 그렇게 말했다.

"아, 이건 신선한 달걀이라서 가능한 거거든요. 주변에 흔한 가게에서 파는, 언제 낳았는지 알 수 없는 알을 생으로 먹는 건 추천하지 않습니다. 제대로 익혀서 드셔주세요."

이건 인터넷 슈퍼에서 산 일본 퀄리티라서 가능한 거다.

이 세계에서도 달걀을 팔고 있는 건 본 적이 있지만, 그건 얼마나 된 건지 알 수 없으니까.

그런 걸 생으로 먹었다간 반드시 배탈이 날 거라고.

『더 다오.』『나도.』『스이도.』

모두 먹는 속도가 빠르잖아. 페르와 드라 짱과 스이에게 한 그릇 더 담아주었다.

나도 서둘러 먹어야지. 으음, 변함없이 고기 소보로는 맛있네.

아삭아삭한 양배추와 달고 짭짤한 고기 소보로와 부드러운 노른 자가 잘 어우러져서 얼마든지 밥을 먹을 수 있을 것만 같다.

"달걀을 생으로 먹은 건 처음입니다만, 맛있군요~. 양념이 밴 이 고기와 섞으면 부드러운 맛이 되어 밥이 쑥쑥 들어갑니다."

깨끗하게 비운 그릇을 손에 든 엘랑드 씨가 그렇게 말했다.

엘랑드 씨의 그 말에 말수 적은 페오도라 씨도 고개를 끄덕였다. 그리고 매달리듯이 나를 바라보았다. 네네, 더 달란 말씀이죠? 그런 식으로 보지 않아도 얼마든지 더 드린다니까요.

"엘랑드 씨, 페오도라 씨, 더 드시겠어요?"

"부탁드립니다."

"윽! (끄덕끄덕끄덕끄덕)."

두 사람에게서 빈 그릇을 받아 고기 소보로 덮밥을 추가로 만들어주었다.

"자, 드세요."

엘랑드 씨도 페오도라 씨도 기뻐하며 그것을 받아 들고 먹기 시작했다.

"여러분도 더 드시겠어요?"

마침 식사를 마친 참이었던 가우디노 씨와 기디온 씨와 시그발드 씨에게 권해보았더니, 역시 세 사람 모두 더 먹겠다고 했다.

모두 아침부터 식욕이 왕성하네. 역시 모험가. 아니 나도 모험가인데.

특히 페오도라 씨는, 저 마른 몸 어디로 들어가는 것인지, 고기 소보로 덮밥을 세 그릇이나 먹었다.

뭐, 페르와 스이는 그 다섯 배 정도 먹었지만. 페르와 스이에 비하면 소식하는 편인 드라 짱조차도 우리보다 더 먹었고. 페르와 드라 짱과 스이가 사용한 그릇은 우리 인간용보다 훨씬 크다고.

다 함께 아침 식사를 한 다음에는 잠시 휴식을 취했다.

"그렇지. 이렇게까지 잘 대접받고서 이런 부탁을 하는 게 참으로 미안하지만, 괜찮을까?"

가우디노 씨가 말하기 어렵다는 듯이 그렇게 말문을 열었다.

무슨 이야기일까 생각하고 있으려니, 가우디노 씨와 다른 아크 멤버들은 이 던전의 곤충 존에서는 독을 가진 마물이 출현한다는 것은 알고 있었기 때문에 해독 포션도 인원수에 맞춰 준비해 가져왔다고 한다. 그러나 이번에는 특수 개체가 많은 주기와 겹치고 마는 바람에, 이미 세 병을 써버렸단다. 나머지 한 병만으로는 특수 개체가 많은 이번 탐색을 계속하기에는 불안했다. 멤버들이 이야기를 나눈 결과, 이번에는 이것으로 탐색을 마치고 지상으로 돌아가자는 결론에 이르렀다고 한다.

"그래서, 가능하면 계층주의 방(보스 방)까지 함께 가게 해주면 고맙겠는데 말이지."

A랭크 모험가라고는 해도 해독 포션의 재고를 생각했을 때, 안전하게 나아가려면 아무래도 전력이 많은 편이 좋다는 의미이리라.

나는 물론 "괜찮습니다"라고 답했다.

"엘랑드 씨도 괜찮겠습니까?"

"물론 괜찮습니다. 무엇보다, 무코다 씨 일행에게 맡겨두면 전투에 나설 필요는 거의 없으니까요."

나라기보다, 페르들에게 맡겨두는 거지만.

아크 멤버들은 "전투에 나설 필요가 거의 없다"는 말을 듣고 의아하다는 얼굴을 했다.

뭐 그건 보면 알게 될 테고. 그것보다…….

"지상으로 돌아간다고 하셨는데, 여기서 14층으로 돌아가는 게 아니라 계속해서 나아가도 되는 건가요?"

여기서 지상으로 돌아가는 거라면, 온 길을 되돌아가야 하는 거 아닌가……?

"그게 일반적이지만, 11층 이후부터는 단번에 지상으로 돌아갈 방법이 있지. 모두와 의논해서 이번에는 그 방법을 쓰기로 했어."

가우디노 씨가 그렇게 말했다. 아무래도 온 길을 되돌아가는 방법 이외에도 지상으로 돌아갈 방법이 있는 모양이다.

"아, 여기에는 그 방법이 있었지요. 아까우니까, 좀처럼 쓰는 일은 없습니다만."

엘랑드 씨는 알고 있는가 보다.

"뭔가요? 단숨에 지상으로 돌아가는 방법이란 게."

가우디노 씨와 엘랑드 씨의 이야기에 따르면, 이곳 에이블링 던전에는 11층 이후의 보스 방 안쪽에 있는 계단 앞 층계참에 마법진이 설치되어 있으며, 그것을 사용하면 지상으로 전이할 수 있다고 한다.

"다만 그 마법진을 기동하려면 꽤 많은 양의 마력이 필요해. 크기에 따라 다르기는 하지만, B랭크 클래스의 마석일 경우 네 개,

A랭크 클래스의 마석이라면 두 개는 필요하지."

호오, 그런 게 있었구나. 하지만, 분명 마석이 그렇게나 필요하다면, 가지고 있는 마석에 여유가 없는 한은 쓸 수 없을지도 모르겠네.

"우리는 그걸 위해 마석을 준비해뒀거든. 그걸 쓰기로 했어."

과연, 역시 사전 준비는 중요하다니까.

"가우디노를 파티 리더로 삼길 잘했어. 이 신중함 덕에 우리는 몇 번이나 목숨을 건졌으니 말일세."

"맞아, 이번에도 그래. 여기서 왔던 길을 돌아간다고 하면, 남은 해독 포션 한 병으로는 솔직히 말해 아슬아슬했지."

시그발드 씨와 기디온 씨가 그렇게 말하자 페오도라 씨도 순순히 크게 고개를 끄덕였다. 그 말을 듣고 가우디노 씨는 살짝 쑥스러운 듯한 표정을 지었다.

"신중해서 나쁠 건 없으니까. 그걸로 목숨을 구할 수 있다면, 사전 밑 준비는 빈틈없이 하는 편이 좋은 게 당연하잖아."

가우디노 씨의 말대로다. 목숨보다 중요한 건 없다.

아침 식사 후의 휴식을 마친 다음, 우리는 세이프 에리어를 출발했다.

내가 아이템 박스에서 미스릴 창을 꺼내자 창술사인 기디온 씨가 이쪽을 빤히 바라보았다.

"전부 미스릴로 된 창이라니……."

아, 내 창은 스이에게 부탁해 특별히 제작한 물건이라 자루도 포함해서 전부 미스릴이었지.

하지만, 기디온 씨의 창도 미스릴제인 것 같은데.

"기디온 씨의 창도 미스릴 아닌가요?"

"그렇기는 하지만, 내 건 창끝만이야. 나도 언젠가 전부 미스릴로 된 창을 갖고 싶은 마음이야."

내 경우에는 이런저런 꼼수를 써서 손에 넣은 거니까…… 어쩐지, 죄송합니다.

"역시 S랭크. 호사롭네."

내 창을 본 시그발드 씨까지 그런 말을 했다.

"무슨 말을 하는 겁니까? 당신의 워 해머도 마철로 만들어진 게 아닙니까? 마철은 정제가 어렵다고 들었습니다. 워 해머 정도의 크기쯤 되면, 꽤 훌륭한 물건이죠."

엘랑드 씨가 그렇게 끼어들었다. 호오, 마철이라. 그런 것도 있었구나.

"으하하하, 겉모습만 보고 눈치채다니, 역시 대단하군. 이건 내가 A랭크가 된 기념으로 형제가 정성을 담아 만들어준 거지. 인간이나 엘프 정도는 아니지만, 나는 드워프 중에서는 제법 마력이 많은 편이거든. 불 마법을 쓸 수 있는 나를 위해 마철제로 해준 걸세. 이거라면 무게도 나가고. 여기에 불 마법을 두르고 있는 힘껏 휘둘러 치는 내 공격은 꽤 괜찮지."

그렇게 말하며 워 해머를 자랑스레 들어 보이는 시그발드 씨.

그 투박하고 무거워 보이는 워 해머에 불 마법을 둘러 내리친 다니…….

엄청나게 흉악한 공격이잖아. 그거.

"어이 어이, 무기 얘기는 그쯤 해둬. 나타나셨다고."

그렇게 말한 가우디노 씨가 바라보고 있는 쪽으로 시선을 돌리자…… 우오옷.

어제보다 많은 수의 베놈 타란툴라와 포이즌 스파이더가 이쪽을 향해 오고 있었다.

"어쩐지, 어제보다 많은 것 같은데요."

"그런 것 같군요."

전 S랭크인 엘랑드 씨도 그 광경에는 얼굴을 찌푸렸다. 진짜, 이렇게 많으니까 징그럽네.

『오, 어제보다 많아졌잖아. 이건 쓰러뜨릴 보람이 있겠는걸. 그럼 가볼까!』

『앗, 치사해! 스이도 쓰러뜨릴 거야!』

드라 짱과 스이가 베놈 타란툴라와 포이즌 스파이더 무리를 향해 뛰쳐나갔다.

"어, 어이, 괜찮은 거야?!"

그런 드라 짱과 스이를 본 가우디노 씨가 당황하며 그렇게 소리쳤다.

드라 짱도 스이도 자그맣다 보니 걱정이 되는가 보다.

"전혀 문제없습니다. 드라 짱도 스이도 강하니까요."

이 층은 드라 짱과 스이한테 맡겨두면 문제없을 거라고 생각해.

"그렇답니다. 우리보다 훨씬 강하니까요. 특히 드라 짱의 그 용맹한 모습…… 시원스럽게 비행하며 공격하는 모습에는 반할 수밖에 없답니다."

드라 짱에게 반하다니, 그건 엘랑드 씨에게만 해당되거든요.

휘오오오오────.

풋, 풋, 풋────.

드라 짱의 불 마법과 스이의 산탄이 베놈 타란튤라와 포이즌 스파이더를 처리해 나갔다. 아, 레벨 업을 위해서 나도 한 마리 넘겨받았다.

내가 쓰러뜨린 마물에서는 나오지 않았지만, 드라 짱과 스이가 쓰러뜨린 마물에서는 드롭 아이템이 꽤 나왔다.

"그럼, 주워볼까요."

엘랑드 씨에게 그렇게 말하며 시선을 돌리자 그 옆에 있던 아크(방주) 멤버들이 어안이 벙벙한 모습으로 멈춰 서 있는 것이 보였다.

"드라 짱과 스이의 공격을 보고 놀랐군요. 처음 보면 보통은 그렇게 되지요."

반응이 없는 아크 멤버들을 보고서 엘랑드 씨가 그렇게 말했다.

역시 그렇게 되는 건가. 우리로서는 일상적인 광경인데.

드롭 아이템 회수를 마쳤을 무렵에야 겨우 아크 멤버들도 원래대로 돌아왔다.

"뭐, 뭐야? 어떻게 저렇게 강한 거야……?"라며 표정이 굳어져 있기는 했지만.

"어떻게 강한 거냐고 물으신들 모르겠습니다. 애초에 페르도 드라 짱도 스이도 사역마로 삼을 마음 같은 걸 갖고 한 게 아니기도 하고 말이죠……."

"뭐, 뭐, 이렇게나 강한 사역마를 거느리고 있으니 이런저런 비밀도 있겠지."

가우디노 씨가 그렇게 말하자 아크 멤버들은 뭔가 제멋대로 납득해버렸다.

딱히 비밀이라고 할 것도 없는데. 아, 모두와 염화가 가능하다는 건 비밀이려나.

"드라 짱은 귀여움과 강함을 겸비한 드래곤이라 드라 짱에게 맡겨두면 괜찮습니다."

어째서 당신이 뻐기듯이 말하는 겁니까?

"엘랑드 씨와는 조금 다른 의견이기는 하지만, 아무튼 드라 짱과 스이에게 맡겨두면 괜찮으니 계속 가죠."

아크 멤버들에게 그리 전하고 우리는 보스 방을 향해 나아갔다.

도중에 드롭 아이템 회수를 도와준 아크 멤버들에게는 드롭 아이템의 10퍼센트 정도를 넘겼다. 처음에는 거절했지만, 거듭거듭 권하자 받아주었다. 드롭 아이템이 많기도 하고.

그런 느낌으로 도중에 있던 방도 공략하면서 한동안 나아갔고, 보스 방에 도착했다.

"이렇게 빠르게 진행하다니……."

"우리는 거의 나설 자리가 없었어."

"드롭 아이템을 주운 게 다였지."

"……(끄덕끄덕)."

방주 멤버들이 말하고자 하는 바는 알겠지만, 우리는 늘 이런 느낌이라고.

"저도 무코다 씨와 동행하고 놀랐습니다. 하지만, 이 모습을 보면 드랭의 던전을 답파할 수 있었던 것도 이해가 됩니다. 아마도 여기도 답파하게 될 테지요."

"역시 테이머는 강하네. 무코다 씨처럼 강한 사역마를 사역하고 있으면 최강이라고 해도 과언이 아니라고. 짧은 시간이었지만 이렇게 동행해보니 단기간에 S랭크로 올라간 것도 납득이 돼."

그건 운이 좋았다고 할까, 인터넷 슈퍼 스킬 덕분이라고 할까.

"그럼 빠르게 안을 싹 정리해볼까요?"

『내가 하겠다.』

페르가 목소리를 내서 그렇게 말했다.

"뭐야? 페르가 나서는 거야?"

『에엑, 마지막의 마지막에 제일 좋은 걸 가져가는 거야?』

『페르 아저씨, 약았어.』

『흥, 너희는 지금까지 날뛰지 않았나? 이런 건 연장자에게 양보하는 법이다.』

『쳇.』

『우으.』

이럴 때만 연장자라고 하는 건 비겁하잖아. 뭐, 쓰러뜨려 주는 건 좋지만.

"펜리르가 싸우는 걸 볼 수 있는 거야?"

"이건 좀처럼 볼 수 없는 걸 보게 되겠군. 정신 똑바로 차리고 지켜보겠네."

아크 멤버들은 페르의 싸움에 흥미진진해했다.

느긋한 걸음으로 페르가 보스 방 안으로 들어갔다. 그리고…….

──콰앙.

번개가 떨어지고, 보스 방에서 넘쳐날 듯하던 베놈 타란툴라와 포이즌 스파이더에 전격이 내달리며 차례차례 감전사했다.

『끝났다.』

그렇게 말하며 페르가 우쭐대는 느낌으로 뒤를 돌아보았다. 아아, 그런 거였구나.

드라 짱과 스이와 마찬가지로, 자신의 힘을 과시하고 싶었던 거냐고.

"에구. 이거 또 드롭 아이템이 대량으로 생겼네……. 여러분, 죄송하지만 이번에도 도와주실 수 있을까요?"

아, 이거 글렀네. 모두 입을 떡 벌리고 굳어져 있잖아. 페르의 노림수가 제대로 먹혔군.

"엘랑드 씨, 도와주실 수 있을까요?"

"네네. 이 사람들은 한동안 전혀 도움이 안 될 것 같으니까요."

나와 엘랑드 씨는 묵묵히 대량의 드롭 아이템을 회수해 나갔다.

드롭 아이템 회수를 마친 후에도 여전히 아크 멤버들은 굳어져 있었고, 한 사람 한 사람의 이름을 부르면서 눈앞에서 손을 흔들고서야 겨우 모두가 제정신을 차렸다. 마법 공격으로 그 정도의 수를 해치운 것이 꽤나 충격이었던 모양이다. "그건 대체 뭐야……"라며 좀처럼 받아들이지 못하는 모습이었지만, "페르니까요"라는 말 외에는 딱히 할 수 있는 말이 없었다. 아크 멤버들도 결국에는 전설의 마수 펜리르니까, 하고 납득한 모양이었다.

다 함께 보스 방 안쪽으로 나아갔다.

"그래서, 지상으로 전이하는 마법진은 어디에 있는 겁니까?"

계단 앞 층계참에 있다고 들었는데, 그럴듯해 보이는 것을 도무지 찾을 수가 없었다.

"아, 잘 쓰이지 않는 거라 말이지. 페오도라, 부탁한다."

가우디노 씨가 그렇게 말하자 페오도라 씨가 고개를 끄덕이더니 중얼중얼 주문을 외기 시작했다. 그러자…….

휘오오 바람이 일어나더니 쌓여 있던 모래 먼지를 전부 날려버렸다.

층계참 전면에 그려진 원 가운데에 상형 문자 같은 문양이 가득 쓰인 마법진이 나타났다.

"오오, 이게 지상으로 돌아가는 마법진인가요?"

"이 던전의 경우 11층 아래쪽에는 이 마법진이 설치되어 있다고 하더군. 좀처럼 쓰이는 일이 없지만."

아니, 하지만 생각해보면 이거 엄청나게 편리하잖아.

마석이 있으면 바로 지상으로 돌아갈 수 있으니까.

"드랭 던전에는 이런 게 없었죠?"

"그런 부분이 던전의 재미있는 점이기도 하답니다. 던전마다 완전히라고 해도 좋을 만큼 사양이 다르지요……."

글쎄, 에이블링에서는 11층 이후에 마법진이 설치되어 있지만,

10층마다 지상으로 돌아가는 마법진이 설치되어 있고 마력도 아주 조금이면 되는 던전도 있다는 모양이었다. 그리고 어떤 일정한 계층에 도착하면 전이석이라고 하는 편리한 아이템을 입수할 수 있고, 그걸로 각층으로 전이할 수 있는 던전도 있다고 한다. 당연히 던전마다 나오는 마물도 다르고, 함정이 있고 없고도 다르단다.

그리고 드랭처럼 필드형의 계층이 나오거나, 에이블링처럼 한결같이 벽에 둘러싸인 계층만 있거나, 안이 탑 형태이거나 하는 던전도 존재하고 있다고 한다.

"호오, 다양한 던전이 있군요."

"기왕 모험가가 되었으니, 세계 각지의 던전을 둘러보는 것도 좋을 거라고 생각합니다."

엘랑드 씨는 그렇게 말했지만, 나로서는 이야기를 들은 것만으로도 충분한 기분이었다.

이번 여행도 던전에 들어올 마음은 전혀 없었는데, 드랭에 이어서 이렇게 에이블링의 던전에까지 들어왔으니, 한동안 던전은 사양하고 싶다.

『호오, 좋은 이야기를 들었다. 한동안은 지루할 일이 없겠구나.』

『호오, 인간 세계에는 다양한 던전이 있단 말이지? 재밌겠는걸.』

『뭐야아? 또 다른 던전에 갈 수 있는 거야?』

삐거어어어억.

천천히 뒤를 돌아보자 페르와 드라 짱과 스이가 있었다.

아니 아니 아니, 여기가 끝나면 다음 던전에 도전한다고 생각

하고 있는 모양인데, 안 갈 거거든.

『저기 말이지, 이곳 다음에는 드랭에 갈 거야. 거기서 레드 드래곤(적룡) 해체를 부탁하고, 카레리나로 돌아갈 예정이라고.』

이 내용은 확실하게 전해두어야겠다 싶어진 나는 페르와 드라짱과 스이에게 염화를 보냈다.

람베르트 씨네 가게로 와이번 망토를 받으러 가야만 한다고.

『어이, 인간 도시에는 어떠한 던전이 있는지 거기 있는 엘프에게 잘 들어두도록 해라.』

아니 아니, 페르 씨. 들어둘 일 없거든? 던전에는 안 갈 거라고.

『오, 좋은데. 그리고 어디로 갈지 정하자고.』

『만세. 또 던전에 갈 수 있는 거네~? 던전은 재미있어서, 스이 아주 좋아!』

어이 어이, 드라 짱도 스이도 멋대로 그런 소리 하면 안 되지. 던전은 안 갈 거야.

그보다, 지금은 이곳 던전을 공략하고 있는 도중이니까, 그런 얘기를 하고 있을 때가 아니라고.

『지금은 이곳 던전에 들어와 있으니까, 여기에 집중해줘.』

『그래. 그렇구나. 이야기는 이곳을 답파한 다음이다.』

『맞아, 그러네.』

『스이, 열심히 할 거야.』

좋아, 겨우 이야기를 돌렸어. 이대로 잊어버려 주면 좋겠는데. 아무튼 지금은 이 던전이다.

이러저러하는 사이에 가우디노 씨 일행의 준비도 끝난 모양이었다.

"다음은 마지막으로 여기에 마석을 올려두면 마법진이 기동하지."

마법진 안에 흩어져 있는 자그마한 원 중 세 개에 마석이 놓여졌다.

"여기 마법진은 말이지, 마석 크기에 따라서도 놓는 위치가 달라지거든."

"네? 그건 너무 성가신데요?"

"뭐 그렇지. 하지만 그 배치도 조사하면 바로 알 수 있거든."

가우디노 씨, 거기까지 조사했구나. 나도 본받아야지.

"정말로 신세 많았어. 우리는 한동안 이 도시에서 체재할 예정이니까, 지상으로 돌아오면 모험가 길드에 말을 전해줘. 그때는 우리가 대접할 테니까."

가우디노 씨의 그 말에 다른 멤버들도 고개를 끄덕였다.

"맛있는 술을 맛보게 해주지."

드워프인 시그발드 씨가 말하는 '맛있는 술'이라는 게 조금 무섭지만.

"저야말로 이런저런 이야기를 들을 수 있어서 좋았습니다. 지상으로 돌아가서 또 뵙겠습니다."

"……어이, 페오도라. 어디 가려는 거야?"

어째선지 페오도라 씨가 우리 쪽으로 오려 하고 있었다.

"…………맛있는 밥."

"하아, 무코다 씨가 해준 밥이 맛있다는 건 알지만, 그것만으로 따라가려고 하지 마."

어? 어라? 뭐야? 페오도라 씨, 밥 때문에 날 따라오려는 거야?

뭐랄까, 밥을 노리고 있다는 점에서 생각하는 게 페르들과 똑같잖아……

가우디노 씨에게 주의를 받은 페오도라 씨가 슬픈 표정으로 "밥……"이라고 중얼거렸다.

그 말을 듣고서 가우디노 씨는 어이없다는 듯이 천장을 바라보았다. 기디온 씨와 시그발드 씨는 폭소하고 있고. 웃으면 안 되는데, 너무 웃기잖아. 나, 웃음소리가 새어 나오지 않도록 필사적으로 참았다고.

페오도라 씨는 엄청난 미인인데, 정말이지 유감스런 엘프네. 내가 만든 요리를 좋아해주는 건 기쁘지만. 엘랑드 씨도 그렇고, 페오도라 씨도 그렇고, 이 세계의 엘프는 엉뚱한 사람밖에 없는 걸까?

"지상으로 돌아가면 또 맛있는 걸 대접하겠습니다. 페오도라 씨."

내가 그렇게 말하자 페오도라 씨가 환하게 미소 지었다.

"그럼, 지상에서 또 보자고."

"네, 또 뵙겠습니다."

가우디노 씨가 마지막 마석을 내려놓자 마법진이 빛에 감싸였다.

빛이 사그라들었을 때는, 마법진 위에 서 있던 아크 멤버들은 사라지고 없었다.

"무사히 돌아간 모양입니다."

"네. 우리도 그만 가볼까요?"

아크(방주) 멤버들을 배웅한 우리는 15층을 향해 계단을 내려갔다.

◇ ◇ ◇ ◇ ◇

15층에 도착해 조금 나아갔을 때 페르가 소리 내 말했다.

『멈춰라. 적이 온다.』

그러자 통로가 끝나는 부분에서 갈색 무언가가 튀어나왔다. 펄쩍펄쩍 뛰어오르고 있었다.

"뭐야? 저건…… 커다란 변소 귀뚜라미?"

변소 귀뚜라미, 정식 명칭은 분명 꼽등이라고 했던가? 1미터 정도는 될 듯한 커다란 변소 귀뚜라미가 아니라 꼽등이와 꼭 닮은 마물이었다. 그게 떼를 지어 점프하면서 다가오고 있었다.

"저건…… 그랬어! 저 마물은 이 층에서 나왔었지! 큰일이야. 바로 공격해주십시오!"

이쪽을 향해 오는 마물을 보며 당황해서 소리치는 엘랑드 씨.

어라? 여유일 거라고 생각했는데, 저 꼽등이는 위험한 마물인 거야?

『공격하란 말이지? 좋았어, 해볼까!』

『스이도 할 거야.』

엘랑드 씨의 말에 반응한 드라 짱과 스이가 꼽등이를 향해 갔다.

푸욱, 푸욱, 푸욱, 푸욱————.

퓨웃, 퓨웃, 퓨웃, 퓨웃————.

그러나 꼽등이의 생명력이 강한지, 평소보다 많은 얼음 기둥과 산탄이 필요했던 모양이다.

"전부 쓰러뜨린 모양이로군요…….."

"그러네요."

엘랑드 씨를 보자 안심한 표정을 짓고 있었다.

"저 마물은 뭔가요?"

"저건……."

『저건 뭐든 먹는 악식 마물이다.』

"페르 님은 알고 계신가 보군요. 그건 킬러 카멜 크리켓이라는 마물로, 닥치는 대로 뭐든 먹어버립니다. 킬러 카멜 크리켓과 마주치면 그걸로 끝. 그다음에는 아무것도 남지 않는다는 말을 들을 정도입니다."

서식하는 곳은 어두운 숲과 동굴로 그다지 마주칠 일은 없지만, 한 번 마주치면 뼈나 소지품조차 남기지 않고 먹혀버린다고 한다. 철제 무구까지 먹어버린다는 모양이었다.

"더욱 성가신 점은, 킬러 카멜 크리켓은 살아 있는 생물에 알을 낳는 습성이 있답니다."

우엑…… 그 말은 혹시…………..

"그렇다는 건, 잡힌 모험가 몸 안에 알을 낳는 일도 있다는 건가요?"

"예. 그렇게 되면 모험가도 거의 살아 있지는 않지만 말이죠."

역시 그런 건가. 그런 상황이 되면 살아 있지 않을 테지.

어쩐지 곤충 마물은 역겨운 게 많은 것 같은 기분인데.

"이 마물도 접근해 오기 전에 처리하는 것이 철칙이지요."

그야 그럴 테지. 잡아 먹히는 것도 알에 기생당하는 것도 사양이라고.

"페르도 드라 짱도 스이도 들었지? 접근하기 전에 섬멸이야."

『그래. 이 층에서는 나도 함께 공격하겠다.』

『당연히 나도 지금까지처럼 쓰러뜨릴 거라고!』

『스이도 많이많이 쓰러뜨릴 거야.』

그 선언대로, 그 후로 페르와 드라 짱과 스이는 킬러 카멜 크리켓을 발견하자마자 잇따라 격파해갔다. 그리고 순식간에 보스 방 앞까지 도착했다.

슬쩍 보스 방을 들여다보았는데, 안은 킬러 카멜 크리켓과 상위종인 자이언트 킬러 카멜 크리켓으로 가득했다.

그 중심에 한층 커다란 게 있었다. 자이언트 킬러 카멜 크리켓보다도 훨씬 컸다.

게다가 주변에 있는 킬러 카멜 크리켓을 아그작아그작 먹고 있었다.

"우엑, 동종 포식을 하고 있잖아."

감정해보니…….

【킹 킬러 카멜 크리켓】

A랭크 마물. 튼튼한 이로 무엇이든 씹어 부수고 먹는다.

A랭크구나. 주변에 있는 같은 종류의 마물을 닥치는 대로 먹고 있는 모습은 정말 추악하네.

『드라, 스이, 가자.』『그래.』『응.』

"아, 나도 후방에서 마법을 날릴게."

레벨 업을 위해서 조금은 공격해야겠지. 접근하지만 않으면 어떻게든 되겠지? 아마도…….

『흥, 우리에게 맞지 않게 해라.』

"아, 알고 있다고."

페르와 드라 짱과 스이가 보스 방으로 들어갔다.

촤악, 촤악, 촤악————.

푸웃, 푸웃, 푸욱————.

풋, 풋, 풋, 풋————.

모두의 공격이 이리저리 날아갔다. 일방적인 유린극이다.

10분도 되지 않아 보스 방에 남겨진 것은 우리와 대량의 드롭 아이템뿐이었다. A랭크인 킹도 트리오의 공격 앞에서는 어찌할 도리도 없었던 모양이다. 대량의 드롭 아이템을 다 함께 주워 모은 다음 16층으로 나아갔다.

16층에 있던 것은 지네 마물로, 이슈탐 숲에서 만났던 자이언트 센티피드의 절반 정도 되는 크기의 베놈 센티피드였다.

베놈 센티피드는 맹독을 갖고 있다고 하는데, 페르와 드라 짱과 스이의 맹공격으로 아무 문제 없이 해치웠다. 덕분에 16계층은 처음부터 순조롭게 나아갈 수 있었고, 도중에 나도 슬쩍슬쩍 전투에 참가하기도 했다. 마지막 보스 방에도 기분 나쁠 만큼 우글우글한 자이언트 센티피드와 베놈 센티피드가 있었지만, 후다닥 정리해버렸다.

엘랑드 씨는 줄곧 드라 짱을 보며 황홀해했다. 그 표정은 매우 위험했다.

이러저러하며 16층도 무사히 진행해 나아가며 대량의 드롭 아이템을 획득한 우리는 곤충 존의 마지막 층인 17층으로 걸음을 옮겼다.

◇ ◇ ◇ ◇ ◇

"어라? 이 층은 어쩐지 넓네요."

계단을 내려가 17계층 통로로 나오자, 지금까지의 배는 될 만큼 널찍했다.

"예, 이 층부터 넓어진답니다. 라고 해도, 저도 이 층까지밖에 모르지만 말이지요."

엘랑드 씨는 분명 현역 시절에 17층까지 온 적이 있었다고 했지. 18층이 성가신 언데드 계층이라 돌아가기로 했었다고 들었다.

"여기에서 나오는 마물은 곤충형 마물 중에서도 최고로 위험한 마물입니다. 주의해주세요."

엘랑드 씨가 전에 없이 진지한 표정을 하고서 그렇게 말했다.

"드라 짱들이 있으니, 그렇게까지 걱정할 필요 없기는 할 테지만 말이죠."

엘랑드 씨가 그렇게 덧붙였지만, 주변을 살피는 그 눈빛은 날카로웠다.

『왔다.』

페르가 기척을 감지했는지 그렇게 외쳤다.

샤샥.

스슥스슥스스스슥.

검게 빛나는 마물이 통로 바닥, 벽, 천장에 가득 달라붙어 있었다.

응? 저건, 설마…….

"으아아아아악!!!"

"으앗?! 가, 갑자기 비명을 지르다니, 왜 그러십니까? 자이언트 커크로치는 분명 위험한 마물이지만, 드라 짱들이 있습니다! 놀랄 것 없습니다!"

커크로치…… 역시 그놈이다. 게다가 커졌어.

"어째서 이런 곳에서 바 선생이 나오는 거냐고오오오?! 저렇게 커다란 바 선생은 말도 안 된다고! 무리! 절대 무리! 무리 무리 무리 무리이이이이이!"

몸길이 1미터 반 정도 되는 초거대 바퀴벌레가, 샤샤샤샥 하는 그 특징적인 움직임으로 이쪽을 향해 오고 있어.

"으아아악! 공격해! 죽여버려! 살려두지 마! 섬멸이다!!!"

『시끄럽다. 말하지 않아도 놈들 따위 간단히 끝내주마.』

『오, 뭔가 이 녀석 의욕 넘치는데. 당연히 해치워야지! 유후!』

167

『스이, 주인 말대로 할 거야! 풋풋해서 전부 쓰러뜨릴게.』

페르와 드라 짱과 스이가 바 선생 놈들에게 가차 없는 공격을 날렸고, 몇 분도 되지 않아 전부 정리되었다.

『어이, 끝났다.』

"무코다 씨, 안색이 안 좋습니다만. 괜찮습니까?"

"네에……."

그렇게 말하며 고개를 끄덕이기는 했지만, 전혀 괜찮지 않아. 어째서 이세계에 와서까지 녀석…… 그 증오스러운 바 선생과 대치해야만 하는 거냐고. 바 선생만은 안 돼. 그것만은 안 된다고. 그건 내가 대학에 입학하고 혼자 살기 시작한 지 얼마 안 되었을 때였다. 더운 여름이 지나고 조금 선선해지기 시작한 초가을. 밤에 자고 있는데, 뺨 언저리에서 가려움이 느껴졌다. 모기라도 있는 건가 하며 무의식적으로 찰싹 뺨을 때렸다. 그러자 콰직 하고 무언가가 뭉개지는 감촉이 느껴졌다. 뭔가 싶어 졸린 눈을 비비며 머리맡에 있던 전기스탠드를 켰다. 그리고 빛 아래서 손을 펼쳐보자……. 반이 짓뭉개진 검은 바 선생이 있었다. 그것도 반이 뭉개졌는데도 움찔움찔 움직였다. 그걸 본 나는 한밤중임에도 불구하고 큰소리로 비명을 지르고 말았다. 그 일이 있은 후로 나는 바 선생에 트라우마가……. 녀석들과 마주치지 않도록, 녀석들의 먹이가 될 법한 것은 확실하게 밀폐 용기에 넣고, 방도 언제나 청결을 유지하도록 주의했다. 그래도 녀석들은 어디서든 나타났다. 그때는 목장갑, 안경, 마스크로 완전 방비를 하고서 상비한 바퀴벌레용 살충제로 즉시 말살했다. 바퀴벌레용 살충제와 엄중하게 처리하기 위한 전용 검정 비닐봉지는 언제나 준비되어 있었다. 한 마리가 보이면 100마리가 있는 거라고 할 만큼 번식력이 강한 녀석들이다. 늘 주의하고 신경쓰고 있어서 내 방에는 번식하는 일은 없었지만, 밖에서 들어올 위험은 얼마든지 있었다. 바퀴벌레용 살충제와 검은 비닐봉지는 비축분도 늘 갖춰두며 여차할 때에 대비했을 정도다. 유비무환이다. ……………앗.

"엘랑드 씨. 혹시 이 마물은 번식력이 강하거나 하지 않나요?"

"알고 계셨습니까? 원래 개체 수는 적지만, 번식 주기가 있는 모양인지, 그때 폭발적으로 늘어난답니다. 그 탓에 130년 전의 '랏캄의 비극' 같은 일도 일어났었지요."

"……그 '랏캄의 비극'이란 건 뭔가요?"

"아, 장수종인 저희 중에는 아는 자도 많습니다만, 그렇지 않은 인간들에게는 그다지 알려지지 않은 일인가 보군요. '랏캄의 비극'이라는 건 말이지요…….."

엘랑드 씨의 이야기에 따르면 130년 전, 당시 클라센 황국에 있던 랏캄이라는 중규모 도시가 자이언트 커크로치의 거대 무리에 습격당해 하룻밤 만에 멸망했다고 한다. 주민이 제법 되던 도시였지만 하룻밤 사이에 인적이 사라졌고, 사람은커녕 말 등도 포함한 모든 생물이 전혀 남아 있지 않았다고 한다. 그 후, 클라센 황국군과 모험가들이 대량으로 투입되어 자이언트 커크로치 토벌에 나섰고, 수많은 희생자를 내고서야 겨우 토벌을 완수했단다.

"자이언트 커크로치 자체가 B랭크 중에서도 상위의 마물이랍니다. 강인한 턱을 가졌고 발에도 날카로운 발톱이 있죠. 게다가 마비독인 독 안개도 분사하니, 꽤 고전할 수밖에 없지요. 저도 지인에게 들었습니다만, 상당한 격전이었던 모양입니다."

턱에 발톱에 독 안개까지 분사하는 거냐? 이 세계의 바 선생, 지나치게 흉악하잖아…….

"전에 책에서 읽은 내용인데, 이 던전의 자이언트 커크로치는 주기 유무는 불명이지만, 알을 낳아서 수가 늘어나는 건 확실한 모양입니다. 15계층의 킬러 카멜 크리켓은 알을 낳기는 하지만 그걸로 수를 늘리지는 않는가 봅니다만, 이 자이언트 커크로치는 던전이 만들어내는 개체 외에 독자적으로 번식하여 수를 늘려간다고 합니다. 글쎄 그 책의 저자가 이 던전을 답파한 모험가에게 들은 이야기에 따르면 자이언트 커크로치가 알에서 부화하는 모습을 보았다더군요."

그, 그게 뭐야……. 던전에서 솟아 나오고, 알에서 부화하다니. 늘어나기만 하는 거잖아.

이 층에는 대체 얼마나 많은 바 선생이 있는 거야? 오싹. 생각하는 것만으로도 무서워.

"이야기는 이쯤하고, 드롭 아이템을 주운 다음 계속해서 나아가죠."

…………드롭 아이템이라니, 그 바 선생 놈들한테서 나온 거잖아?

"저, 저기, 드롭 아이템은 충분히 있으니까, 이 층에서 나온 건 필요 없지 싶은데……."

돈이 되는 건 알지만, 바 선생 놈들한테서 나온 건 만지고 싶지 않다고.

"무슨 말씀입니까? 조금 전에 말했던 대로, 자이언트 커크로 치는 원래 개체 수가 적습니다. 그 소재는 무구의 좋은 재료도 되기 때문에, 고가로 거래되는 것은 물론이고 무구에 사용된다는 것은 바로 모험가를 위한 일이 되는 겁니다. 이걸 가져가지 않는다니, 말도 안 됩니다. 그런 짓을 했다간 나디야 씨한테 크게 혼날 겁니다."

크읏…… 그런 말을 들으면 아무래도……. 나디야 씨가 화내면 엄청나게 무서울 것 같다고.

"자자, 꾸물대지 말고 서둘러 줍도록 하죠. 모두들 조바심 내고 있는 모양이니까요."

그렇게 말하며 엘랑드 씨는 더듬이, 흉부 외각, 발톱, 작은 병에 담긴 마비독, 수는 적지만 떨어져 있는 작은 마석도 열심히 줍기 시작했다.

『그래. 서둘러라. 어서.』

『그렇다고. 어쩔 수 없으니까 나도 도와줄게.』

『스이도 도울래.』

모두가 열심히 드롭 아이템을 주워 모아서 내게로 가져왔다.

고맙지만…… 만지고 싶지 않아. 하지만, 그런 말을 하고 있을 수도 없고. 하지만 말이지, 맨손으로 만지는 건 좀………… 아, 그러고 보니 그게 있었지. 나는 바비큐를 할 때 썼던 목장갑을 아이템 박스에서 꺼냈다. 목장갑을 꼈지만, 바 선생의 드롭 아이템 같은 건 역시나 그다지 만지고 싶지 않다. 엄지와 검지로 살짝 잡아서 곧바로 드롭 아이템을 아이템 박스에 수납했다.

"후우~, 겨우 끝났네……."

드롭 아이템 줍기를 겨우겨우 끝내고 나니 무심코 그런 말이 새어 나왔다. 이 층은 나에게 있어 매우 좋지 않다. 그 커다란 바 선생(대형 바퀴라고 명명했다)은 다양한 의미에서 나의 정신을 파사삭 깎아버렸다.

"그럼, 다시 가볼까요?"

엘랑드 씨가 태연하게 그런 말을 했다.

"……역시, 가는 건가요."

"예? 왜 그러십니까?"

"아뇨, 그게. 지금까지 모은 드롭 아이템으로도 충분하니까, 그만 지상으로 돌아가는 것도 괜찮지 않을까 하고……."

『흥, 여기까지 와서 돌아갈 리가 없지 않으냐. 멍청한 소리 그만 하고 가자.』

어처구니가 없다는 듯이 내뱉은 페르가 걸음을 옮기기 시작했고, 그 뒤를 드라 짱도 스이도 엘랑드 씨도 따라갔다.

역시 그렇겠지. 하아~ 던전을 엄청나게 좋아하는 모두가 여기까지 왔다가 그냥 돌아갈 리 없지.

앞으로도 그 대형 바퀴를 상대해야만 한다고 생각하니까 견디기 힘들 만큼 우울해졌어.

나는 앞으로 나아가는 모두의 뒤를 쫓았다.

◇　◇　◇　◇　◇　◇

17층을 나아가는 동안, 끊임없이 대형 바퀴가 덮쳐들었다.

모두가 희희낙락하며 상대해 곧바로 격파해주고 있기 때문에 위험하지는 않았지만 나는 완전히 다리가 풀려서 그저 드롭 아이템 회수에만 전념했다.

그러나 보스 방으로 다가갈수록 수도 늘어났고, 페르들의 공격을 피해서 나와 엘랑드 씨 곁으로 다가오려 하는 놈들이 생겨났다. 아직까지는 막아주고 있지만, 언젠가는 돌파될 것만 같다. 돌파되어도 한 마리나 두 마리일 테지만, 나로서는 매우 중대한 문제였다.

뭔가 대책을 세워야만 해. 우선 바 선생 전용 살충제가 필요하겠지. 네이호프에서 이빌 플랜트에 제초제가 잘 들었었잖아. 인터넷 슈퍼에서 사는 바 선생 전용 살충제도 분명 효과가 좋을 거라고 생각해.

그러나 그렇게 되면 엘랑드 씨 앞에서 인터넷 슈퍼를 써야만 하게 되는데. 뭐, 엘랑드 씨가 인터넷 슈퍼에 관해 알게 된다고 해도 간단히 누군가에게 폭로하거나 하는 일은 없을 테지. 조금이라고 할까 아주 특이한 사람이기는 하지만, 신용할 수 있는 사람이라고 생각한다.

그것보다도, 나한테는 걱정인 점이 있다. 그것은 바로 엘랑드 씨 자신이었다. 인터넷 슈퍼에서 산 것은 어째선지 알 수 없지만 이 세계에 있는 것들보다 효과가 뛰어나다. 분명 바 선생 전용 살충제도 그러하리라 생각한다. 그렇게 되면, 폐쇄된 공간인 ≪던전≫에서 써도 괜찮을지 망설여진다. 대형 바퀴 놈들을 죽여버린다고 해도, 효과가 강한 살충제가 던전 안에 퍼지는 것은 좋지 않을 듯했다. 엘랑드 씨는 이 세계 사람이니까, 살충제가 어떠한 영향을 미칠지도 알 수 없고. 바 선생 전용 살충제를 안이하게 썼다가, 엘랑드 씨에게 무슨 일이 생기기라도 하면 이루 말할 수 없이 후회할 것이 분명했다.

그렇게 생각하면 효과가 있을 같기는 해도 살충제는 쓸 수 없겠지. 그렇다면, 으음…….

분명 식기용 세제라든가 보드카 같은 도수 높은 술은 바 선생의 호흡을 방해해서 구제가 가능하다는 이야기를 들은 적이 있는데. 한다면 용기째로 내던지는 느낌으로 해야겠지? 세제는 플라스틱 용기라 어려울 테지만, 병이라면 깨질 테니까 술을 있는 힘껏 던지는 건 괜찮지 않을까?

아, 그러고 보니 그게 유효할지도 모르겠는걸. 냉동 살충 스프레이. 살충 성분을 사용하지 않아서 식품 주변에서 써도 안심인 물건으로 나도 저쪽에서 몇 번인가 썼다. 바 선생이 죽기까지 시간이 걸려서 결국 창고에 처박혔었지만. 그것도 이 세계에서 쓰면 효과가 UP 되어 죽지는 않는다고 해도 움직임은 상당히 둔해지지 않을까 싶다. 그 사이에 엘랑드 씨와 함께 싸워 쓰러뜨리는 것도 가능하리라. 좋아, 다음 세이프 에리어에서 술과 냉동 살충 스프레이를 구입하겠어.

그 후에도 페르들의 분투로 계속해 나아갔고, 현재 위치에서 가장 가까운 세이프 에리어에 들어가 식사를 하기로 했다. 역시 이 정도 층쯤 되니 세이프 에리어에는 아무도 없었다. 나디야 씨의 이야기로는 일단 이 층까지 들어오는 모험가가 있다고 했는데, "특수 개체가 많은 주기라고 느끼고 물러난 것일 테죠"라는 것이 엘랑드 씨의 견해였다. 나도 솔직한 마음으로는 이대로 물러나고 싶은데.

점심은 고기가 좋다는 페르들의 요청과 엘랑드의 "전에 맛보여주신 그게 있다면 다시 한번 먹어보고 싶습니다"라는 부탁을 받아 쇠고기덮밥으로 정했다. 골든 백 불 고기로 만든 쇠고기덮밥이다.

페르와 드라 짱과 스이 몫은 밥을 고봉으로 담고 밥 위에 고기를 듬뿍 올려 내주었다. 엘랑드 씨도 꽤 잘 먹는다는 걸 알았기 때문에 밥을 꽤 많이 담고 그 위에 고기를 푸짐하게 올렸다. 페르와 드라 짱과 스이는 맛있게 우걱우걱 먹고 있고, 엘랑드 씨도 "그래요 그래요, 이 맛입니다. 맛있습니다"라고 말해가며 허겁지겁 먹고 있었다.

나로 말하자면…… 절대까지는 아니지만, 도무지 밥을 먹을 기분이 아니었다.

그래도 지금부터 또다시 그 대형 바퀴 놈들을 상대하려면 조금이라도 뭔가 배에 넣어두는 편이 좋으리라. 개운한 게 좋겠는데. 어차피 술이나 냉동 살충 스프레이를 살 때 엘랑드 씨에게 설명하려고 생각했으니까, 조금 예정을 앞당기게 되겠지만 지금 써도 괜찮겠지?

나는 인터넷 슈퍼를 열었다.

『어이, 이 녀석에게 들켜도 괜찮은 거냐?』

내가 인터넷 슈퍼를 연 것을 본 페르가 그렇게 말을 걸어왔다.

"응. 이 층의 마물을 쓰러뜨리는 데 유효한 걸 살까 싶어서. 게다가 아래층으로 가면 아마 밥도 부족해질 테니까, 언젠가는 들키고 말 거야. 늦냐 이르냐의 차이일 뿐이지. 무엇보다 엘랑드 씨라면 신용할 수 있으니까."

『그러냐. 네가 그렇게 말한다면 괜찮을 테지. 그렇다면 마실 걸 다오. 그 검은 게 좋겠다.』

페르가 콜라를 마시고 싶다는 말을 꺼냈다. 그걸 본 드라 짱과 스이가 잠자코 있을 리 없었다.

『아, 약았어. 그럼 나도 까만 거 줘. 그리고 푸딩도 줘.』

『스이도 까맣고 톡톡하는 거 마시고 싶은데. 그리고, 케이크도 먹고 싶어.』

아, 네네. 모두 이 층에서는 열심히 해줬으니까, 상으로 주기로 할까.

"무, 무코다 씨, 그게 대체 뭡니까?"

내 눈앞에 펼쳐진 창을 본 엘랑드 씨가 눈을 부릅뜨며 놀랐다.

"이거 말인가요? 이건 제 고유 스킬입니다. 이세계의 음식이나 편리한 물건을 살 수 있는 스킬이죠."

"……이세계?"

이세계라고 해도 와 닿지 않는 건가.

"네. 맛있는 것이나 편리한 것을 살 수 있는 스킬이라고 생각해주시면 될 것 같습니다."

"그, 그렇군요……. 그나저나, 그런 스킬은 처음 들었습니다."

그렇겠지. 아마도 이 인터넷 슈퍼라는 고유 스킬을 가진 건 나한 명뿐일 거다.

그도 그럴 것이 이 세계의 신들조차 처음 듣는 스킬이라고 했었으니까.

"아마도, 저만 가진 스킬일 테죠."

"그렇겠지요. 저도 스킬에 관해서는 꽤 잘 알고 있는 편이라고 생각하지만, 들어본 적이 없으니까요. 뭐, 스킬의 소유자가 비밀로 하고 있는 경우도 있으니, 모든 스킬이 명백하게 밝혀져 있는 것은 아니지요. 그러니 알려지지 않은 희귀한 스킬이 있다고 해도 이상하지는 않을 겁니다."

"저도 가능한 한 비밀로 해두고 싶으니, 비밀 엄수를 부탁드립니다."

"네, 그야 당연하죠. 스킬을 밝혀주셨다는 것은 저를 믿어주셨기 때문이라 생각합니다. 그 믿음을 배신하는 일은 절대로 없을 겁니다. 무코다 씨를 배신할 법한 행위를 했다간, 두 번 다시 드라 짱과 만나지 못할 테고, 드래곤도 두 번 다시 손에 넣을 수 없을 테니까요. 그건 저에게 죽으라는 말이나 다름없답니다. 하하하."

무거워. 드래곤을 대체 얼마나 좋아하시는 겁니까? 비밀을 지켜줄 것 같으니 다행이지만.

나는 인터넷 슈퍼에서 내 점심 식사로 요구르트와 우유가 듬뿍 들어간 카페오레, 그리고 페르와 드라 짱과 스이가 바란 콜라를 카트에 담았다.

그리고 대형 바퀴용 병기로 보드카 50병 정도와 냉동 살충 스프레이를 20병 정도 구입했다. 유비무환이라고 했다. 그래서 많이 구입했다.

다음은 페르들에게 줄 상으로 평소와 마찬가지로 후미야에서 케이크와 푸딩을 샀다. 언제나처럼 나타난 종이 상자에서 상품을 꺼냈다.

그리고 배부르게 쇠고기덮밥을 만끽한 페르들에게 바닥이 깊은 나무 접시에 따른 콜라를 내주었다.

"그 검은 것은 무엇입니까? 여러분께서 꿀꺽꿀꺽 마시고 있습니다만, 음료수입니까?"

엘랑드 씨가 처음 본 콜라에 얼굴을 찡그렸다. 새까마니까.

"이건 색깔은 좀 그렇지만, 달고 톡톡 쏘는 게 맛있답니다. 마셔보시겠어요?"

내가 맛있다고 하자 흥미가 일었는지 엘랑드 씨는 "그럼 조금만"이라고 답했다. 나는 도자기 컵에 콜라를 절반 정도 따라서 건넸다.

"그럼 어디……."

그렇게 말하며 엘랑드 씨는 머뭇머뭇 컵을 입으로 가져갔고, 한 모금 꿀꺽 삼켰다.

그다음에는 벌컥벌컥벌컥벌컥 기세 좋게 단숨에 콜라를 마셨다.

"후우~, 검은 물 같은 게 무슨 맛이 있을까 생각했습니다만, 이건 정말 맛있군요! 마셔본 적 없는 맛입니다만, 과실수와는 비교도 안 될 만큼 단 데다 목을 지나갈 때 톡 쏘는 느낌이 참을 수가 없군요. ……끄윽, 이런. 실례."

"하핫, 그건 탄산음료라고 하는데, 마시면 트림이 잘 나온답니다."

나는 엘랑드 씨에게 콜라를 한 잔 더 따라주고, 페르들에게도 콜라를 따라주었다.

그리고 식후 디저트로 케이크와 푸딩도 내주었다. 페르에게는 좋아하는 딸기 쇼트케이크를 두 개, 푸딩을 좋아하는 드라 짱에게는 커스터드 푸딩과 신작인 구운 푸딩 쇼트케이크, 스이에게는 신작인 거봉이 올라간 계절 과일 쇼트케이크와 개량된 마롱 몽블랑을 주었다.

물론 엘랑드 씨에게도 식후의 디저트로 케이크를 대접했다. 선택한 것은 기본이면서도 실패할 리 없는 생크림 듬뿍인 딸기 쇼트케이크다. 엘랑드 씨는 우선 모양이 보기 좋다며 감동했다.

"이, 이건……."

"아까 가르쳐드린 제 스킬로 손에 넣은 겁니다. 이곳에서는 볼 수 없는, 이런 맛있는 음식을 구할 수 있죠."

"대, 대단하군요…… 앗, 그럼 무코다 씨의 요리도?"

"그건 말이죠, 제가 요리하고 있기는 하지만 이 스킬로 구한 조미료 같은 걸 사용하고 있답니다. 조미료도 좋은 걸 구할 수 있거든요."

"과연. 무코다 씨의 옆에 있으면 당연히 맛있는 걸 먹을 수 있다는 뜻이로군요."

『그래, 맞다. 녀석이 만든 밥은 맛있다. 그리고, 녀석이 주는 이 케이크도 맛있다.』

페르 씨, 당신이 의기양양하게 말할 건 아니라고 보는데?

뭐, 맛있다고 해주는 건 기쁘지만.

"자, 이 케이크의 단맛도 이 주변에서는 맛보기 어려운 것일 테니, 어서 드셔보세요."

내가 그렇게 말하자 엘랑드 씨가 하얀 크림에 포크를 찔러 넣었다.

엘랑드 씨는 딸기 쇼트케이크 맛에 엄청나게 감동했다. 제대로 된 단맛을 맛보기 힘든 세계인 만큼, 딸기 쇼트케이크는 매우 충격적인 맛이었던 모양이다. 엘랑드 씨는 울면서 "맛있어, 맛있어" 하며 케이크를 먹었다.

나로 말하자면, 페르들과 엘랑드 씨가 케이크를 먹는 옆에서 점심 대신에 요구르트를 먹었다. 오랜만에 먹는 요구르트는 산뜻하고 매우 맛있었다. 그리고 달달한 카페오레를 마시고 한숨을 돌렸다.

그러나, 던전은 아직 계속된다. 이 층에 있는 대형 바퀴와의 싸움은 아직 끝나지 않았다.

페르의 이야기에 따르면 17층을 4분의 3 정도 나아왔다고 한다. 꽤 많이 진행했다고는 할 수 있었지만, 보스 방에 다가갈수록 대형 바퀴 놈들도 수가 늘어나고 있으니, 아직 방심할 수 없다. 대형 바퀴 대책 병기인 보드카와 냉동 살충 스프레이도 충분히 준비했다. 준비는 완벽하다. 나는 할 수 있다. 대형 바퀴 따위에

게 질 성싶으냐 말이다. 제거되는 건 대형 바퀴 놈들이다.

젠장, 죽여주마!

"으라차, 하압!"

쨍강, 쨍강.

"좋아. 추가로 한 번 더."

쨍그랑. 세 병째도 명중했다.

"제가 가겠습니다."

엘랑드 씨가 그렇게 말하고 재빠르게 접근하더니, 애검으로 대형 바퀴 머리를 베어 떨어뜨렸다.

세이프 에리어에서 나와 보스 방을 향해 가는 우리는, 여기저기에서 솟아 나오는 대형 바퀴 놈들을 상대하면서 나아갔다.

염려했던 대로, 페르들의 공격을 피한 대형 바퀴가 나와 엘랑드 씨 쪽에도 접근해 왔다.

나는 준비했던 보드카를 아이템 박스에서 꺼내 던졌다. 처음에는 지나치게 당황한 탓도 있어 몇 번인가 빗나가고 말았지만, 몇 번이고 던지는 사이에 익숙해져서 맞출 수 있게 되었다. 하지만 보드카 한 병을 맞춘 정도로 대형 바퀴는 움직임을 멈추지 않았다. 세 병에서 네 병 정도를 맞춰야 겨우 움직임이 둔해졌다. 일본의 바 선생과 똑같이 끈질기다.

보드카를 뒤집어쓰고 움직임이 둔해진 대형 바퀴에 파이어 볼을 날렸는데, 엄청난 기세로 불타서 좀 위험했다. 대형 바퀴가 잘 타길래 꼴 좋다 하고 생각했었지만, 불의 기세가 지나치게 강해서 이쪽까지 위험해질 우려가 있었기 때문에 보드카 후에 불 마법을 쓰는 건 봉인하기로 했다.

그래서 결국, 엘랑드 씨와 함께하며 대형 바퀴를 없애버리는 작전에 나섰다. 인터넷 슈퍼에서 산 보드카와 냉동 살충 스프레이를 써서 내가 대형 바퀴의 움직임을 둔하게 만들고, 그걸 엘랑드 씨가 일도양단한다. 페르들의 공격을 피해 이쪽으로 접근한 대형 바퀴 수는 적었지만, 이 괴물을 상대로 우리의 작전은 꽤 훌륭했다고 생각한다.

나와 엘랑드 씨는 둘이 함께 열 마리 정도나 되는 대형 바퀴를 묻어버렸다.

"무코다 씨, 다음이 옵니다!"

"네!"

보드카를 대부분 소비해버린지라, 이번에는 냉동 살충 스프레이의 분사 손잡이를 당겼다.

치익, 치익, 치익, 치익.

검은 몸에 하얀 서리가 달라붙었다. 이세계산 효과가 나온 것인지, 사용하고 있는 이쪽에까지 냉기가 전달되어 왔다. 급격하게 체온이 내려간 탓인지 대형 바퀴의 움직임이 조금씩 둔해졌다. 틈을 두지 않고 추가로 냉동 살충 스프레이 분사 손잡이를 당겼다.

취익, 취익, 취익, 취익.

"엘랑드 씨!"

"네, 갑니다!"

엘랑드 씨가 애검을 휘두르자 움직임이 둔해졌던 검게 빛나는 커다란 몸이 두 동강 났다.

대형 바퀴가 사라진 후에 남은 흉부 외각을 목장갑을 낀 손으로 주워서 아이템 박스에 던져 넣었다. 처음에는 만지는 게 너무너무 싫었지만, 여기까지 오는 사이에 익숙해졌다. 페르들이 쓰러뜨린 후에 남은 대량의 드롭 아이템도 주워서 휙휙 계속해서 아이템 박스에 넣었다.

여기서 주저한들 앞으로 나아가야 할 길이 줄어들지는 않는다는 걸 알고 있으니까. 아무튼 이 층을 서둘러 돌파하는 것이 우선이다. 우리는 대형 바퀴 놈들을 구제해가며 앞으로 나아갔다. 그리고…….

『저기가 마지막 방이다.』

드디어다. 세이프 에리어를 나온 지 얼마 안 되었지만, 나에게는 너무나도 긴 시간이었다. 이곳만 끝나면 드디어 대형 바퀴를 보지 않아도 되는 것이다.

하지만 마지막 보스 방에는 지금까지보다 훨씬 많은 대형 바퀴가 있으리라…….

지긋지긋하다 생각하며 힐끗 보스 방을 들여다보았다. 그리고, 말문이 막혔다.

대형 바퀴도 대량으로 있었지만, 그 대형 바퀴보다 한층 커다란 초대형 바퀴가 득시글했다.

"아아, 저게 나와 버린 건가요? 저건 기간트 커크로치랍니다. 보이는 대로 자이언트 커크로치보다 큰 데다 더 사납지요. 보통은 두세 마리가 나타날 터인데, 이것도 특수 개체가 많은 주기의 영향인 걸까요……?"

엘랑드 씨가 말한 기간트 커크로치, 그러니까 초대형 바퀴는 두세 마리 정도가 아니었다.

"저거, 열 마리 가까이 되죠?"

"예. 어째선지 있군요. 아, 저 산 같은 건 알인 걸까요?"

그랬다. 엘랑드 씨가 말한 대로, 알도 있었다. 그것도 대량으로.

짙은 갈색의 50센티미터 정도 되는 캡슐형 알(분명 알 주머니라고 했던가)이 산처럼 쌓여 있었다.

그 안에는 30개 전후의 알이 들어 있다고 들었었다. 우으, 기분 나빠. 그보다, 어째서 알이 저렇게 많은 건데? 이 층의 대형 바퀴는 알로도 늘어난다고 들었는데, 알이 너무 많잖아. 저게 전부 부화한다고 생각하니 소름이……

"저 정도 되는 알이 있다니, 드롭 아이템도 기대되는군요."

"네? 알에도 드롭 아이템이 있나요?"

"자이언트 커크로치 알의 드롭 아이템은 금이라고 들었습니다."

어째서 저런 더러운 것한테서 금이 드롭되는 건데? 던전은 정말 모르겠네.

드롭 아이템을 노리고 있는 건 아니지만, 저 알은 절대 방치해 둬서는 안 돼. 저게 전부 부화했다간, 이 층의 거대 바퀴는 얼마나 늘어나는 거냐고. 꼼꼼하게 소멸해야만 해. 저건.

『알인가. 저게 전부 부화하면 이 던전 밖으로 마물이 넘쳐날지도 모른다.』

"뭐? 그런 일이 가능한 거야?"

마물이 밖으로 넘쳐나다니, 그거 진짜 위험하잖아.

"스탬피드로군요. 최근 들어서는 일어나지 않았지만, 분명 이 상황이라면……."

엘랑드 씨에게 이야기를 들은 바로는, 스탬피트라는 것은 마물이 지나치게 늘어나 던전 밖으로 넘쳐나는 현상을 말한다고 한다. 지금은 모험가가 던전에 적극적으로 들어가 수를 줄이고 있기 때문에 약 100년 가까이 일어나지 않았다고 했다.

도시 근처에 있는 던전에서 그런 일이 벌어지면………… 끔찍해서 상상하기도 싫다.

"하지만, 우연이라고는 해도 지금 시기에 무코다 씨 일행이 이 던전에 들어온 것은 다행입니다. 페르 님과 드라 짱, 스이라면 확실하게 이 알도 처리할 수 있으니까요."

『그래. 그렇게 말할 수도 있겠구나. 저기 있는 알은 마지막에 확실하게 처리하기로 하마.』

그렇게 말하더니 페르는 드라 짱과 스이를 데리고서 보스 방으로 돌입했다.

속이 시원할 정도의 유린극이었다. 더 해버려, 바 선생은 전부 말살이다.

대형 바퀴도 초대형 바퀴도 페르들에게 걸리면 10분도 안 돼 전멸이다.

그리고 마지막으로, 대량으로 쌓여 있던 대형 바퀴 알은 드라 짱의 불 마법에 태워지고, 스이의 산에 녹아 확실하게 처리되었다.

알이 사라진 다음에는 지름 2센티미터 정도의 둥글고 납작한 형태를 한 금덩어리가 대량으로 떨어져 있었다.

"뭐랄까, 드롭 아이템을 주워 모으는 쪽이 시간이 더 걸릴 것 같네요."

엘랑드 씨가 보스 방을 둘러보며 그렇게 말했다.

하지만 가져갈 수 있는 데 가져가지 않는다고 하는 선택지는 없었고, 나와 엘랑드 씨는 드롭 아이템을 열심히 주워 모았다.

보다 못한 페르들도 나서서 도와준 덕분에 생각보다는 일찍 끝났다.

다음은 18층, 두 번째 언데드 계층이다.

"무코다 씨, 뒤에서 구울이 옵니다!"

"네!"

엘랑드 씨에게 경고를 받은 나는 미스릴 창을 들고서 뒤를 돌아보았다.

겉모습은 9층 좀비와 똑같은 부패해가는 사체가 썩은 살점을 마구 흩뿌리면서 달려왔다.

그렇다. 구울은 달린다. 처음 보았을 때는 꽤 겁먹었었다. 달린다고는 해도 그리 빠른 건 아니지만, 좀비가 느릿느릿한 걸음걸

이인 것에 비하면 하늘과 땅 차이였다.

구울을 보고 가볍게 패닉에 빠졌었지만, 페르에게『결계를 펼쳐두었으니 괜찮다』라는 말을 듣고서 진정되었다. 잘 생각해보면 나는 절대 방어도 있으니까 말이지. 차분하게 미스릴 창을 내찌르자 성각인 효과인지 간단히 쓰러졌다. 성각인 님 최고야.

아, 그런 건 나중에 하고 지금은 이쪽으로 닥쳐드는 구울에 집중이다.

"에잇."

창으로 가슴을 단숨에 찌르고 뽑자 구울이 쓰러졌다. 그 사이에 엘랑드 씨는 두 마리를 쓰러뜨렸다.

"오, 독 손톱이 드롭되었군요."

구울의 손톱은 날카롭고 독이 있는데, 드롭 아이템은 바로 그 독 손톱이었다.

"이 독 손톱은 위험한 독약의 소재가 된다고 하던데, 괜찮은가요? 꽤 많이 나왔는데……."

엘랑드 씨가 예전에 어떤 소식통을 통해 들은 이야기에 따르면, 이 독 손톱은 특수하고 위험한 독약이 소재가 된다고 한다.

그 독을 섭취하면 사흘에서 나흘 후에 가슴을 쥐어뜯으면서 죽음에 이른단다. 아마도 심장 발작을 유발하는 지효성 독인 것이리라. 사인은 병사로 나오기 때문에 이 독은 암살에 최적화된 뛰어난 물건이라는 모양이었다.

"그것참, 매매할지 말지는 그곳 모험가 길드에 따라 달라져서 말이지요. 일부 업계에서는 군침을 흘릴 만큼 간절히 원하는 물건이라고 합니다만……."

일부 업계라는 건 암살을 생업으로 삼는 업계인 거잖아? 혹은 방해꾼을 없애버리고 싶은 귀족이라든가.

"너무 많으면 그러니, 조금만 팔도록 하고 나머지는 다른 곳에서 소각 처분이라도 할까요?"

"그, 그게 좋을지도 모르겠네요."

대량의 구울 독 손톱을 입수하는 바람에 우리는 고심하기 시작했다.

『어이, 어서 주워라.』『그래 맞아. 서둘러 다음으로 나아가야 한다고.』『주인, 주워 왔어.』

페르들이 쓰러뜨린 언데드의 드롭 아이템이 잔뜩 있었고, 그중에 구울의 독 손톱도 대량으로 있는 것을 보고서 나와 엘랑드 씨는 쓴웃음을 지었다.

"뭐, 어찌할지는 나중에 생각하기로 하고 일단 줍도록 할까요?"

"그러네요."

나와 엘랑드 씨는 주변에 흩어진 언데드의 드롭 아이템들을 주웠다.

우리는 18계층을 순조롭게 나아가, 네 번째 방에 이르렀다.

페르들이 닥치는 대로 쓰러뜨려 준 덕분에 언데드로 가득했던 방도 깔끔하게 정리되었고, 바닥에는 대량의 드롭 아이템이 떨어졌다. 늘 그렇지만, 아이템을 주워 모으는 데 시간이 더 걸리는 것 같다.

"무코다 씨, 드롭 아이템을 줍도록 하죠."

"그럴까요? 아, 다크 볼(암옥)이 꽤 많네요."

지름 2센티미터 정도의 검은 구슬 같은 것이 여기저기에 굴러다니고 있었다.

이 검은 구슬, 다크 볼이라는 것은 레이스의 드롭 아이템이다.

"꽤 많은 수의 레이스가 있었으니까요."

분명 보스 방에 다가갈수록 레이스가 늘어났다.

"이렇게나 많으면 다음 층에서 써보는 것도 괜찮을지 모르겠네요."

"예. 다크 볼은 언데드에게는 그다지 효과가 없는 모양입니다만, 그 이외의 마물에게 효과가 있는지 어떤지 시험해볼 가치는 있겠지요. 이렇게나 많기도 하니, 무코다 씨가 이야기하신 대로 다음 층에서 사용해보도록 하죠. 이게 효과가 있다고 한다면 매우 유효한 공격 수단이 될 겁니다."

하얀 안개 덩어리인 레이스에 닿으면, 스테이터스 수치가 반감하는 상태 이상이 일어난다고 하는데, 그 드롭 아이템인 다크 볼도 같은 효과가 있다고 한다. 엘랑드 씨의 말에 따르면 이 다크 볼을 던져 맞추면 검은 안개가 발생하고, 그 안개에 닿으면 스테이터스 수치가 반감하는 상태 이상에 걸린다고 한다.

그렇다고는 말해도, 엘랑드 씨도 그러하다는 이야기를 들었을 뿐이라는 모양이었다. 그도 그럴 것이 "아무튼 보기 드문 물건이

니까요. 저도 실물은 과거에 딱 한 번밖에 본 적 없답니다"라고
했다.

그렇게나 귀한 걸 간단히 써버릴 수도 없기 때문에, 실제 효과
는 불명인 부분도 많다고 한다. 어떤 상태 이상을 불러일으키는
것은 틀림이 없을 테지만, '스테이터스 수치가 반감한다'는 수준
의 효과가 정말로 있을지는 미지수인 모양이었다.

한번 시험 삼아 구울에게 던져 보았지만, 그다지 효과가 없는
듯 보였다. 어쩌면 언데드에게는 그다지 효과가 없는 것인지도
모른다. 그래서 다른 마물이라면 효과가 있을지도 모른다는 이야
기를 엘랑드 씨와 나눈 참이었다.

『어이, 이제 곧 마지막 방이다. 서둘러 가자.』

페르의 탐지에 따르면 이제 곧 보스 방이 나온다고 한다. 방을
나서자 바로 다음 언데드가 나왔다.

우리 일행은 착실하게 언데드를 해치우면서 보스 방을 향해 나
아갔다.

우리 일행은 18층의 보스 방 앞까지 왔다.

"저게 스켈레톤 나이트인가요……?"

"저도 처음 봅니다만, 저게 그거일 테죠."

안을 들여다보자 지금까지의 스켈레톤과는 명확하게 다른, 한
층 크고 강해 보이는 스켈레톤──스켈레톤 나이트가 어슬렁거

리고 있었다. 스케일 메일을 입고 훌륭한 투구도 썼으며, 그 위에 검은 안개를 두른 모습에 척 보기에도 위험할 듯한 롱 소드와 방패를 들고 있었다. 분위기도 지금까지의 스켈레톤과는 전혀 다르게 꺼림칙한 느낌이 들었다.

지금까지의 방과 지금까지 층들의 보스 방과 달리, 숫자의 폭력이라기보다 강한 적이 소수 배치되어 있는 모양이었다. 게다가 소수라고는 했지만……

"뭔가, 들었던 것보다 스켈레톤 나이트 수가 많은 것 같은데요……."

나디야 씨에게 들은 이야기로는 다섯 마리 정도라고 했던 스켈레톤 나이트가 현재 보스 방에는 들었던 수의 배 이상인 열세 마리 정도가 어슬렁어슬렁 돌아다니고 있었다.

"이것도 예의 특수 개체가 많은 주기의 영향인 것일 테죠."

역시 그런가.

『호오, 스켈레톤 나이트는 오랜만에 보는구나.』

내 뒤편에서 보스 방을 들여다보며 페르가 그렇게 말했다.

『저게 스켈레톤 나이트야? 꽤 강해 보이는데. 뭐, 나한테는 상대가 안 되지만!』

드라 짱도 보는 건 처음인 모양이었지만, 저걸 보고서도 여전히 의욕이 넘치는가 보다.

『스이도 저런 거한테 지지 않아.』

스이도 스켈레톤 나이트의 꺼림칙한 모습을 보고서도 겁을 먹지 않았다.

『드라, 스이, 가자.』『좋았어.』『갈게.』

페르와 드라 짱과 스이가 스켈레톤 나이트가 기다리고 있는 보스 방으로 돌입해 갔다.

콰광————.

여섯 개의 빛 기둥이 동시에 스켈레톤 나이트의 머리 위로 내달렸다. 페르의 특기인 번개 마법이다.

정수리에 벼락을 맞은 스켈레톤 나이트 여섯 마리는 아무것도 못 한 채 그 자리에 쓰러졌다.

퍼억, 퍼억, 퍼억, 퍼억————.

불을 두른 드라 짱이 스켈레톤 나이트를 잇따라 꿰뚫었고, 스케일 메일에 커다란 구멍을 냈다. 드라 짱의 재빠름에 스켈레톤 나이트는 전혀 따라가지 못했고, 검은 안개를 두른 위험해 보이는 롱 소드와 방패도 아무런 도움도 되지 못했다.

풋, 풋, 풋————.

스이가 쏜 커다란 산탄이 스켈레톤 나이트가 든 위험해 보이는 방패에 적중했다. 게다가 스이의 산탄은 그런 방패 따위는 전혀 개의치 않고 방패를 녹이면서 꿰뚫고 지나가 갑옷째로 뼈로 된 몸을 녹여버렸다.

결국 스켈레톤 나이트는 아무런 공격도 하지 못한 채 페르들에게 당해 쓰러져갔다. 5분도 걸리지 않았다. 이쯤 되면 스켈레톤 나이트가 불쌍할 지경이다.

"끝난 모양이네요."

"역시 대단합니다. 드라 짱……."

엘랑드 씨가 반짝반짝 빛나는 눈으로 드라 짱을 바라보았다.

슬쩍 떨어져서 드롭 아이템을 확인했다.

그 위험해 보이던 롱 소드가 떨어져 있었다. 감정해봐야지

【키스 소드】

저주가 담긴 검. 이 검으로 베면, 베인 부분이 부패해간다.

이름부터도 위험했다.

키스 소드라니 뭐야? 저주의 검? 저주가 담긴 검이라니, 뭐냐고?

게다가 베인 부분이 부패한다니, 썩는 거야?

이건 안 될 녀석이잖아. 애초에 만져도 괜찮은 거야?

"저, 저기, 페르. 이 드롭 아이템 좀 감정해봐 주지 않을래?"

『감정은 너도 할 수 있지 않으냐.』

"아니, 그게, 페르의 감정 쪽이 상세하게 나오잖아. 이름부터 위험한 느낌인 물건이라 만져도 괜찮은 건가 싶어서."

『어디. ······키스 소드라. 만져도 괜찮은 모양이다. 감정에 따르면 손잡이를 잡으면 문제없다고 한다.』

"손잡이를 잡으면 문제없다니. 실수로 이 검에 손을 베이거나 하면?"

『이 검에 베이면, 그 부분은 부패하기 시작하고 최종적으로는 가루가 된다는 모양이다.』

그게 뭐야? 무서워. 그런 무시무시한 검은 필요 없어. 얼른 팔아버려야지.

커스 소드를 아이템 박스에 넣고 나자 스이의 목소리가 머리에 울렸다.

『주인, 여기에 상자가 있어.』

오, 스이가 보물 상자를 발견한 모양이네. 스이 쪽으로 가보니 나무로 된 오래된 보물 상자가 떡하니 놓여 있었다.

"스이, 용케 발견했네. 잘했어."

자칫하면 못 보고 지나칠 만큼 주변과 동화된 낡은 보물 상자였다.

꽤 오랜 시간 방치되어 있었다는 걸 알 수 있었다.

【저주의 보물 상자】
연 자는 저주를 받아 재앙이 쏟아진다.

엑…… 연 사람은 저주를 받고 재앙이 닥친다니. 열면 안 되잖아. 이거.

『저주의 보물 상자라. 허나 너라면 괜찮을 터다. 신의 가호와 완전 방어도 있으니, 무슨 걱정이냐.』

뭐, 페르의 말대로이긴 하지만, 역시 무섭잖아.

머뭇머뭇하고 있었더니『어서 열어봐라』라며 페르가 노려보기 시작했다.

"아, 알았다고."

조심조심 사자를 열었다. 응, 별다른 이상은 전혀 없었다.

안을 들여다보니 한 자루의 나이프가 들어 있었다. 젖은 까마

귀의 날개 색 같은 아름다운 나이프였다.

보물 상자에서 그 나이프를 꺼냈다. 감정을 해보니…….

【뱀파이어 나이프】

마철과 뱀파이어의 뼈를 섞어 만들어진 나이프. 피에 굶주려 끝없이 피를 빨아들인다.

"푸읍…….."

저, 정말이지 불온한 나이프네. 피에 굶주렸다니…….

『호오, 피를 제한 없이 빨아들이는 나이프라. 피를 빼는 데 쓸 수 있겠구나.』

앗! 페르가 말한 대로, 그렇게 쓸 수도 있겠는걸. 피에 굶주려 피를 빨아들인다고 하니까 불온하다고 생각했는데, 쓰기 나름인 건가.

페르 말대로, 사냥한 사냥감의 피를 뺄 때 사용하면 이용 가치는 있겠는걸. 그러면 모험가 길드에서 해체 작업을 하는 시간도 짧아질 테고, 무엇보다 맛도 좋아질 테지. 아이템 박스 안에서는 시간이 정지된다고 해도, 역시 그 자리에서 빠르게 피를 뽑는 편이 좋은 게 당연할 테니까. 그렇게 생각하면 이건 쓸모 있는 아이템이네.

던전을 나간 후의 이야기이기는 하지만, 엘랑드 씨와 상담해서 이 나이프는 넘겨받기로 해야지. 어라? 그러고 보니 그 엘랑드 씨는 어디에 있는 거지?

뒤를 돌아보자, 엘랑드 씨가 드라 짱을 쫓아다니고 있었다.

"엘랑드 씨, 뭘 하고 계신 건가요……?"

『어이! 이 녀석 나를 잡으려고 한다고. 이상해! 어떻게 좀 해봐!』

일단 드라 짱도 차마 공격은 하지 못하고 도망 다니고 있는가 보네.

"드라 짱, 잠깐이면 되니까 안아보게 해주십시오."

엘랑드 씨는 드라 짱이 싸우는 모습을 보고서 드라 짱에 대한 열의가 높아진 모양이었다.

아무래도 드라 짱을 안을 수 있을 때까지 포기하지 않을 것만 같은 기분이 드는데.

『드라 짱, 한 번 안아보게 해주는 게 어때?』

드라 짱에게 그렇게 염화를 보냈다.

『절대 싫어! 그게, 어쩐지 이 녀석 눈빛이 가버려서 기분 나쁜걸.』

완전 거부. 이렇게까지 거부당하다니, 엘랑드 씨도 불쌍한걸.

『그런 것보다, 이 녀석 좀 어떻게 해봐!』

예이예이.

"엘랑드 씨, 그 이상 하면 드라 짱에게 정말로 미움받을 겁니다!"

그렇게 말하자 엘랑드 씨가 움찔하고 멈추었다.

"미움받는 건 싫습니다~. 하지만 안아보고 싶기도 하고……."

"하아, 당장은 무리예요. 조금씩 조금씩 신뢰 관계를 쌓아가지 않으면."

"크으, 신뢰 관계란 말입니까."

"네. 그 신뢰 관계를 쌓아야만 하는데, 그렇게 뒤쫓아 다니면 절대로 그런 관계는 될 수 없을 거예요. 신뢰는커녕 미움받기만 할 뿐일 겁니다."

"우으으으으……."

엘랑드 씨도 드라 짱이 자신을 좋아하지 않는다는 것은 어렴풋하게 눈치채고 있었는지, 괴로운 표정이 되었다.

"조금씩이에요. 억지로 그러는 건 절대 금물입니다. 신뢰 관계가 생기면 안아보는 것도 꿈은 아닐 겁니다."

내가 그렇게 말하자 엘랑드 씨도 크게 고개를 끄덕였다.

"알았습니다. 조금씩 드라 짱의 신뢰를 쟁취할 수 있도록 노력하겠습니다!"

좋았어. 어떻게든 수습됐다. 드라 짱이 그렇게까지 신용할 수 있게 될지는 또 다른 문제이지만.

『살았다. 어이, 이 녀석이 나한테 접근하지 못하게 해. 이 녀석이 다가오면 소름이 돋는다고.』

엘랑드 씨, 심한 말을 들었어. 뭐, 어쨌든. 열심히 해보세요.

18계층을 제압한 우리는 19층으로 나아갔다.

제 5 장

최고급 식재료 호화 전골

19계층, 드디어 파충류 존에 돌입했다.

"엘랑드 씨는 이 층에서 어떤 마물이 나오는지 아시나요?"

"이 주변은 관련 자료가 적습니다만, 분명 이 층은 거북이 마물이⋯⋯."

『온다.』

통로를 천천히 걸어 이쪽으로 향해 오는 것은⋯⋯.

"으응? 저건, 자라 같은데⋯⋯."

다가오고 있는 거북이를 자세히 살펴보았는데, 역시 자라였다. 물가도 없는데 어째선지 1미터도 넘는 커다란 자라가 있었다. 그런 자라가 열 마리 정도 무리 지어 이쪽으로 다가왔다.

"자라란 건 뭡니까? 저건 빅 바이트 터틀입니다. 저도 오랜만에 봤습니다만. 움직임은 느릿하지만 주의해주십시오. 물리면 그걸로 끝, 이쪽이 죽든 저쪽이 죽든 하지 않는 한 절대 놓지 않으니까요."

한번 물면 놓아주지 않는다는 건 자라랑 똑같잖아. 저렇게 커다란 자라한테 물리면 그냥은 넘어가지 않을 테지. 잘못 물리면 즉사할 수도 있겠어. 움직임이 둔한 게 그나마 다행이야.

"저렇게 느릿하게 움직이는 상대에게 다크 볼(암흑)을 쓰는 건 아깝네요."

"그러고 보니 시험해보기로 했었지요. 으음, 다음으로 미뤄도 괜찮지 않을까요?"

『흠, 별 볼 일 없는 상대로군. 드라, 스이, 맡기마.』

자라를 본 페르는 곧바로 의욕을 잃은 모양이었다. 뭐, 움직임이 상당히 둔하니까 뭐.

저런 둔한 움직임이라면, 나도 물리지 않을 거리에서 창으로 찌를 수 있을 것 같다.

『오오, 맡겨둬.』

『스이도 할 거야.』

콰직, 콰직, 콰직――――.

드라 짱이 날린 뾰족한 얼음 기둥이 자라를 덮쳤다.

『쳇, 얼음 마법은 안 통하는 거야? 그럼 번개 마법이다.』

자라는 비교적 등딱지가 무르다고 하는데 이세계 자라는 꽤 단단한 모양이다.

드라 짱은 얼음 마법이 통하지 않는다는 것을 알자 곧바로 번개 마법을 날렸다.

빠직, 빠직, 빠직――――.

강력한 스턴건 같은 전격이 자라에 직격했다.

스이로 말할 것 같으면 주특기인 산탄을 자라를 향해 쏘았다.

풋, 풋, 풋――――.

스이의 산탄은 자라의 등딱지를 관통했다. 그럼, 드롭 아이템을 확인해볼까…….

"이건 빅 바이트 터틀 고기인가요? 고기가 나왔다는 건 먹을 수 있다는 뜻일 테지만, 빅 바이트 터틀 고기를 먹는다는 이야기는 들은 적이 없는데요…….”

고깃덩어리를 보며 엘랑드 씨가 곤혹스럽다는 듯이 말했다. 이
세계에서는 자라를 먹지 않는 모양이다.

나로 말하자면, 이 던전에서 고기가 드롭되는 일은 없을 거라
생각했던 만큼 나와줘서 기쁠 따름이었다. 그것도 고급품인 자라
고기라니. 나도 자라 같은 고급품은 손에 꼽을 정도밖에 먹어본
적 없지만, 자라 전골은 엄청나게 맛있었다.

『감정에 따르면 그 고기는 맛있다고 나온다만, 먹어보니 그 정
도는 아니었다. 맛없지는 않지만 맛있지도 않았다.』

페르는 먹어본 적이 있는 모양인데, 입에는 맞지 않았던가 보
다. 나도 일단 감정해보았다.

【빅 바이트 터틀 고기】
담백하면서도 매우 맛있다. 콜라겐이 풍부해서 피부에도 좋다.

그냥 자라 그 자체네. 자라는 역시 전골이지. 자라 전골 엄청
맛있는데…… 아!

“페르, 전에 먹었을 때는 생으로 먹었던 거지?”

『당연하다. 내가 인간처럼 요리 같은 걸 할 수 있을 리 없지 않
으냐.』

지당하신 말씀입니다.

“이 고기는 말이지, 전골로 만들어 먹으면 엄청나게 맛있거든.”

『뭐라? 그런 것이냐?』

맛있다는 말을 듣고서 내게 얼굴을 홱 들이대는 페르.

엘랑드 씨는 자라 고기가 맛있다는 말에 깜짝 놀라고 있었다.

"그래. 이 고기 자체로도 맛있지만, 전골로 만들면 좋은 육수가 나와서 마지막에 죽을 끓여도 맛있어."

『좋다. 전부 사냥한다. 드라와 스이도 도와라.』

『오옷. 저게 맛있단 말이지? 좋았어, 마구 사냥하자고.』

『고기~.』

너희들 타산적이구나.

"저기, 정말로 빅 바이트 터틀 고기 같은 게 맛있는 겁니까?"

엘랑드 씨가 굳은 표정을 하고서 그렇게 물었다.

"생긴 걸 보면 그런 생각이 드는 것도 이해됩니다. 하지만 전골로 끓이면 정말로 맛있답니다."

"무코다 씨가 그렇게 말씀하신다면 맛있을 테지요…… 오래 살았습니다만, 아직도 모르는 게 있군요. 저도 꼭 먹게 해주십시오."

"물론이죠. 그러기 위해서 고기를 많이 확보하죠."

그렇게 우리의 자라 사냥이 시작되었다.

자라의 드롭 아이템으로는 고기 외에도 작은 병에 담긴 피와 등껍질도 나왔는데, 아무튼 모두는 고기를 확보하겠다며 19계층의 자라를 전부 사냥해버릴 기세로 멈추지 않고 쓰러뜨려 갔다. 나도 물리지 않을 거리를 유지하고서 창으로 찔러 몇 마리나 쓰러뜨렸다. 이 층은 고기도 확보할 수 있고, 내 경험치도 확보할 수 있는 매우 만족스러워서 서비스 층이 아닌가……같은 생각을 했던 내가 바보였습니다.

보스 방을 들여다보고 움찔했다. 3미터를 넘는 거대 자라가 여섯 마리나 방 안을 느릿느릿 돌아다니고 있었다. 저건 괴수잖아?

"저건 자이언트 바이트 터틀입니다. 정말로 있었군요, 저게……."

책에서 읽고 그 존재는 알고 있었지만, 엘랑드 씨도 보는 건 처음이라고 했다.

『크군그래. 저 정도로 크면 고기도 기대할 수 있겠구나. 좋다, 드라, 스이, 간다.』

『오옷!』

『고기!』

스이, 그 기합은 아니라고 생각하는데?

콰앙, 콰앙———.

빠직, 빠직———.

풋, 풋———.

페르와 드라 짱은 번개 마법, 스이는 산탄을 날렸다.

여섯 마리 있던 자이언트 바이트 터틀이라는 이름의 거대 자라가 차례차례 쓰려져 사라져갔다.

남겨진 드롭 아이템은 커다란 고깃덩어리 두 개와 자그마한 마석이었다.

『오, 커다란 고기가 생겼잖아!』

『고기다 고기다.』

고기를 보고 신이 난 드라 짱은 이리저리 날아다녔고, 스이는 뿅뿅 뛰어올랐다.

『어이, 이 고기는 전골이라는 것으로 만들면 맛있다고 했겠다? 당장 만들어라.』

페르가 그런 말을 꺼냈다. 드라 짱과 스이도 먹고 싶다며 소란을 피웠다.

"여기선 안 되지. 시간이 지나면 방금 그 자이언트 바이트 터틀이 솟아 나올 거라고."

『음, 확실히. 그렇다면 지나왔던 길에 있던 세이프 에리어에서 만들어라. 이제 슬슬 저녁 식사 때다. 나는 배가 고프다.』

벌써 그런 시간인가.

"어쩔 수 없네. 조금 돌아가서 세이프 에리어에서 저녁밥을 먹기로 할까?"

우리는 보스 방을 나와 왔던 길을 조금 되돌아가 세이프 에리어로 들어갔다.

페르의 요청으로 오늘 저녁 식사는 자라 전골이다.

페르들에게 서두르라는 재촉을 받으며 급하게 인터넷 슈퍼에서 필요한 재료를 구입했다.

자랑하는 마도 버너를 아이템 박스에서 꺼낸 다음, 조리를 시작했다. 그렇다고는 해도 자라 전골은 그다지 어렵지 않지만 말이지. 떫은맛만 제대로 제거하면 재료 자체의 감칠맛이 우러나와 맛있는 자라 전골이 완성된다.

어째서 자라 전골 조리법 같은 걸 알고 있는가 하면, 이것도 인터넷 슈퍼 덕분이다. 배달 주문을 이용했었다. 자라를 먹어보고 싶었지만, 먹으러 가기에는 허들이 높다. 그런 때야말로 배달 주문이다.

배달 주문으로 혼자서 즐기는 자라 전골. 엄청난 호사다. 자라 전골도 마무리인 죽도 엄청나게 맛있었다. 떠올렸더니 군침이…… 아, 그런 생각을 하고 있을 때가 아냐. 서두르라고 페르들이 혼낼 거야. 얼른 자라 전골을 만들어야지.

마도 버너를 전부 가동해서 네 개의 버너를 다 쓰기로 했다. 뚝배기에 물과 육수를 낼 다시마를 넣어서 끓인 다음, 술과 적당한 크기로 잘라둔 자라 고기를 넣어서 부글부글 끓여준다. 적당히 끓었을 때 육수용 다시마를 건져내고, 거품을 꼼꼼하게 걷어낸다. 이 거품을 걷어내 떫은맛을 없애는 과정이 맛의 비결이니 정성껏 해줄 것.

거품을 다 걷어낸 다음 채소를 넣는다. 이번에는 단순하게 배추와 파만 넣기로 했다. 채소가 흐물흐물하게 익으면 간장과 소금으로 간을 하고, 마지막에 두부를 넣는다. 두부가 데워지면 완성이다.

크으, 맛있어 보여. 바닥 깊은 나무 접시에 자라 고기를 듬뿍 담고 채소와 두부를 넣어서 페르들에게 내주었다.

"자, 자라 전골이야. 뜨거우니까 조심해."

『그래..』

『오오, 이게 그 고기야?』

『맛있는 냄새가 나~.』

잠시 시간을 두어 식기를 기다린 다음, 페르들이 먹기 시작했다.

『음, 으음…… 이건 맛있구나. 그 고기가 이렇게 맛있었다니…….』

자라 전골이 마음에 들었는지 페르는 허겁지겁 먹었다.

『생긴 거랑 다르게 맛있는 고기네.』

드라 짱도 자라가 마음에 든 모양이다.

『이거 맛있네~.』

스이도 마음에 들어했다.

페르도 드라 짱도 입 주변을 번들번들하게 만들어가며 정신없이 먹었다. 푹 빠져서 흡수하고 있는 스이의 몸도 평소보다 더 탱탱한 느낌이 드는 것 같은데.

모두에게 더 줄 자라 전골을 준비해야겠지만, 더는 참을 수 없어. 우선 먹고 나서.

"엘랑드 씨, 우리도 먹도록 하죠."

하나의 뚝배기를 나와 엘랑드 씨가 나눠 먹었다.

바닥 깊은 접시에 자라 고기와 채소와 고기를 담아 엘랑드 씨에게 건넸다.

"드세요."

"아, 네……."

내가 맛있다고 설명하기는 했지만, 엘랑드 씨는 아직 반신반의인 모양이었다.

그 생김새를 보면 그렇게 생각하는 것도 납득이 간다. 그렇게 생각하면 맨 처음 자라를 먹은 녀석은 용자네. 나 같은 경우에는 맛있다는 걸 알고 있으니까, 덜어 담자마자 먹을 거야. 나는 자라 고기를 덥석 베어 물었다.

"맛있어."

이세계 자라는 담백하면서도 분명한 감칠맛이 있었고, 뼈도 적고 살도 두툼해서 씹는 맛이 있었다. 이거 주문해서 먹은 자라보다 맛있어. 나는 정신없이 자라 고기를 먹었다.

"무코다 씨, 맛있게 드시는군요. 빅 바이트 터틀이 그렇게나 맛있는 겁니까……."

엘랑드 씨가 마음을 먹은 것인지, 자라 고기를 입에 넣었다.

"이건……!"

응응, 맛있을 테지. 엘랑드 씨도 정신없이 자라 고기를 먹기 시작했다.

국물을 너무 많이 먹으면 마지막 즐거움을 즐길 수 없게 될 테니까 적당히 덜어 담았는데, 국물도 엄청나게 맛있었다.

어느 정도 배를 채운 다음에는 뚝배기를 전부 써서 자라 탕을 계속 만들었다. 아니, 도중부터는 뚝배기를 인터넷 슈퍼에서 사서 보충했을 정도다.

자라 고기를 실컷 맛본 다음은 마무리 죽이다. 자라의 감칠맛이 듬뿍 배인 죽은 정말 일품이었고, 페르들도 맛있다고 절찬했다.

"후우, 맛있었어."

『그래. 이렇게 맛있을 거라고는 솔직히 생각하지 못했다.』

『맛있었어~.』

『맛있었지~?』

"빅 바이트 터틀 고기가 이렇게나 맛있다니, 새로운 발견입니다."

자라 고기 최고지. 자라 전골은 또 해 먹고 싶은걸.

『어이, 이 고기는 아직 더 있는 거냐?』

"아, 있기는 한데, 방금 기세 좋게 먹어서 다음은 다섯 번, 아니 네 번 정도 해 먹을 수 있으려나."

『좋다. 다시 한번 이 층을 돌자.』

『고기를 확보하자는 거지? 이렇게 맛있는 고기라면 찬성이야.』

『스이도 좋아~. 이 고기 맛있는걸.』

페르들은 다시 한번 19층을 돌 마음으로 넘쳤다.

나로서도 자라 고기는 가능한 한 확보해두고 싶다. 이 층은 경험치도 짭짤하고.

"엘랑드 씨, 다시 한번 이 층을 돌아도 괜찮을까요?"

"물론입니다. 그 대신 또 맛보게 해주셔야 합니다."

"네."

우리는 다음 날도 19층을 돌기로 했다.

다음 날은 모두 자라 전골을 먹은 덕분에 기운이 넘쳤고, 그게 자라 고기 덕분이라는 것을 알게 되자 자라 고기 확보를 위해 더욱 열심히 움직였다. 그리고 그 덕분에 자라 고기 확보를 위해 한 번은커녕 결국 하루 종일 19층을 이리저리 오가게 되었다.

던전 20계층, 파충류 존의 두 번째 층이다.

이 층에 있던 것은 커다란 이구아나였고, 감정해보니 '빅 브론즈 이구아나'라고 나왔다.

꼬리까지 포함하면 2미터 가까이 되는 청동색 이구아나로, 지구의 이구아나와 달리 그 입에는 가늘고 날카로운 이가 가득 자라자 있었다.

그 움직임도 꽤 빨라서 성가시겠다 생각했는데, 페르와 드라짱과 스이에게 걸리면 별것 아니었다. 그보다, 어느 때보다도 더한 유린극을 보고 있자니 우리의 적일 터인 이구아나가 불쌍하게 보일 지경이었다.

뭐, 일이 그렇게 된 데에는 나한테도 일부 책임이 있을지도 모르지만. 그도 그럴 것이, 페르들이 조르는 대로 어제저녁에도 자라 전골을 만들었다. 이틀 연속으로 저녁은 자라 전골이었다.

그 덕분이리라. 페르들은 기운찼다. 어쩐지 의욕이 넘치는 모양이었다. 그런 모두는 희희낙락하며 이구아나를 잇따라 쓰러뜨렸다. 엘랑드 씨도 평소 이상으로 기운찼고, 춤추는 듯한 검기로 휙휙 이구아나를 쓰러뜨렸다. 내가 나설 자리는 전혀 없었고, 그저 열심히 아이템을 회수했다.

참고로 빅 브론즈 이구아나의 드롭 아이템은 가죽과 병에 정성스레 담긴 간이었다. 감정해보니, 간은 내장의 활동을 좋게 만드는 약을 만드는 소재 중 하나인 모양이었다.

20계층의 이구아나를 전부 없애버릴 기세로 나아갔음에도, 얼마 안 되어 보스 방 앞에 도착하고 말았다. 보스 방에는 빅 브론즈 이구아나의 배도 더 되는 크기의 '자이언트 브론즈 이구아나' 일곱 마리가 우글대고 있었다.

"아니 아니, 저건 공룡이잖아"라고 무심코 딴죽을 걸고 싶어지는 모습이었지만, 페르들은 전혀 겁먹지 않고 안으로 들이닥쳤다. 그리고 평소처럼이라고 할까 뭐라고 할까, 고작 몇 분 만에 자이언트 브론즈 이구아나는 전부 임종을 맞았다.

후에 남은 것은 가죽과 간과 자그마한 마석. 그것들을 주우면서 모두에게 자라 피를 내주지 않길 잘했다고 마음속으로 생각했다.

자라 피는 나도 저항을 느끼는지라 주문 배달을 해서 받았을 때 따라온 피도 마시지 않았었다. 그래서 드롭 아이템에 피가 있었어도 모두에게는 내주지 않았다. 지금 생각해보면 내주지 않았던 게 정답이었다. 어제 자라 전골을 만들기 전에 몰래 감정해봤더니 "자양 강장 작용이 있음. 약해진 몸에 효과가 큼. 정력 증진에도 효과 있음"이라고 나왔다. 자라 전골로도 이 정도의 효과인데, 피 효과까지 봤다간 모두 어디까지 기운이 넘칠지 상상도 안 된다.

"그럼 다음 층으로 갈까요?"

『그래, 다음 층으로 가자.』『오옷, 다음 다음.』『잔뜩 쓰러뜨릴래.』

"하아…… 네네."

나는 쓸데없이 기운 넘치는 모두와 함께 21계층으로 나아갔다.

21계층에서 나온 것은 3미터는 될 듯하고 척 보기에도 광폭해 보이는 붉은 피 같은 비늘을 가진 악어였다.

감정해보니 '레드 킬러 크로커다일'이라고 나왔다. 날카롭고 뾰족한 이빨과 튼튼해 보이는 턱에 물리면 그냥은 넘어가지 못하리라. 게다가 짧은 다리로 예상보다 빠르게 움직였다.

21층에 내려오자마자 통로 가득 펼쳐진 붉은 악어 무리가 우리 앞에 나타났다. 그러나 여기서도 페르와 드라 짱과 스이의 활동으로 금세 붉은 악어 무리는 제거되었다.

참고로 레드 킬러 크로커다일의 드롭 아이템은 예리한 이빨과 가죽이었다. 이 상태라면 이 층의 공략도 금방 끝나리라 생각하고 있었는데, 페르들이 갑자기 "배가 고프다"는 말을 꺼냈다. 그래서 결국 근처에 있던 세이프 에리어에서 점심을 먹게 되었다.

『고기다.』

『맞아, 고기가 좋겠어.』

『고기 먹고 싶어.』

페르와 드라 짱과 스이에게 요청이 들어왔다. 든든한 고기 요리로. 점심 메뉴는 만들어두었던 양념 수육을 이용한 돼지고기 덮밥으로 정했다.

아침 식사도 고기였지만. 닭고기 소보로 덮밥으로 담백하고 깔끔한 식사였던 만큼, 점심은 든든한 걸 먹고 싶어진 모양이었다.

밥 위에 두툼하게 썬 양념 수육과 반숙 맛 달걀을 얹었다.

페르도 드라 짱도 스이도 허겁지겁 먹었다. 지지 않겠다는 듯이 엘랑드 씨도 우걱우걱 먹었다.

배를 채운 우리는 다시 21층 통로를 나아갔다.

그리고 레드 킬러 크로커다일 따위는 페르들의 적수가 되지 못했다.

21층 공략도 막힘없이 진행되었고, 보스 방에 있던 '자이언트 레드 킬러 크로커다일'이라고 하는 5미터는 되어 보이는 붉은 악어도 순식간에 쓰러뜨려 버렸다.

자이언트 레드 킬러 크로커다일은 일단 A랭크 마물이지만, 페르들에게는 식은 죽 먹기 같은 상대인 모양이었다. 나와 엘랑드 씨는 드롭 아이템인 가죽과 마석을 주웠다.

"무코다 씨 일행과 함께면 던전이라고는 생각할 수 없을 만큼 매우 순조롭게 나아가는군요."

보통 모험가는 필사적으로 던전을 공략하겠지. 약간 죄송스러운걸.

그저 페르랑 드라 짱이랑 스이가 엄청나게 강한 것뿐이라고. 거기에 현재는 이틀 연속으로 자라 고기를 먹은 영향이 있을 거라고 보거든. 아무리 그래도 자라 고기를 이틀 연속으로 먹는 건 이제 그만두자고 나는 남모르게 맹세했다.

던전 공략은 식사와 휴식을 취해가며 순조롭게 진행되었다.

식사와 휴식은 중요하다. 특히 우리에게는. 페르를 시작으로 드라 짱도 스이도 배꼽시계가 정확하니까. 아무튼 모두에게 재촉을 받아 식사 시간과 휴식 시간을 가져가며 22, 23, 24계층을 순조롭게 나아갔다.

페르들이 기운 넘치는 탓에 지금까지는 다크 볼(암흑)을 쓸 일이 없었다. 실험은 25층에서 해봐야겠다. 참고로, 22계층은 블랙 아나콘다라고 하는 광택 없는 검은 비늘을 가진 커다란 뱀이 나왔다.

드롭 아이템은 광택이 없는 검은 가죽과 커다란 고깃덩어리, 보스 방에 있던 타일런트 블랙 아나콘다(그 이름대로 블랙 아나콘다가 커진 마물이다)는 거기에 더해 큼지막한 마석을 떨어뜨렸다. 뱀 고기라니, 미묘하네. 아니, 블랙 서펜트라든가 레드 서펜트도 먹고 있기는 하지만, 움직이는 모습을 보고 난 뒤라서 그런지 영. 아까우니까 먹기는 하겠지만.

다음으로 23층은 스캐빈저 리저드라고 하는 코모도왕도마뱀을 쏙 빼닮은 마물이었다. 다른 점은 색깔 정도로, 매우 화려한 자홍색을 띠고 있었다. 전에 텔레비전에서 보았던 코모도왕도마뱀의 생태와 비슷했는데, 사냥감을 한 번 물어서 독을 주입하여 약하게 만든 다음 천천히 먹는다고 한다. 그 스캐빈저 리저드가 깜짝 놀랄 만큼 대량으로 나왔다. 보스 방 같은 경우 발 디딜 틈도 없을 정도로 많은 스캐빈저 리저드가 우글대고 있었고, 서로를 잡아먹는 녀석까지 있었다. 물론 페르들에게는 아무런 문제도 되지 못했지만.

스캐빈저 리저드의 드롭 아이템은 자홍색 가죽과 작은 병에 담긴 독이었다. 이 독은 출혈독으로, 이름 그대로 몸속에 주입되면 피가 굳지 않게 되어 출혈성 쇼크로 죽는다고 한다. 무시무시한 걸 떨어뜨리네. 이런 끔찍한 독에 수요가 있을까 싶었는데, 엘랑드 씨의 말에 따르면 "큰 소리로 말할 수는 없지만, 이건 이것대로 수요가 있답니다"라고 했다. 다른 독에도 수요가 있다고 하고, 돈을 내면서까지 이런 걸 사는 놈이 있다니. 이세계 무서워.

그다음 층인 24층에서는 익숙하다고 할까, 맛있게 잘 먹고 있는 블랙 서펜트와 레드 서펜트가 나왔다.

드롭 아이템은 가죽과 고기와 마석이 아닐까 생각했는데, 예상대로 나왔다. 블랙 서펜트와 레드 서펜트 맛은 나를 포함한 모두가 알고 있으니, 전부 사냥해버리겠다는 기세로 고기 확보에 나서주었다. 그 덕분에 블랙 서펜트와 레드 서펜트 고기가 대량으로 들어왔다. 고가로 팔 수 있는 가죽과 마석도 대량으로 입수했으니, 나로서는 대만족이었다.

페르와 드라 짱과 스이는 『튀김 튀김』하며 소란을 피웠지만. 블랙 아나콘다 고기도 있으니, 던전에서 나가면 뱀 고기로 가득한 식사를 모두에게 대접하기로 하자.

이러저러하며 순조롭게 아래층으로 나아온 우리는 드디어 파충류 존의 마지막인 25층에 내려섰다. 자, 과연 뭐가 나오려나?

"이건…… 크림슨 애습인가요? 또 성가신 게…….'"

엘랑드 씨가 정말이지 싫다는 표정을 하고서 그렇게 중얼거렸다.

이 크림슨 애습이라는 마물은 코브라와 똑 닮았고, 보랏빛을 띠는 붉은색을 가졌고 몸길이는 3미터 정도 되었다. 그것이 무리를 이루고서 통로를 점거하고 막고 있었다. 납작하고 특징적인 머리를 쳐들고서 쉬익쉬익 소리를 내면서 위협해 왔다.

『건방진 짓을. 드라, 스이, 가자.』

『좋았어.』

『응.』

크림슨 애습을 향해 간 페르들에게 엘랑드 씨가 말을 걸었다.

"매우 강한 독을 갖고 있으니 조심하십시오! 일단 물렸다 하면 살 수 없을 겁니다. 그리고 주위에 독 안개를 토하고 있으니 그것도 주의하십시오!"

코브라와 닮아서 독을 가졌으리라고는 여겼지만, 독 안개도 토해내다니.

"그리고……."

무언가를 더 말하려던 엘랑드 씨가 서둘러 애검을 뽑아 들었다. 무슨 일인가 싶어 보니 페르와 드라 짱과 스이가 공격을 하고 있는 틈을 스륵 빠져나온 크림슨 애습 한 마리가 이쪽을 향해 왔고, 정확하게 우리를 향해 몸을 날리려 하고 있었다. 위험해…….

휘익————.

크림슨 애습 머리가 잘려 허공을 날았다.

"이렇게 생각보다 움직임도 빨라 주의해야 합니다."

엘랑드 씨가 그렇게 말하면서 애검에 묻은 크림슨 애습의 피를 떨어냈다.

"하아, 위험했다. 엘랑드 씨, 감사합니다."

방금 그건 정말로 위험했어.

"무코다 씨, 페르 님과 드라 짱과 스이가 있다고는 해도 방심은 금물입니다."

엘랑드 씨가 조금 기가 막힌다는 듯한 표정으로 그렇게 말했다. 지당하신 말씀입니다.

페르들이 있는 데다 완전 방어도 있어서 완전히 방심했다. 하지만, 그래서는 안 되겠지. 완전 방어가 있어도 방심해서는 안 된다. 무슨 일이 있을지 알 수 없고, 절대로 괜찮다고 방심할 때가 제일 위험하단 말이지.

방심이 가장 큰 적이다.

나는 다크 볼(암옥) 몇 개를 꺼내기 쉽게 가죽 가방 안에 넣어두고, 미스릴 창을 다시 단단히 움켜쥐었다.

"으랏차."

쨍그랑————.

크림슨 애슙 무리를 향해서 다크 볼을 던졌다.

검은 안개가 솟아 나와 크림슨 애슙 무리를 감쌌고, 10초 정도가 지나자 검은 안개가 사라졌다.

그 후에 남은 것은 급격하게 움직임이 둔해진 다수의 크림슨 애슙들이었다. 크림슨 애슙들은 질질 느릿하게 돌바닥을 기고 있었다.

"이 다크 볼은 효과가 아주 좋군요~."

상태 이상에 빠진 크림슨 애숩을 보며 엘랑드 씨가 진심으로 그렇게 말했다.

"그러게요. 저도 이 정도로 효과가 있을 줄은 몰랐습니다."

이걸로 나라도 크림슨 애숩을 쓰러뜨릴 수 있게 되었다.

그 후 크림슨 애숩을 상대로 몇 번이나 다크 볼을 사용해보았고 "검은 안개가 발생하고 거기에 닿으면 스테이터스 수치가 반감하는 상태 이상에 빠진다"라는 것이 진실이었다고 확신하게 되었다. 검은 안개에 닿은 크림슨 애숩을 감정해보니, 상태 이상에 걸렸으며 그 상태가 10분 정도 이어진다고 나왔다.

그 사실을 엘랑드 씨에게도 전해두었다. 물론 내가 감정 스킬을 가졌다는 사실은 말할 수 없으니, 페르가 감정한 것으로 해두었지만.

"자자, 상태 이상이 유지되는 동안 쓰러뜨려 버리지요."

"네."

나와 엘랑드 씨는 움직임이 둔해진 크림슨 애숩을 향해 달려갔다. 통로에서 크림슨 애숩을 제거하는 것은 나와 엘랑드 씨 둘.

페르아 드라 짱과 스이는 가까이에 있는 방에서 전투 중이다. 아마도 이미 끝났을 테지만.

다크 볼의 유효성을 알고 난 후로는 방이 근처에 있을 때는 이렇게 둘로 나뉘어 응전하기로 정해졌다. 내가 페르들에게 부탁했기 때문이다.

다크 볼이 있으면 나라도 A랭크인 크림슨 애슙을 쓰러뜨릴 수 있다는 것을 알았으니까. 경험치를 벌기 위해서도 쓰러뜨릴 수 있을 때는 가능한 한 쓰러뜨리는 편이 좋다고 생각했다.

분명 보고 있을 터인 신들에게 나중에 건성건성 했다느니 뭐니 하며 불만을 듣지 않기 위해서도 말이지. 무엇보다 레벨 업은 나 자신을 위한 일이기도 할 테니까.

그렇게 말은 했지만, 상대는 일단 한번 물리면 살아남을 수 없다는 맹독을 가졌다. 그래서 여차할 때를 대비해 전에 스이가 만들어준 스이 특제 일릭서를 바로 꺼낼 수 있도록 몰래 가방 안쪽에 넣어두었다.

"에잇."

다크 볼로 스테이터스 수치가 반감했다고는 해도 독이 없어진 것은 아니다. 신중하게 접근해 그 머리를 미스릴 창으로 꿰뚫었다. 그 과정을 반복하며 차례차례 크림슨 애슙을 처리해갔다. 엘랑드 씨도 애검으로 잇따라 크림슨 애슙의 머리를 잘라버렸다.

"후우, 정리가 다 됐군요."

"네. 드롭 아이템을 주울까요?"

우리는 드롭 아이템을 줍기 시작했다.

크림슨 애슙의 드롭 아이템은 가죽과 작은 병에 담긴 독과 마석, 그리고 고기였다.

그렇다. 고기다. 또다시 뱀 고기 입수. 블랙 아나콘다에 블랙 서펜트와 레드 서펜트, 그리고 크림슨 애슙 고기까지. 뱀 고기만 써서 맛을 비교해봐야겠군.

『주인 많이 나와서 주워 왔어.』

"오, 고마워. 스이."

방 안에서 나온 드롭 아이템은 스이가 전부 주워다 주었다. 스이의 몸 안에서 꺼낸 다음 아이템 박스에 넣어두었다.

◇ ◇ ◇ ◇ ◇ ◇

이러저러하여 보스 방에 도착했는데, 이대로 나아가 다음 언데드 층에서 하룻밤을 보내는 것은 피하고 싶었기 때문에 보스 방 근처에 있는 세이프 에리어에서 하룻밤 머물기로 했다. 모두 배가 고프다고 하기도 했고.

오늘 저녁은 블러디 혼 불 고기를 사용한 하야시 라이스다. 바닥이 깊은 접시에 고봉으로 담은 하야시 라이스를 페르와 드라짱과 스이에게 내주었다. 그리고 나와 엘랑드 씨 몫은 그것보다 작은 나무 그릇에 담았다.

"엘랑드 씨, 드세요."

"오, 좋은 냄새가 나는군요~. 이건 무슨 요리입니까?"

하야시 라이스 냄새를 맡고는 웃는 얼굴이 된 엘랑드 씨.

"하야시 라이스라고 합니다. 이 갈색 소스와 하얀 알갱이들을 함께 떠서 드셔보세요. 맛있을 겁니다."

"그렇군요. 이렇게 함께 떠서………… 오옷, 이거 맛있군요! 감칠맛이 있고 무어라 말할 수 없는 깊이 있는 맛입니다."

엘랑드 씨가 허겁지겁 먹기 시작했다. 미식가인 엘랑드 씨의 마음에도 든 모양이라 다행이었다. 나도 하야시 라이스를 맛보았다.

던전에서 계속 움직여서 모두 식욕이 왕성해졌는지, 커다란 곰솥에 만들어둔 하야시 라이스가 싹 비워졌다.

『아직 배가 조금 덜 찬 기분이다. 뱀 고기가 있을 테지? 튀김을 만들어 다오.』

페르가 그런 말을 꺼냈다.

『튀김이라, 좋은데.』

『튀김~.』

튀김이라는 말을 듣고 드라 짱도 스이도 흥분했다.

"아니 아니, 지금은 안 만들 거야. 배가 덜 찼으면…… 아, 시 서펜트 튀김은 만들어둔 게 있는데."

『음, 할 수 없지. 그거면 됐다.』

시 서펜트 튀김을 접시에 담아서 페르에게 내주었다.

『나도 줘.』

『스이도 먹을래.』

드라 짱과 스이에게도 시 서펜트 튀김을 내주었다.

"저기, 방금 시 서펜트라고 들렸습니다만……."

"아, 엘랑드 씨도 드시겠어요? 이거, 시 서펜트 튀김인데요."

"먹겠습니다! 시 서펜트를 먹는 건 수십 년 만입니다."

시 서펜트 튀김을 내어주자 곧바로 우걱우걱 먹기 시작했다. 말랐으면서 잘 먹네.

"이 튀김이라는 건 맛있군요~. 고기가 부드럽고 간도 잘 배어 있습니다. 얼마든지 먹을 수 있을 것 같군요. 시 서펜트는 최고급 식재료로 맛이 좋기는 합니다만, 무코다 씨 손이 닿으면 한층 맛있어지는군요."

『맞다. 튀김은 좋다.』『튀김은 맛있지.』『튀김 맛있어.』

음, 역시 튀김은 정의지. 언제 어디서나 인기 메뉴다.

아, 던전에서 나간 다음에 뱀 고기를 전부 맛볼 때는 튀김을 메인으로 하는 것도 괜찮겠는걸. 일반적인 간장, 소금은 물론이고, 어레인지한 튀김 메뉴를 만들어보는 것도 좋을지 모르겠어.

나는 던전에서 나간 다음의 일을 생각했다.

◇ ◇ ◇ ◇ ◇ ◇

보스 방에는 몸통이 1미터를 넘고 몸길이는 20미터는 될 듯한 보라색 무늬가 들어간 붉은색의 어마어마하게 큰 코브라 세 마리가 몸을 서리고 있었다.

"저건 킹 크림슨 애습이로군요……. 저도 실물은 처음 봤습니다…………."

엘랑드 씨는 그렇게 중얼거리면서 내 옆에서 아연실색한 모습으로 킹 크림슨 애습을 바라보고 있었다.

엘랑드 씨조차 처음 볼 정도인 마물. 감정해보니 S랭크였다.

쉬익 쉬익 소리를 내며 위협하는 어마어마하게 큰 코브라를 보스 방 밖에서 바라보았다.

저 크기라면 나 같은 건 한 입 거리겠지. 꿀꺽…….

『음, 마침 세 마리가 있구나. 드라, 스이, 각자 한 마리씩 쓰러뜨린다.』

『한 마리씩이라, 좋았어..』

『간다!』

페르가 한 마리씩 쓰러뜨린다고 말하자마자 드라 짱과 스이가 뛰쳐나갔다.

『정말이지, 저 녀석들은…….』

그렇게 말하며 페르가 한발 늦게 움직였다. 그 후로는 뭐…….

페르와 드라 짱과 스이의 독무대라고 해야 할까? 페르의 상대인 킹 크림슨 애습은 발톱 베기에 그 굵은 몸이 넷으로 찢겨 임종. 드라 짱의 상대인 킹 크림슨 애습은 번개 마법을 두른 드라 짱에게 꿰뚫려 그 굵은 몸에 구멍 셋이 뚫려서 임종. 스이의 상대인 킹 크림슨 애습은 산탄에 그 굵은 몸의 머리부터 아랫부분이 흐물흐물하게 녹아서 임종.

아무리 적이지만 지나치게 일방적이라 좀 불쌍해졌다.

『주인, 봐봐 봐봐. 커다란 고기가 떨어졌어.』

"오오, 엄청 크네~."

이건 배부르게 먹을 수 있겠는걸. 그리고 S랭크의 마물이라 마석도 떨어져 있을 텐데.

"아, 있다 있어. 꽤 크네."

고기가 떨어져 있던 근처를 찾아보자 빨간색을 띤 동그란 마석이 떨어져 있었고, 그것도 주워두었다.

"무코다 씨, 페르 님과 드라 짱이 쓰러뜨린 마물의 드롭 아이템은 가죽과 이빨과 마석입니다."

"오오, 역시 가죽도 크네요……."

평범한 뱀으로 치면 이 가죽은 몇 마리분일까?

『어이, 이쪽에 보물 상자가 있다.』

페르의 목소리다. 다가가 보니 벽 쪽에 보물 상자로는 보이지 않는 단순한 형태의 나무 상자가 있었다.

"이게 보물 상자야?"

『감정했으니 틀림없다.』

"덫은 없어?"

『여는 것과 동시에 상자 정면의 바닥이 열리는 함정이 작동하게 되는 모양이다.』

으헉, 함정이라니. 지금까지는 상자 자체에 설치된 덫이었는데 갑자기 바닥에 함정이 뚫린다니…….

우리에게는 감정 스킬이 있어 다행이지, 상자 자체에 걸린 덫에 주의하면서 열었는데 함정에 떨어진다고 생각하면, 농담이 아니다.

"그럼, 연다."

벽 쪽에 붙어서, 만약을 위해 조금 거리를 둔 다음에 내가 창을 써서 상자를 열기로 했다.

창끝을 쇠장식에 걸어서 조심스럽게 고리를 빼고 보물 상자를 열었다.

덜컹————.

보물 상자를 연 순간, 보물 상자 정면 바닥에 구멍이 뚫렸다.

223

잠시 지나자 바닥은 원래대로 돌아왔다. 하지만 만약을 위해 그 위치에는 서지 않도록 주의하면서 보물 상자 안을 들여다보았다.

"오옷."

무심코 목소리가 나왔다.

"금괴입니까……. 하나, 둘, 셋…… 전부 해서 열 개. 꽤 괜찮지 않습니까?"

엘랑드 씨는 빛나는 금괴를 보면서 웃음을 지었다.

산처럼 쌓인 금괴는 보물이란 느낌이 들어서 좋은걸.

우리는 금괴를 회수하고 다음 층으로 향하기 위해 계단을 내려갔다.

다음은 드디어 마지막 언데드 계층이다.

"드디어 마지막 언데드 계층이로군요."

"네. 지난번 답파자가 지났을 때는 리치도 나왔다고 들었습니다만, 꼭 같을 거라고는 할 수 없겠지요. 솔직히, 뭐가 나와도 이상하지 않습니다. 정신을 단단히 차리고 가지요."

나는 엘랑드 씨의 말에 고개를 끄덕였다.

이미 모두에게는 성각인을 찍어두었다. 준비는 빈틈없이 했지만, 아무튼 이곳은 26층. 이 던전의 가장 깊은 에리어다. 사전에 들었던 이야기로는 구울부터 레이스, 리치까지 다양한 언데드가 출현한다고 들었지만, 그것도 약 200년 전에 이 던전을 답파했던 모험가의 정보인 모양이니 확실하다고는 말할 수 없었다. 뭐가 나오려나.

가장 먼저 마주친 것은 구울과 마미 집단이었다.

곧바로 페르와 드라 짱과 스이가 공격했다.

"마미는 자신의 몸에 감긴 붕대를 자유자재로 조작할 수 있으니 조심해주십시오!"

엘랑드 씨의 주의가 날아들었다.

그러나 페르들은 강하다.

평소처럼 절호조로 언데드들을 쓰러뜨려 갔다.

"드라 짱, 위험해!"

엘랑드 씨가 소리치면서 뛰쳐나갔다. 그리고……

휘익————.

마미의 머리가 공중을 날아 바닥에 떨어져 굴렀다.

드라 짱이 구울을 상대하는 틈을 노리고 붕대로 드라 짱을 잡으려고 했던 마미.

엘랑드 씨가 그 목을 베어버린 것이다.

"그 더러운 붕대로 드라 짱에게 닿으려 하다니……. 죽어 마땅합니다. 드라 짱을 더럽히는 놈들은 제가 처벌해주겠습니다. 좋은 생각이지요? 그렇게 하지요, 그게 좋겠어요. 응. 이 층의 언데드 놈들은 전부 죽이기로 결정했습니다."

"에, 엘랑드 씨……?"

엘랑드 씨 눈이 무서운데. 그리고 엘랑드 씨도 어느샌가 공격에 나서고 있었다.

『어이, 드라. 주의가 부족하다!』

『쳇…… 시끄러. 알고 있다고!』

드라 짱도 자신의 부주의함을 알고 있는지, 더는 아무런 말도 하지 않았다. 하지만 언데드에게 분풀이를 하듯이 공격이 격렬해졌다. 그 후로는 정말 뭐라 말해야 좋을지…….

페르, 드라 짱, 스이 트리오에 열 받은 엘랑드 씨가 더해져 콰르텟. 상대하는 마물에게 있어서는 매우 위험한 집단이다. 모두 가차 없이 공격을 날리고 있다.

도중에 있던 방에는 꽤 강한 마법을 날리는 리치도 있었는데, 그것도 콰르텟에게 걸리면 날벌레나 마찬가지였다. 나는 모두를 따라가면서 드롭 아이템을 줍는 것만으로도 바쁠 정도였다.

그리고, 결국 우리 일행은 26계층 보스 방에 도달했다. 안에는…….

"저건 리치인가요? 하지만 저 한가운데만 좀 다르군요."

보스 방 안에 있던 것은 다섯 마리의 리치였다. 움푹 패인 눈을 가진 뼈와 가죽만으로 된 삐쩍 마른 몸에 너덜너덜한 검은 로브를 걸친 리치. 그러나 중앙에 있는 리치만은 부스스한 하얀 장발에 머리 위에는 빛바랜 금색 왕관을 쓰고 있었다.

"설마, 저건…… 아니, 하지만…………."

중앙의 왕관을 쓴 리치를 본 순간 엘랑드 씨의 눈빛이 달라졌다.

『호오, 엠퍼러 리치(불사제)인가. 상대로서 부족하지는 않군.』

페르가 안을 보고 입맛을 다시면서 그렇게 말했다.

"여, 역시 엠퍼러 리치입니까……?"

엘랑드 씨의 이야기에 따르면, 엠퍼러 리치는 리치의 최상위종으로 상급 마법도 쓰는 S랭크에 상당하는 마물이라고 한다.

보스 방 안을 보고 있던 도중에 엠퍼러 리치의 움푹 패인 눈과 눈이 마주쳤다.

씨익————.

오오오오오오오싹.

온몸에 소름이 돋았다.

바, 방금, 씨익 하고 웃었어. 저 엠퍼러 리치, 나를 보고 웃었다고.

보스 방 안에 있는 마물은 우리가 안에 들어가지 않는 한은 이쪽을 눈치채지 못하는 거 아니었어? 지금까지는 그랬다고. 안에 들어가서야 비로소 적이라고 인식하고 공격해 왔다. 그런데, 저 엠퍼러 리치는 나를 보고 웃었다. 확실하게 우리를 눈치채고 있다고.

꿀꺽……. 어쩐지 엄청나게 위험해 보이는 상대인걸.

『저 녀석, 우리들을 눈치채고 있구나.』

"여, 역시 그런 거야?"

"예? 계층주(보스)는 계층주의 방(보스 방) 안까지 들어온 자를 적으로 인식하는 게 아닙니까?"

『이런 던전에서는 그게 일반적일 테지. 하지만, 가끔 있다. 그런 것에서 벗어난 마물이 말이다.』

페르의 이야기를 듣고 엘랑드 씨가 깜짝 놀랐다.

"그렇다는 건 저 방에 들어간 순간, 마법에 공격당한다는 뜻이 아닙니까?"

엘랑드 씨의 말대로다.

들킨 이상, 저 리치들이 절호의 기회를 가만히 놓칠 리 없지.

『걱정 마라. 모두에게는 강한 결계를 펼치겠다. 엠퍼러 리치가 날리는 정도라면 상급 마법이라도 열 발은 버틸 수 있다.』

"사, 상급 마법을 열 발이나……."

『그 사이에 놈들을 확실히 정리해버리면 된다. 아니면 열 발로는 적은 것이냐?』

페르가 도발하듯이 그렇게 말하자 드라 짱과 스이에게서 항의의 염화가 들려왔다.

『흥, 열 발이라니 너무 많다고. 그보다, 저런 녀석들의 마법에 내가 맞을 리 없잖아?』

『맞아, 페르 아저씨! 스이, 저런 거한테 안 지거든! 반드시 쓰러뜨릴 거거든.』

드라 짱도 스이도 엠퍼러 리치를 보고도 의욕이 넘치는 모양이었다.

『그래, 그 자세다. 그렇지. 너는 방해가 될 테니 들어오지 마라. 엘프는 어쩔 셈이냐? 갈 거냐?』

아앗……. 나만 따돌리는 거야?

아니, 방해가 된다는 건 알아. 스스로도 이 중에서 제일 약하다는 자각도 있고.

하지만 말이지, 그렇게 단호하게 방해라고 말할 것까지는 없잖

아. 좀 더 이렇게 쓴 약을 감싸는 오블라토처럼 표현해줬으면 좋겠거든. 뭐, 페르에게 그런 걸 바라본들 무리일 테지만.

"정했습니다. 가지요. 이 나이에, 길드 마스터라고 하는 자리에 있으니, 이 이상은 이제 레벨을 올릴 수 없을 거라 생각했었습니다……. 하지만, 상대가 저 엠퍼러 리치라면, 이 싸움으로 레벨이 올라가는 것도 기대할 수 있을 테지요. 페르 님, 당연히 저에게도 결계는 펴주시겠지요?"

엘랑드 씨는 엠퍼러 리치와의 싸움에 참전할 셈인가 보다.

『그래, 그러마. ……좋아, 드라, 스이, 엘프에게 결계를 펼쳐두었다. 그럼, 가자!』

페르의 말에 따라 드라 짱과 스이와 엘랑드 씨가 보스 방으로 돌입해 갔다.

대기하고 있던 리치들이 다수의 파이어 볼을 날렸다. 이 멤버 중 가장 강한 페르에게는 엠퍼러 리치가 특대 파이어 볼을 날렸다. 페르도 드라 짱도 스이도 엘랑드 씨도 그것을 훌륭하게 피했다. 그리고 모두가 거의 동시에 리치에게 공격을 날렸다.

『너희 마법 따위가 맞을 것 같아?! 반격이야, 받아라!』

투쾅, 투쾅, 투쾅, 투쾅, 투쾅————.

리치 위에 끝이 뾰족한 얼음 기둥이 쏟아졌다.

"끼에에에에————."

"끼이에에에————."

드라 짱이 날린 뾰족한 얼음 기둥에 꽂힌 리치가 두 마리. 단말마를 지르면서 사라져갔다.

『그런 공격 스이한테는 안 맞아! 스이 쪽이 더 강해!』

풋, 풋, 풋───.

스이의 산탄이 리치를 향해 쏘아졌고, 뼈와 가죽뿐인 몸을 감싸고 있던 로브째로 녹아갔다.

"기, 끼이에에에───."

스이의 커다란 산탄에 맞은 리치의 몸이 녹아내리면서 사라져갔다.

"나도, 아직 할 수 있습니다!"

휘익───.

엘랑드 씨의 미스릴 애검으로 어깨부터 비스듬히 베인 리치.

상반신이 비스듬하게 엇나가며 떨어진 리치는 소리도 내지 못한 채 사라졌다.

『너는 내가 상대한다. 흥.』

좌악───.

페르가 오른쪽 앞다리를 휘둘러 발톱 베기를 날렸다.

놀랍게도 엠퍼러 리치가 그 공격을 반투명한 잿빛 방패 같은 배리어로 막아냈다.

『호오, 결계 마법을 쓸 수 있는 것인가. 내 발톱 베기를 막아낸 것은 칭찬해주마. 하지만 이건 어떠냐?』

좌아, 좌아───.

페르가 두 앞발을 번갈아 휘둘렀고, 엠퍼러 리치의 결계에 발톱 베기가 직격했다.

연속 공격에 버티지 못한 결계에 금이 갔다. 그리고…….

채앵————.

엠퍼러 리치의 결계가 산산이 부서졌다.

『그만 저승으로 가라.』

촤악————.

막을 방법이 없어진 엠퍼러 리치에게 페르의 발톱 베기가 완벽하게 들어갔다.

"키기게에에에에에————."

한층 커다란 단말마를 지르는 것과 동시에 엠퍼러 리치가 사라졌다.

리치들과의 싸움이 끝나기를 기다리던 나도 보스 방에 들어갔다.

"끝났네."

『그래.』

"아니, 역시 리치의 드롭 아이템은 마석뿐인 거야……?"

그랬다. 리치의 드롭 아이템은 마석뿐이었다. 일단 A랭크이니 마석은 떨어뜨릴 거라 생각했지만, 그것뿐이라니. 언데드는 드롭 아이템이 적다고는 들었지만 해도 해도 너무하네.

"언데드니까요. 역시 언데드는 실익이 적군요. 그렇다고는 해도, 페르 님이 쓰러뜨린 엠퍼러 리치는 마석만이 아닌 것 같습니다."

엘랑드 씨의 말에 엠퍼러 리치가 있던 곳을 확인해보니 마석과 왕관이 굴러다니고 있었다.

"이건 엠퍼러 리치가 쓰고 있던 왕관인 걸까요……."

"'엠퍼러 리치(불사제)의 왕관'이라고 봅니다. 저도 책에서 읽은 적이 있을 뿐입니다만, 쓰면 마력이 극적으로 올라간다고 하더군요. 다만 지나치게 사용하면 '엠퍼러 리치(불사제)의 왕관'에 홀려서 리치화한다고 합니다."

뭐? 마력이 극적으로 올라가는 건 좋지만, 리치화라니⋯⋯. 그런 거 너무 싫다고.

"네? 리치화라니, 마물이 된다는 뜻인거죠?"

"예. 하지만 방금 말씀드린 대로 지나치게 사용할 경우입니다. 그러니, 여차할 때를 위해 갖고 싶다며 나설 사람은 얼마든지 있을 테지요."

엘랑드 씨의 이야기로는 이런 물건이라도 사려는 자는 얼마든지 있다고 한다.

지나치게 사용했을 경우라고 해도 리치화라고. 마력이 극적으로 올라간다고 해도, 나라면 절대 사절이야.

나는 엠퍼러 리치가 남긴 특대 마석과 왕관을 아이템 박스에 넣었다.

그리고 우리 일행은 이 던전 마지막 계층, 27층을 향해 계단을 내려갔다.

◇　◇　◇　◇　◇

"다음은 드디어 27층이로군요. 마지막 계층은 분명 히드라였지요?"

계단을 내려가는 도중에 내가 그렇게 묻자, 엘랑드 씨는 묘한 표정을 지으면서 고개를 끄덕였다.

"예. 하지만 히드라라는 건 저도 책으로 읽은 게 전부인지라…… 괜찮을까요?"

여기에 이르러 엘랑드 씨도 조금 걱정이 되기 시작하는 모양이다.

마지막 계층에 자리 잡고 있는 던전 보스가 상대이니, 그 마음도 이해가 가지만.

『엘프, 걱정하지 마라. 히드라는 전에 몇 번인가 쓰러뜨린 적이 있다. 물론 나 혼자서 말이다. 지금은 드라도 스이도 있으니 질 리가 없다.』

엘랑드 씨의 걱정을 개의치 않으며 페르가 그렇게 단언했다.

『마침 잘 됐다. 드라도 스이도 내 이야기를 들어라. 다음에 싸울 히드라에 관한 거다.』

그렇게 말한 페르가 계단을 내려가던 도중에 걸음을 멈추었다. 엘랑드 씨에게도 들려줄 셈인지, 페르는 히드라에 관해 염화가 아니라 목소리를 내 이야기했다.

『히드라에게는 아홉 개의 머리가 있다. 그 머리를 동시에 없애지 않으면 몇 번이고 부활한다.』

게임 등에 나오는 히드라의 설정이랑 똑같네.

어라? 하지만 동시라니, 페르는 전에 혼자서 싸웠다고 했잖아? 어떻게 쓰러뜨린 거지?

"아홉 개의 머리를 동시에라니, 페르가 쓰러뜨렸을 때는 어떻게 했어?"

맨 처음에는 페르도 아홉 개의 머리를 동시에 쓰러뜨려야만 한다는 사실을 몰라서 애를 먹었다고 한다. 하지만 싸우던 중에 동시에 머리를 없애야만 한다는 것을 깨달았고…….

『아홉 개의 머리에 동시에 마법을 날려서 쾌광했다.』

특기인 번개 마법으로 특대 번개를 아홉 개의 머리에 동시에 떨어뜨렸다고 한다.

페르가 말하길『하자면 못할 것은 없지만, 그 정도의 번개 마법을 날리는 건 조금 지친다』라고 한다. 특대 번개의 동시 발동을 하자면 못할 것도 없는 일이라고 말하는 페르 쪽이 무서워.

『하지만 이번에는 드라도 스이도 있다. 그렇게 시간은 걸리지 않을 터다. 엘프는…….』

"저에게 히드라는 너무 버겁습니다. 이번에는 사양하도록 하겠습니다."

엘랑드 씨가 그렇게 대답했다.

『그래, 그편이 좋을 거다. 너는 당연히 견학이다.』

네네, 알고 있습니다요. 히드라랑 싸우라니, 부탁해도 싫어.

『드라, 스이, 잘 들어라. 방금 말한 대로 히드라는 아홉 개 있는 머리를 동시에 없애지 않으면 쓰러뜨릴 수 없다. 나는 중앙의 머리 세 개를 맡겠다. 드라는 우측 머리 셋, 스이는 좌측 머리 셋을 맡아라. 이해했겠지?』

『히드라와 싸울 기회 같은 건 별로 없으니까. 이의 없어. 나는 우측 세 개란 말이지? 맡겨두라고!』

『스이는 이쪽 머리 세 개야. 스이도 열심히 할게!』

히드라의 좌우 머리 세 개를 각자 맡게 된 드라 짱도 스이도 의욕에 넘쳤다.

『그럼 히드라가 있는 방에 들어가면 내 구호에 맞춰 단숨에 머리를 없앤다.』

『좋았어.』

『응.』

페르, 드라 짱, 스이가 계단을 달려 내려가 히드라가 있는 방으로 들어갔다.

갈색 돌벽에 둘러싸인 그저 넓기만 한 방에 길이 10미터의 몸에 아홉 개의 머리를 가진 보기에도 흉악한 뱀이 똬리를 틀고 있었다. 아홉 개의 머리는 침입해 온 페르와 드라 짱과 스이를 적이라 판단하고, 당장에라도 공격을 하려고 했다.

『그래, 지금이다!』

페르의 구호에 맞춰 모두가 단숨에 공격을 했다.

빠지직————.

페르의 번개 마법에 의한 특대 번개가 히드라의 중앙에 있는 세 개의 머리에 동시 직격했다.

콰직————.

드라 짱의 얼음 마법에 의한 끝이 날카로운 얼음 기둥이 히드라의 오른쪽 세 개의 머리를 동시에 꿰뚫었다.

풋————.

스이가 날린 커다란 산탄이 히드라의 왼쪽 세 개의 머리를 동시에 녹였다.

페르와 드라 짱과 스이에게 아홉 개의 머리를 동시에 당한 히드라가 힘없이 쓰러졌다.

쿠웅.

"오오옷."

무심코 소리가 나왔다. 지지는 않을 거라고 생각하기는 했지만, 척 보기에도 흉포한 생김새를 가진 히드라를 상대하는 데는 조금 시간이 걸릴 거라 판단했건만. 뭐야, 순식간에 정리해버렸잖아.

"히드라를 한순간에⋯⋯."

엘랑드 씨도 일련의 상황을 보고 놀라고 있잖아.

아, 히드라가 사라져간다. 그 후에 남은 것은 초거대 마석과 가죽과 번쩍거리는 보석 상자였다.

저건 혹시 던전 보스의 보물 상자인가? 드랭의 던전에서 베헤모스를 쓰러뜨렸을 때도 비슷한 보물 상자가 드롭 되었던 기억이 있는데. 감정해보자⋯⋯.

【던전 보스의 보물 상자】

던전 보스를 쓰러뜨렸을 때 드물게 드롭 되는 보물 상자. 속임수는 없다.

역시 그랬다. 드물게 드롭 된다고는 하지만, 쓰러뜨린 게 히드라인 데다 이번에는 특수 개체가 많은 주기인 것도 관계가 있어 나온 게 아닐까 싶다.

특대 마석과 가죽을 아이템 박스에 넣어둔 다음은 기대하던 보물 상자. 자자, 뭐가 들어 있으려나~? 아, 그러고 보니 엘랑드 씨는 뭐 하고 계시지?

엘랑드 씨를 찾아보니, 충격에 얼어붙었다는 느낌으로 여전히 입구 근처에서 멍하니 서 있었다.

"엘랑드 씨!"

내가 이름을 부르자 겨우 정신을 차렸다.

"하앗, 무, 무슨 일입니까?"

"무슨 일입니까가 아니에요. 던전 보스의 보물 상자가 나왔어요. 안 오시면 먼저 열어버릴 겁니다."

"던전 보스의 보물 상자라고요?! 자, 잠깐 기다려주십시오. 저도 볼 겁니다!"

엘랑드 씨가 서둘러 달려왔다.

"이게 던전 보스의 보물 상자입니까……. 확실히 드랭에서도 나왔었지요?"

"네. 안에 들어 있던 게 예의 그 마검입니다."

"매우 화려한 보물 상자로군요. 이것만으로도 큰돈이 되겠습니다."

확실히. 드랭 던전에서 나온 던전 보스의 보물 상자도 보석이 잔뜩 달려서 번쩍번쩍했지. 지금도 아이템 박스에서 잠들어 있지만. 그럼 이번 보물 상자에는 뭐가 들어 있으려나…….

"그럼, 열어보겠습니다."

그렇게 말하자, 엘랑드 씨가 고개를 끄덕였다.

"오옷."

"이거 대단하군요."

안에 들어 있던 것은 이게 바로 보물 상자라고 말하는 듯이 흘러넘칠 듯한 금화와 보석류였다.

그리고 또 하나, 금화와 보석 위에 천으로 된 가방이 놓여 있었다. 혹시 이건⋯⋯.

【매직 백(특대)】
마대(대)가 300개 들어가는 크기의 매직 백.

오, 역시 매직 백이네. 이건 꼭 페르에게 주고 싶은데.

지금 쓰는 매직 백(중)은 너무 작아서 말이지. 역시 이 정도는 되었으면 좋겠다.

"그건 혹시 매직 백입니까?"

"그런 것 같아요. 페르의 감정에 따르면 특대라네요."

페르가 감정한 것으로 바꾸어 전했다.

"트, 특대라고요? 그것참⋯⋯."

엘랑드 씨의 이야기를 들어보니, 특대 매직 백은 지난 20년 정도 발견되지 않았다고 한다.

팔면 꽤 높은 금액이 될 테지만, 이건 내가 갖고 싶거든. 그 부분은 지상으로 돌아간 다음 엘랑드 씨와 상담해야겠지. 보물 상자를 내용물째로 아이템 박스에 회수했다.

"이걸로 에이블링 던전 답파네요."

"예. 믿을 수 없지만요. 모험가를 은퇴하고 이 나이가 되어서, 처음으로 던전을 답파해버렸습니다."

엘랑드 씨는 감개무량해 보였다.

전 S랭크 모험가인 엘랑드 씨라도 오랜 모험가 생활 중에 한 번도 던전 답파는 해내지 못했다고 한다. 이야기에 따르면 던전 답파 같은 건 100년에 한 번 있을까 말까 한 정도란다.

"보물 상자도 회수했으니, 그럼 이만 지상으로 돌아갈까요?"

"예."

『잠깐 기다려라. 배가 고프다.』『나도야.』『스이도 배 꼬르륵해.』

아, 그러고 보니 25계층의 보스 방 앞에서 하룻밤을 보내고 아침밥을 먹은 다음에는 보스 방으로.

거기서 26층의 언데드 층을 막힘없이 나아가고 그대로 기세를 타서 27층에 왔었지. 그러다 보니 점심이 아직이었다. 페르들도 배가 고플 만했다.

"일단 밥을 먹고 난 다음에, 지상으로 돌아갈까요?"

"그렇군요. 저도 배가 고프니까요."

그런고로, 던전 보스 방에서 식사를 준비하는 중이다.

페르가 『고기가 좋다』라는 말을 시작했고, 드라 짱소 스이도 거기에 동조했다.

만들어두었던 요리 중 남은 것은 해산물 튀김과 골든 백 불 된장 양념구이뿐이었던지라, 결국 골든 백 불 된장 양념을 구워대야만 했다. 뭐, 굽기만 하면 되는 거지만.

그리되었으니, 마도 버너를 꺼내서 골든 백 불 된장 양념구이를 굽기 시작했다.

『아직이냐?』

페르와 드라 짱에 스이, 그리고 엘랑드 씨까지도 내 바로 뒤에서 이제나저제나 하며 고기가 다 구워지기를 기다리고 있었다.

"조금만 더 기다려."

모두의 접시에 밥을 담고, 그 위에 채 썬 양배추를 올리고 대기.

좋았어. 이제 슬슬 다 구워진 것 같은데. 채 썬 양배추 위에 구워진 된장 양념구이를 얹으면, 골든 백 불 된장 양념구이 덮밥이 완성이다. 고기가 커서 나와 엘랑드 씨 몫은 먹기 쉽게 잘라서 올렸다.

"자, 먹어."

페르들 앞에 내주자 모두 기세 좋게 와구와구 먹기 시작했다.

『음, 싸운 뒤에 먹는 밥은 훨씬 맛 좋구나.』

『맞아. 맛있어.』

『맛나!』

"역시 무코다 씨의 요리는 맛있군요."

엘랑드 씨도 싱글벙글한 얼굴로 입에 밥을 밀어 넣고 있었다.

"아, 된장 양념구이 덮밥 맛있어……."

이제 남은 것은 지상으로 돌아가는 일뿐이라고 생각하자 밥이 한층 더 맛있게 느껴졌다. 페르와 드라 짱과 스이도 평소보다 몇 그릇이나 더 왕성하게 먹었다. 어쩐지 엘랑드 씨까지도.

그리하여, 된장 양념구이 덮밥을 맛본 다음은 지상으로 돌아가는 일만 남았다. 히드라를 쓰러뜨린 다음에 나타난 마법진에 마력을 흘려 넣으면 지상으로 전이하는 구조로 되어 있는 모양이다. 그 점은 드랭의 던전과 비슷했다.

"다들, 마법진 위로 올라왔어?"

『그래, 됐다.』

『어.』

『스이도 올라왔어.』

"그럼, 제가 마력을 흘려보내지요."

엘랑드 씨가 마법진에 마력을 흘려 넣자 한순간 부유감이 느껴지더니 어느샌가 돌벽에 둘러싸인 좁은 방의 바닥에 그려진 마법진 위에 서 있었다.

마법진 밖으로 한 걸음 내디디자 드르르륵 하는 소리를 내면서 문이 열렸고, 빛이 쏟아져 들어왔다. 눈부셔…….

우리 일행은 약 일주일 만에 지상으로 돌아올 수 있었다.

다 함께 던전을 나온 것은 좋았다. 하지만 예상대로라고 할까, 우리는 곧장 모험가 길드에 연행되었다.

우리에 관한 이야기가 알려진 모양인지 밖으로 나오자마자 이동을 제지당했고, 곧장 모험가 길드로 연락이 갔다. 그리고 서둘러 달려온 직원에게 이끌려 모험가 길드로 향했다. 그리고 길드 마스터 방으로 직행했다.

페르, 드라 짱, 스이, 나, 엘랑드 씨와 이 방의 주인인 길드 마스터 나디야 씨가 한자리에 모였다.

"거기서 나왔다는 건, 던전을 답파했다는 뜻이겠지?"

나디야 씨가 싱긋 웃으며 그렇게 물었다.

"네, 뭐."

"좋았어! 그럼, 바로 던전에서 가져온 물건을 보여주겠나? 아, 여기는 좁겠군. 창고로 가지."

나디야 씨가 의기양양하게 그리 말하며 자리에서 일어나려 했다. 나는 서둘러 나디야 씨를 멈춰 세웠다.

"자, 잠깐 기다려주십시오. 물론 여기서 매매를 부탁드릴 예정이기는 하지만, 드롭 아이템이 너무 많아서 저도 아직 다 파악을 하지 못하고 있습니다. 엘랑드 씨도 그렇죠?"

"예. 아무래도 그렇게나 많으면 저도 기억하지 못합니다."

도중까지는 나도 머릿속에 이게 몇 개 저게 몇 개 하고 기억해두었지만, 물건이 너무 많아져서 나중에는 일단 주워 담는다는 느낌이 되어버렸다. 그 수를 생각하면 엘랑드 씨도 비슷한 느낌이리라고 본다.

"팔지 않고 두고 싶은 물건 등도 있으니, 일단 한번 정리한 다음에 매매해도 괜찮겠습니까?"

"그건 저도 부탁드리고 싶습니다. 이곳 던전의 드롭 아이템이니, 당연히 에이블링의 모험가 길드에서의 매매가 우선이겠습니다만, 드랭 쪽에서 구매하고 싶은 물건도 조금 있습니다. 물론 자세한 사항은 나디야 씨와 상담해 정하겠습니다만."

"알았어. 우리 쪽을 우선해준다면 그 점에 관해서는 불만 없어."

"어쨌든 드롭 아이템을 전부 매입하는 것은 무리라고 생각합니다. 드랭에서도 그랬는데, 어마어마한 양이고 그중에는 질 좋은 물건이 많으니까요. 매입 자금에도 한계가 있으니 말이지요. ……우리 같은 경우엔 결국 원하던 것의 절반도 사지 못했습니다."

엘랑드 씨가 불만스러운 듯 그렇게 말했다.

아니 아니 아니, 원하는 것의 절반도라니. 그거 엘랑드 씨 본인이 갖고 싶어 했던 거잖아.

"그, 그 정도인가?"

"예. 드롭 아이템 리스트를 보면 나디야 씨도 놀라실 겁니다."

드랭에서 확인했던 드롭 아이템 리스트를 떠올리고 있는 것인지, 엘랑드 씨가 고개를 끄덕였다. 경험자인 척 태연스레 이야기하지만, 리스트를 보여주었을 때는 엘랑드 씨도 매우 놀랐었지.

"그것참, 선정에 시간이 걸리겠군."

뭐, 그 점은 어느 정도 시간을 들여도 상관없다.

신선도 문제가 있을 수 있는 고기는 내 아이템 박스에 보존해 두고 있으니 시간 경과도 없고, 어차피 고기는 우리가 전부 돌려 받게 될 테니까 말이지.

"그런고로, 내일 드롭 아이템 정리를 마치고, 모레 다시 찾아뵙 겠습니다."

"그래, 알았어."

아무래도 던전에서 돌아온 직후이니 오늘은 느긋하게 쉬고 싶다.

나디야 씨도 그 부분은 배려해주는 듯했고 우리는 모험가 길드 를 뒤로했다.

그리고 옆에 있는 모험가 길드 직영 숙소로 향했다.

지난번에 묵었던 사역마와 함께 지낼 수 있는 1층 방을 숙소 측 에 부탁했다.

엘랑드 씨가 꼭 함께 지내고 싶다며 매달리는 듯한 눈으로 이 쪽을 바라보았다. 드라 짱을 노리고 있다는 것이 뻔히 보였기 때 문에 단호하게 거부했다. 당사자인 드라 짱이 절대 싫다는 얼굴 로 『이 녀석과 함께는 절대 안 돼』라며 염화로 전해왔으니까.

엘랑드 씨도 참. 열의는 전해지지만 끈질기면 미움받는다고요. 죄송하지만 사역마와 묵을 수 있는 방은 그다지 넓지 않다는 이유로 거절했다. 그랬더니 우리 바로 위에 있는 방이 마침 비어 있다며, 거기에 묵기로 했단다.

방에 들어온 우리는 바로 목욕을 하기로 했다. 정말이지 어찌나 목욕을 하고 싶던지, 더는 참을 수가 없었다. 던전에 들어가면 목욕을 할 수 없다는 것도 던전에 들어가기 싫은 이유 중 하나다. 역시 일본인에게 목욕은 빼놓을 수 없다.

목욕을 하려고 하자 드라 짱과 스이도 함께하겠다고 했고, 드라 짱과 스이와 함께 오랜만에 욕조에 몸을 담그고 느긋한 목욕 시간을 만끽했다.

"후우~ 개운하다."

『역시 목욕은 좋네.』

『기분 좋았어.』

깨끗하고 개운해진 우리들과는 대조적으로…….

『뭐냐?』

던전에 틀어박혀 있었던지라 역시 먼지투성이가 되어 있는데. 페르.

하지만 이 방에 딸린 욕실은 페르를 씻기기엔 지나치게 작았다. 어쩔 수 없으니 일단 빗질만이라도 해두기로 했다. 언제나 사용하고 있는 빗을 아이템 박스에서 꺼내 페르에게 다가갔다.

『뭐, 뭘 할 셈이냐?』

"걱정하지 마, 걱정하지 마."

빗질 개시다.

"던전에 들어가서 먼지투성이가 됐잖아. 하지만 이곳 욕실은

너무 작아서 페르를 씻길 수가 없단 말이야. 그러니까 빗질만이
라도 해두려고."

『음, 나는 먼지투성이가 아니다.』

"아, 네네. 얌전히 있어."

나는 페르의 온몸을 빗질했다. 페르는 기분 좋아 보였다. 페르가
말하길 『젖는 것은 좋아하지 않지만, 이건 꽤 좋구나』라고 한다.

페르의 빗질도 끝나고, 그럼 슬슬 저녁밥을 먹을까 하던 때에
엘랑드 씨가 나타났다. 내쫓을 수도 없는지라 엘랑드 씨도 함께
저녁 식사를 하게 되었다.

오늘은 아무래도 귀찮으니까 만들어두었던 음식 중 맨 마지막
까지 남아 있던 튀김 덮밥이다.

"오오, 해산물인가요? 무코다 씨와 함께 있으면 좀처럼 먹어볼
수 없는 것도 이렇게 먹을 수 있으니 참 감사한 일입니다."

엘랑드 씨는 기분 좋은 듯 맛있다 맛있다 하며 튀김 덮밥을 먹
고 있었다. 먹고 나면 본인 방으로 돌아가 줘.

『한 그릇 더.』

네네. 페르, 드라 짱, 스이에게 한 그릇 더 담아주었다.

엘랑드 씨가 그 모습을 부러운 듯 보고 있기에 엘랑드 씨에게
도 더 담아주었다.

마지막까지 먹은 페르와 스이가 식사를 마쳤나 했더니 이번에
는 케이크를 달라고 조르기 시작했다.

『어이, 늘 먹던 하얗고 단 걸 다오.』

『아, 치사해. 스이도 케이크 먹을래.』

『그럼 나도 푸딩을 먹겠어.』

아, 네네. 던전에서는 다들 열심히 해줬으니까, 상이야.

평소처럼 후미야의 케이크를, 오늘은 분발해서 다섯 개씩 골랐다.

페르에게는 당연히 좋아하는 딸기 쇼트케이크인데, 사이에 딸기 퓨레 소스가 발린 것 두 개와 평범한 것을 세 개 준비했다.

드라 짱에겐 딸기 푸딩 선데이와 바나나 푸딩 선데이와 커스터드 푸딩을 세 개.

스이에게는 계절 과일 쇼트케이크와 초콜릿 케이크, 블루베리 타르트, 딸기 밀피유, 레어 치즈 케이크로 전 종류 다르게 다섯 개.

먹고 싶은 듯이 바라보고 있는 엘랑드 씨에게도 대접했다. 아무래도 다섯 개는 너무 많을 테니까, 이쪽은 두 개로. 단 걸 좋아하는 모양이니 뭐든 괜찮겠다 싶어서 커스터드 크림이 듬뿍 들어간 딸기 타르트와 한정품이라고 하는 초코와 카시스 무스 케이크를 골라보았다.

음료는 페르들은 사이다로 엘랑드 씨는 다즐링을. 나는 커피를 드립 백으로 끓였다.

"하아~ 맛있어."

내가 커피 한 잔을 마시는 사이에 페르들은 각자 다섯 개를 날름 먹었다.

단것을 좋아하는 엘랑드 씨도 냉큼 케이크 두 개를 비워버렸다.

"그래, 그렇지. 실은 부탁드릴 게 있어서 여기에 왔습니다."

케이크를 비워버린 다음 엘랑드 씨가 다즐링을 마시면서 그렇게 말했다.

"부탁할 거요?"

"예. 감정을 가진 페르 님에게 꼭 좀 제 감정을 해주셨으면 해서요. 이번 던전 답파로 레벨이 올라간 느낌이 듭니다."

과연 그렇군. 그러고 보니 우리도 아직 확인하지 않았지.

"페르, 엘랑드 씨를 감정해봐 줄래?"

『내가 감정 스킬을 가졌다는 건 엘랑드 씨에게 말하지 않았으니까, 페르가 감정해줘. 감정 결과는 몰래 엘랑드 씨에게만 전해주고. 개인 스테이터스는 보통 남에게는 절대로 보여주지 않는 거니까.』

염화로 그렇게 전했다.

감정 스킬은 이세계에서 소환된 용사 정도만 가진 보기 드문 스킬이니, 아무래도 이 스킬을 갖고 있다는 것은 엘랑드 씨에게도 비밀이다.

인터넷 슈퍼에 관해서는 개념이 없는 만큼 "그런 것이다"라고 설명하고 넘어갔지만, 감정은 그렇게 넘어갈 수 없을 터다.

『그래, 알았다. 그럼 엘프, 감정하겠다.』

나도 몰래 감정해보았다.

【이름】엘랑드
【나이】334
【종족】엘프
【직업】모험가 길드 길드 마스터

【레벨】 251
【체력】 924
【마력】 1098
【공격력】 913
【방어력】 882
【민첩성】 904
【스킬】 아이템 박스, 물 마법, 바람 마법, 초목 마법, 검술, 신체 강화, 마력 조작

역시 레벨이 높네. 장수종이라 그런 것도 있으리라.

페르가 감정한 결과를 엘랑드 씨에게 전했다.

"오오, 역시 레벨이 올라갔군요!"

엘랑드 씨도 기뻐 보였다.

"잘됐네요."

이제 우리의 감정도 해봐야 할 테니, 기분이 좋을 때 본인 방으로 돌아가기를 부탁했다.

"그럼, 이제 우리도 페르에게 감정을 부탁할 생각이니까 엘랑드 씨도 방으로 돌아가 주시겠어요? 지금 바로."

쫓아내듯이 엘랑드 씨를 방 밖으로 몰아냈다.

"그럼, 내일 뵙겠습니다."

후우, 이걸로 느긋하게 감정할 수 있겠어.

우선은 페르부터.

【이름】페르
【나이】1014
【종족】펜리르
【레벨】945
【체력】10142
【마력】9768
【공격력】9429
【방어력】10157
【민첩성】9954
【스킬】바람 마법, 불 마법, 물 마법, 흙 마법, 얼음 마법, 번개 마법, 신성 마법, 결계 마법, 발톱 베기, 신체 강화, 물리 공격 내성, 마법 공격 내성, 마력 소비 경감, 감정, 전투 강화
【가호】바람의 여신 닌릴의 가호, 전쟁의 신 바하근의 가호

오오, 던전을 답파해서 레벨이 꽤 올랐네.
"페르, 레벨이 많이 올랐는걸."
『그래. 역시 던전을 답파한 효과가 있구나. 역시 던전은 좋다.』
페르도 대만족인 모양이다.
다음은 드라 짱이다.

【이름】드라 짱
【나이】116
【종족】픽시 드래곤

【레벨】197
【체력】1223
【마력】3438
【공격력】3299
【방어력】1152
【민첩성】4022
【스킬】불 마법, 물 마법, 바람 마법, 흙 마법, 얼음 마법, 번개 마법, 회복 마법, 포격, 전투 강화
【가호】전쟁의 신 바하근의 가호

드라 짱도 레벨이 올랐어. 역시 던전 효과겠지?

"드라 짱도 레벨이 많이 올랐네."

『역시 그래? 점점 마법 실력이 좋아져서 레벨이 오른 게 아닌가 생각했어.』

다음은 스이다.

【이름】스이
【나이】4개월
【종족】휴즈 슬라임
【레벨】38
【체력】1719
【마력】1687
【공격력】1698

【방어력】1707
【민첩성】1711
【스킬】산탄, 회복약 생성, 증식, 물 마법, 대장장이, 초거대화
【가호】물의 여신 루사루카의 가호, 대장장이 신 헤파이스토스
의 가호

스이도 레벨이 많이 올랐네. 던전에서는 스이도 사냥을 엄청나
게 했으니까.

"스이도 강해졌는걸."

『정말~? 만세!』

스이가 기쁜 듯이 뿅뿅 뛰어올랐다.

역시 모두들 엄청나게 사냥해대서 레벨이 올랐네.

자, 그럼 나는 어떻게 됐으려나? 적어도 다음 외부 브랜드가 개
방되는 레벨 40은 되어 있으면 좋을 텐데……

【이름】무코다(츠요시 무코다)
【나이】27
【직업】휩쓸린 이세계인, 모험가, 요리사
【레벨】62
【체력】405
【마력】391
【공격력】382
【방어력】379

【민첩성】 324

【스킬】 감정, 아이템 박스, 불 마법, 흙 마법, 완전 방어, 획득 경험치 두 배 증가

　　　　사역마(계약 마수) 펜리르, 빅 슬라임, 픽시 드래곤

【고유 스킬】 인터넷 슈퍼(+1),

　　　　《외부 브랜드》 후미야

【가호】 바람의 여신 닌릴의 가호(소), 불의 여신 아그니의 가호(소), 대지의 여신 키샤르의 가호(소)

좋아, 레벨 40은 클리어했어!

응? 직업이 달라졌는데? 모험가는 알겠지만, 요리사라는 뭐야? 요리사라니. 확실히 요리만 하고 있지만, 요리사가 된 건 아니라고. 하아~ 뭐, 딱히 지장은 없는 것 같으니까 괜찮지만.

아무튼 레벨 40을 클리어한 게 중요하다. 이걸로 클리어 못 했다면, 신들, 특히 헤파이스토스 님과 바하근 님에게 무슨 말을 들었을지 알 수 없으니까. 레벨 40은 클리어 했고, 대폭으로 레벨 업도 했다. 이것도 획득 경험치 두 배 증가 덕분이려나. 인터넷 슈퍼 부분에 +1이 되어 있으니, 다음 외부 브랜드도 개방된다. 이걸로 겨우 안심했다.

그 사람(신?)들도 어쨌든 썩어도 신이니까, 다음 외부 브랜드가 개방되지 않았더라면 무슨 짓을 당했을지 알 수 없다고. 성가시지만 이제 신들에게 공물을 바쳐야 할 때가 됐다고 생각하던 참이었는데, 좋은 보고 거리가 생겼네.

모두 잠들면 나는 신들에게 보고다.

◇　◇　◇　◇　◇

모두가 고요히 잠든 다음에 방 한쪽에서 신들을 불렀다.

"오랜만입니다. 여러분, 던전에서 돌아왔습니다."

다다다다다다 하는 발소리가 들려왔다.

『드디어 돌아왔느냐!』『이제야 왔네~.』『오옷, 드디어 돌아왔군.』『……기다렸어.』『오, 왔나! 그래서 레벨은 어찌 되었는가?』『좋았어, 너 레벨은 어떻게 됐어?』

어이어이, 마지막 굵은 목소리 둘, 오자마자 그 이야기야?

『맞아, 외부 브랜드! 레벨은 어떻게 됐어?』

이 목소리는 키샤르 님인가. 키샤르 님도 드러그스토어가 나오길 바라고 계시니까 신경 쓰일 테지.

"저기, 레벨은 올랐습니다. 62가 되었습니다. 그런고로 다음 외부 브랜드가 개방될 거라고 봅니다."

그렇게 말하자 신들의 환성이 들려왔다.

『좋구나, 좋아! 바로 술 가게를 넣도록 하자꾸나.』

『좋았어! 술 가게다. 술 가게.』

『아냐. 드러그스토어야!』

바라는 외부 브랜드가 있는 헤파이스토스 님과 바하근 님, 키샤르 님이 마음대로 그렇게 말했다.

『정말이지, 너희들은 시끄럽구나~. 이 몸은 어서 케이크를 먹고 싶으니라.』

『정말이야. 나도 오랜만의 맥주를 어서 즐기고 싶은데.』

『……케이크랑 아이스크림.』

이미 디저트 가게인 후미야가 들어와 있는 닌릴 님과 루카 님은 얌전했다.

아그니 님도 전에는 술 가게를 외부 브랜드로 하라고 했었지만, 지금 그대로여도 좋아하는 맥주를 얼마든지 구할 수 있다 보니 현재는 외부 브랜드 술 가게에 흥미를 잃은 모양이었다.

『외부 브랜드 쪽이 중요해! 너희들은 좀 가만히 있어.』

키샤르 님이 날카롭게 말했다.

『키샤르, 무서우니라.』

『이렇게 되면 한동안 잠자코 있는 편이 좋아. 쓸데없이 참견했다간 불똥이 튈 거야.』

『………….』

다른 여신님들도 입 다물게 하는 키샤르 님. 무, 무서워요.

그나저나, 고를 수 있는 외부 브랜드는 보지 않으면 알 수 없다고요. 술 가게나 드러그스토어가 들어 있다고 보장할 수는 없단 말입니다.

"저기 말이죠. 고를 수 있는 외부 브랜드는 확인해봐야만 알 수 있거든요."

『앗, 그렇구나. 어서 확인해라.』

『그러하네.』

『어서 어서~.』

"아, 알았습니다. 그럼 찬찬히 한번 보세요."

신들에게 재촉받아 스테이터스 화면을 열었다.

고유 스킬 인터넷 슈퍼(+1) 부분의 (+1)을 터치했다.

【고유 스킬 '인터넷 슈퍼'의 외부 브랜드가 개방되었습니다.】

【다음 셋 중에서 골라주세요.】

【켄터키 / 베이커리 스즈키 / 리큐어 샵 다나카】

오, 레벨 40 외부 브랜드 개방에서는 세 개의 선택지가 있는 건가. 게다가 전에 선택하지 않았던 선택지, 분명 와도날드였던가? 는 선택지에 들어 있지 않았다.

그나저나 이 선택지 딴죽 걸 곳이 너무 많잖아. 켄터키는 알겠어. 유명한 패스트푸드 체인점이니까. 하지만 베이커리 스즈키라든가 리큐어 샵 다나카라든가 하는 건 뭐야? 어째서 개인 상점? 어떤 기준으로 외부 브랜드가 선정되는 것인지 모르겠네.

뭐, 생각해본들 알 수 없는 일이지만.

"저기, 보이시나요? 켄터키라는 건 프라이드 치킨이라고 하는 닭을 기름에 튀긴 요리를 내놓는 가게고, 베이커리 스즈키라는 건 빵 가게네요. 그리고 리큐어 샵 다나카라는 게 술 가게입니다."

그렇게 말하자마자 굵은 목소리의 환성이 터져 나왔다.

『좋아, 좋아! 술 가게일세. 술 가게가 왔네!』

『조오았어! 염원하던 술 가게라고!』

기뻐하는 굵은 목소리와는 대조적으로 기분 상한 목소리가…….

『에이~ 어째서 술 가게인 거야. 드러그스토어가 없다니……
아, 정말, 실망했어.』

키샤르 님, 이것만은 어쩔 수 없습니다. 이번에는 참아주세요.

그렇게 말했지만 개인적으로는 빵 가게가 좋은데. 슈퍼의 대
량 생산 빵과 빵 가게의 수제 빵은 맛도 다르니까. 가끔은 맛있
는 빵을 먹고 싶지만, 여기서 빵 가게라는 말을 꺼냈다간 큰일이
되겠지.

지금은 헤파이스토스 님과 바하근 님을 위해 선택할 수밖에 없
겠네.

"그럼, 선택하는 건 리큐어 샵 다나카면 되겠습니까?"

『물론일세.』

『당연하지.』

『드러그스토어가 없으면 흥미 없어~.』

『이 몸도 뭐든 상관없느니라. 그보다 어서 마무리하거라. 어서
케이크를 고르고 싶으니라.』

『나는 맥주만 받을 수 있으면 불만 없어.』

『……케이크와 아이스크림.』

네네, 그럼 리큐어 샵 다나카로.

【외부 브랜드는 리큐어 샵 다나카와 계약하겠습니까?】

【YES/NO】

당연히 YES로.

【리큐어 샵 다나카와 계약되었습니다.】
【다음 외부 브랜드가 개방되는 것은 레벨 80입니다.】
【또 이용해주시기를 기다리겠습니다.】

다음 외부 브랜드가 개방되는 것은 레벨 80인가. 20 때는 40이었고, 40 때는 80이라는 건, 배라는 건가? 그렇다는 것은 레벨 80 다음은 160인가. 우와, 힘들겠네.

레벨이 높아지면 높아질수록 레벨을 높이기 어려워진다고 했으니까, 점점 난도가 높아지는 거네.

그렇다고는 해도 던전 답파도 했으니 새로운 외부 브랜드를 위해 적극적으로 레벨 업을 하는 일은 이제 없으려나. 지금도 딱히 돈에는 곤란하지 않으니, 평범하게 지내면서 레벨 업을 해나가는 정도겠지. 한동안은 던전도 가고 싶지 않고.

뭐, 일단은 이걸로 이번 외부 브랜드 계약은 완료다.

"리큐어 샵 다나카와의 계약이 맺어졌습니다."

그렇게 말하자 굵은 목소리의 환성이 일었다.

『좋아, 술이다. 술. 어서 보여다오.』

『그래 그래. 술이다 술!』

헤파이스토스 님과 바하근 님이 흥분했어. 하지만 여기서 술 가게 상품을 보여줬다간 시간이 걸릴 게 뻔하니, 먼저 여신님들의 요청을 들어드린 다음에 하자.

"먼저 여신들이 바라시는 걸 들어도 되겠습니까? 그다음에 느긋하게 술 가게 상품을 보여드리겠습니다. 그편이 헤파이스토스 님과 바하근 님도 찬찬히 고르실 수 있을 겁니다."

『오오, 그러하구나. 술 종류도 많을 테니, 찬찬히 고르는 편이 좋겠네. 전쟁의 신이여.』

『그래. 이세계 술이다. 어떤 술인지 찬찬히 보고 싶으니, 나중이어도 괜찮다고 봐. 대장장이 신.』

그런고로, 허가도 받았겠다 먼저 여신님들 몫을 처리해버릴까.

"그럼 여신님들. 원하시는 걸 듣겠습니다. 평소처럼 우선은 닌릴 님이신가요?"

『그러하니라. 이 몸이다. 이 몸이 바라는 건 당연히 후미야의 케이크니라.』

네네, 알았습니다. 나는 인터넷 슈퍼의 후미야 메뉴를 열었다.

『하나는 둥글고 커다란 걸 원하느니라. 그건 좋다. 마음껏 케이크를 만끽할 수 있으니 말이다.』

혼자서 홀 케이크를 실컷 즐겼던 거겠지. 닌릴 님(유감 여신), 엄청나게 찐 거 아냐? 본인 일이니까, 그 부분은 본인이 관리해달라고.

"홀 케이크 말이죠. 어떤 게 좋으신가요?"

『으음, 어떤 걸로 할까나……. 좋아, 정했다! 빨간 열매와 보라색 열매가 많이 올라간 이걸로 하겠느니라.』

어디, 이건가. 딸기와 블루베리가 올라간 홀 케이크다.

닌릴 님이 희망한 홀 케이크를 카트에 넣었다.

『다음은, 다양하게 원하느니라.』

다양하게라. 조각 케이크 메뉴를 열었다.

"오, 신상품도 나온 모양이네요. 밀크 초콜릿 생크림 케이크와 초콜릿 밀피유, 다음은 거봉 레어 치즈 케이크가 있네요."

『우옷, 시, 신상품인가! 그건 꼭 원하느니라!』

예이예이, 신상품 겟이로군요.

"그 외에는 적당히 골라도 괜찮겠습니까?"

『그래. 아, 도라야키는 넉넉하게 부탁하느니라. 그리고 지난번의 봉투에 담긴 과자는 간단한 간식으로 딱 좋았으니까, 그것도 부탁한다.』

도라야키 넉넉하게, 봉투에 담긴 과자도라. 적당히 쇼트케이크를 고르고, 그리고 도라야키는 평범한 으깬 팥과 통단팥과 밤이 들어간 것과 고구마가 들어간 것 네 종류를 각각 다섯 개씩, 다음은 봉투에 담긴 과자라는 건 바움쿠헨과 스카치 케이크 모둠을 구입하면 딱 금화 한 닢이다.

좋아, 이걸로 닌릴 님 몫은 오케이다.

"평소대로라면 다음은 키샤르 님이시죠?"

『그래, 나야~. 드러그스토어가 있을 거라 생각했는데, 정말 실망했어~.』

아니, 그런 걸 나한테 이야기하신들…….

『뭐, 그것만은 어쩔 수 없겠지. 이번에는 있지, 또 샴푸와 트리트먼트. 향기가 다른 걸로 세 세트 부탁하고 싶어. 내 머리카락은 길고 숱이 많으니까 꽤 쓰거든. 전에 부탁했던 게 다 떨어져가. 그리고 말이야, 이것저것 써보고 싶으니까 전과는 다른 걸 부탁해.』

과연, 전과는 다른 상품이라. 분명 키샤르 님은 머리카락의 푸석거리고 윤기 없는 점이 신경 쓰인다고 했었지. 그렇다면 역시 촉촉한 계열의 샴푸와 트리트먼트려나.

인터넷 슈퍼의 화면을 보면서 골라 나갔다.

"이건 어떠신가요? 촉촉한 타입의 샴푸와 트리트먼트인데, 쟈스민이라는 꽃향기라네요. 기품 있는 꽃향기라고 할까……. 제가 있던 세계에서는 차로도 마실 정도라, 이 향기를 싫어한다는 사람은 별로 없을 거라고 봅니다."

『기품 있는 꽃향기라. 그거 좋네. 하나는 그걸로 부탁해.』

알겠습니다.

나는 쟈스민 향의 샴푸와 트리트먼트를 카트에 넣었다.

"다음은 마찬가지로 촉촉한 타입의 샴푸와 트리트먼트로 베리 플로랄 향…… 그러니까 달콤한 과일과 꽃향기가 어우러진 향기인 모양입니다."

『달콤한 과일과 꽃향기라. 양쪽 다 내가 좋아하는 향기니까, 그것도 써볼래.』

네, 이것도 구입.

"다음은, 이건 어떨까요? 앞의 두 개보다 조금 비싸지만, 고급스러운 장미…… 이것도 꽃향기인데요. 설명에 따르면 촉촉하고 모발 끝까지 윤기 있는 아름다운 머리카락으로 만들어준다고 쓰여 있습니다."

『모발 끝까지 윤기 있는 아름다운 머리카락…… 좋은걸. 그걸로 하겠어.』

이것도 구입.

"다음은 어떻게 할까요? 은화 세 닢 정도가 남았는데요."

『뭐가 좋으려나. 지난번에 얼굴에 바르는 건 이것저것 받았고…….』

그러고 보니 지난번에 스킨이니 크림, 세안제에 팩까지 샀었지.

스킨 케어 제품은 충분하다고 한다면, 바디 케어 제품 같은 건 어떠려나?

"그렇다면 몸을 씻는 바디 샴푸 같은 건 어떨까요? 비누와 다르게 액체 상태로 되어 있는 것인데, 비누보다도 촉촉하게 씻긴답니다."

『어머, 그런 게 있었구나. 비누도 좋지만, 부분적으로는 당기는 부분도 있었어. 그 바디 샴푸라는 거, 몇 개 골라서 보여주겠어?』

당긴다고 한다면, 바디 샴푸 중에서도 한층 촉촉하게 씻기는 게 좋을지도.

으음, 좋아, 이 세 개가 좋겠어.

"세 개 정도 골라보았는데, 첫 번째가 벌꿀이 들어간 촉촉한 바디 샴푸, 두 번째가 신제품 같아 보이는데요. 보습 성분이 씻겨나가지 않고 피부에 남는답니다. 세 번째로, 이건 오일이 들어가서 촉촉하게 씻기나 보네요."

고른 세 개의 바디 샴푸를 화면을 가리키면서 키샤르 님에게 설명했다.

『어떤 걸로 할까. 다 좋아 보이는데~.』

"그렇다면 샴푸와 트리트먼트와 마찬가지로 세 개 다 하면 되지 않을까요? 향기도 다 다르니까, 매일 다른 걸 써보는 것도 좋을 것 같습니다."

『확실히 그러네. 전부 써보고 싶으니까, 그것도 괜찮을지도. 그걸로 부탁할게.』

네네, 세 개 다 구매~.

"은화 한 닢 정도가 남는데, 어떡하실래요?"

『그 정도 금액에 뭔가 좋은 게 있을까?』

그렇다면…….

『몸을 씻은 다음에 바르는 보습 크림으로 바디 크림이라는 게 있는데, 어떠신가요?』

『몸의 보습, 그런 게 있었구나. 그걸로 부탁할게. 좋아 보이는 걸로 골라주겠어?』

또 맡겨버리는 거야? 뭐, 이세계의 물건이고 글자도 읽을 수 없을 테니까 어쩔 수 없으려나.

어디, 어느 게 좋으려나…….

"이건 어떤가요? 시어버터라는 식물성 지방이 들어간 것으로, 피부가 촉촉해진다고 하네요."

『그걸로 부탁할게. 후후후, 이걸로 머리도 얼굴도 몸도 전신 빈틈없이 손질할 수 있겠어.』

마, 만족하신 듯하여 다행입니다. 이걸로 키샤르 님도 끝났다.

"다음은 아그니 님이시죠?"

『그래. 나는 평소처럼 맥주다. 간단한 안주도 있으면 좋겠는데. 이쪽은 정말로 간단한 거면 돼. 없으면 없는 대로 괜찮고. 아무튼 맥주 쪽이 우선이야.』

아그니 님은 완전히 맥주에 빠지셨네.

맥주, 맛있지. 일을 마친 후라든가 목욕을 마친 후에 마시는 맥주는, 또 각별하거든.

"그렇다면 전처럼 박스째 사는 게 좋을 것 같네요. 금화 한 닢 예산으로는 두 박스 살 수 있습니다. 아니면 박스 하나랑 다른 건 여섯 개 묶음 팩으로 해서 여러 종류 고르는 게 좋을까요?"

『그러네, 어떡할까……. 응, 역시 다양한 종류가 있는 편이 좋겠어.』

"알겠습니다. 박스에 담긴 건 뭐가 좋을까요?"

『늘 먹는 파랑과 금색인 게 좋겠어. 그건 정말로 맛있거든.』

파랑과 금색이라고 하면 S사의 프리미엄 맥주 말이지?

아니, 잠깐. 최근 몇 번인가 드렸던 A사의 프리미엄 맥주려나?

봐달라고 하는 편이 빠르겠지 싶어 인터넷 슈퍼 화면을 보여드렸다.

"이쪽인가요? 아니면 이쪽인가요?"

『어디, 첫 번째 쪽이다.』

아그니 님이 바라시는 것은 S사의 프리미엄 맥주였다.

바로 S사의 프리미엄 맥주를 박스째 구입.

"다음으로 바라는 맥주가 있으신가요?"

『다음으로 좋은 건…… 금색 녀석이야. 나머지는 너한테 맡기지.』

알겠습니다. 금색 녀석이라는 것 Y비스 맥주겠지.

다음은 내 마음대로……, 아, 같은 Y비스 맥주 한정품이 나왔잖아. 빨간 캔에 깊이가 있으면서도 부드러운 맛이라고 쓰여 있네. 이걸로 하자. 다음은 S사의 오래된 맥주를 리뉴얼한 것도 괜찮겠네. 나머지는 A사의 잡맛 없이 깨끗한 맛이 장점인 발포주 한정 상품(부드러우면서 쌉쌀한 맛과 화려한 향기가 특징이라고 한다)으로 해보았다.

각각 여섯 개 묶음 팩을 구입했다.

남은 돈은 은화 한 닢 정도니까, 이걸로 살 수 있는 간단한 안주라고 하면 역시 이거겠지. 나는 망설임 없이 감자칩 종류와 카키노타네라고 하는 감 씨 모양을 한 과자를 보통 맛과 와사비 맛으로 골라 카트에 넣었다.

후우, 이걸로 아그니 님도 끝이다.

"다음은 루카 님이네요."

『……케이크와 아이스크림.』

또 케이크랑 아이스크림이로군. 단 걸 좋아하시는 모양인데, 아이스크림이 무척 마음에 들었나 보네.

"케이크와 아이스크림 말씀이죠? 전과 마찬가지로 서로 다른 맛이 좋으신가요?"

『하얀 아이스 케이크는 꼭 갖고 싶어. 그 외에는 다른 걸로.』

아이스 케이크는 반드시라. 알았습니다. 바라시는 대로 바닐라 아이스 케이크를 카트에 넣었다. 다음은 다른 맛이라고 했으니까, 쇼트케이크는 닌릴 님에게도 골라드린 신상품 밀크 초콜릿 생크림 케이크와 초콜릿 밀피유, 그리고 거봉 레어 치즈 케이크는 사기로 하고, 다음은 뭐가 좋으려나…….

"케이크 말인데요, 지난번과 같은 게 들어가는데, 괜찮을까요?"

매번 케이크를 고르다 보면 아무래도 겹치게 되어버린다니까.

『괜찮아. 몇 번 먹어도 맛있으니까.』

그렇다고 한다면, 쇼트케이크 메뉴를 위에서부터 순서대로 카트에 담았다.

마지막은 아이스크림이지. 아, 아이스크림 슈가 있네. 이것도 포함해서 컵 아이스를 전 종류 구입해야지.

좋아, 이걸로 루카 님 몫도 오케이다.

『그래, 이제 끝났구먼. 다음은 우리 차례일세!』

『오오. 찬찬히 고를 거라고~.』

외부 브랜드에 술 가게가 들어와서 의욕에 넘치는 헤파이스토스 님과 바하근 님의 목소리가 들려왔다.

『잠깐 기다려, 이니라! 이 몸은 술을 고르는 너희에게 어울려줄 마음이 없느니라! 어이, 너. 이 몸들에게 먼저 공물을 바치거라!』

『닌릴 말대로야. 너희가 술을 다 고르길 기다리다니, 사양이거든. 이세계인 군, 먼저 우리 물건을 보내줘. 오늘의 샴푸와 트리트먼트, 바디 샴푸와 바디 크림을 어서 시험해보고 싶으니까.』

『맞아 맞아! 나도 얼른 맥주를 마시고 싶어. 이세계인, 우리 것만이라도 먼저 보내줘. 그다음에 이 녀석들한테 느긋하게 고르게 해주면 되잖아.』

『케이크랑 아이스크림. 빨리.』

여신님들이 이렇게 말하는 것도 어쩔 수 없으려나. 애주가 콤비와 어울려주었다간 늦어질 것 같으니까.

"헤파이스토스 님, 바하근 님. 여신님들 몫을 먼저 보내드려도 괜찮을까요?"

『그래, 괜찮네. 여기 있어 봐야 시끄러울 뿐이니까.』

『맞아. 여기서 투덜투덜 불만을 늘어놓고 있으면 느긋하게 고를 수가 없다고.』

그렇다고 하니, 먼저 여신님들 몫을 계산해야지.

좋아, 각각 종이 상자 제단에 올려놓고······.

"여신님들 부디 받아주십시오."

그렇게 말하자 종이 상자 제단에 놓아두었던 것이 사라졌다.

여신님들의 새된 환성이 들려온 후, 도도도도 하고 달려가는 발소리가 들려왔다.

자신의 물건을 끌어안고 서둘러 자리를 뜨는 모양이었다. 이런 이런.

아니, 아직 끝난 게 아니잖아. 성가신 2인조가 남아 있었어.

『그럼, 찬찬히 살펴보도록 할까나. 그렇지? 전쟁의 신이여.』

『그럼, 찬찬히 살펴보자고. 대장장이 신.』

후우, 긴 밤이 될 것 같네······.

『어서 우리에게도 고르게 해주게.』『그래 그래.』

잠깐 기다려주세요.

나는 인터넷 슈퍼에 있는 외부 브랜드 '리큐어 샵 다나카' 메뉴를 터치했다.

보고 깜짝 놀랐다. 역시 전문점, 종류도 풍부하다. 메뉴 위부터 맥주, 와인, 스파클링 와인, 위스키, 브랜디, 증류주, 리큐어, 소주, 일본 술, 그 외 기타 등등.

"역시 전문점이라고 할까, 꽤 다양한 종류가 있네요. 위의 메뉴부터 맥주, 와인, 스파클링 와인, 위스키, 브랜디, 증류주, 리큐어, 소주, 일본 술, 기타가 있습니다."

일단 메뉴를 위에서부터 순서대로 읽어주었다.

『호오, 꽤 많군.』

그걸로 놀라면 안 됩니다. 헤파이스토스 님.

좀 살펴보았는데, 이거 어마어마하다고.

"저기, 차분하게 들어주세요. 그게 말이죠, 방금 말한 술들에 각각 100개 가까운 상품이 있는 것 같습니다."

이것도 슬쩍 본 느낌이니까, 종류에 따라서는 그 정도가 아닐지도. 이 가게는 양주에 특화된 가게인지, 특히 와인와 위스키 종류가 엄청나게 많았다. 물론 그 외에도 역시 전문점이라고 할까, 인터넷 슈퍼와 비교할 게 못 되었다.

『뭐라고? 즉, 위스키라면 100 이상의 종류가 있다는 것이냐?』

"네."

그렇게 말하자 갑자기 굵은 함성이 들려왔다.

『우오오오오옷!』

자, 잠깐. 기쁜 건 알겠지만, 진정해주세요.

『해냈네, 전쟁의 신이여!』

『해냈어, 대장장이 신!』

『술이다, 술! 앞으로 몇백이라는 이세계 술을 마실 수 있다네!』

『그래. 지금까지의 술도 맛있었잖아. 더 맛있는 술과 만날 수 있을지도 몰라!』

　흥이 오른 시점에 찬물을 끼얹는 것 같지만, 예산은 금화 한 닢씩이거든요.

　일단 두 사람을 진정시켜야겠지?

　"두 분 모두 진정하세요. 진행이 안 되니까요."

『오, 그래. 그렇군.』

『그래, 이제 괜찮아.』

　술이 얽혔다 하면 폭주하네. 이 둘은.

『그렇지. 묻고 싶은 게 있네만. 맥주, 와인, 위스키, 브랜디, 일본 술은 이미 마셔봐서 알지만, 그 이외의 술은 어떤 술인 겐가?』

　그 이외 말인가요. 저도 술에 관해서는 잘 몰라서 기본적인 것만 겨우 압니다만…….

　"그러니까 말이죠. 저도 술은 잘 모르지만, 아는 범위 내에서 설명드리겠습니다. 스파클링 와인이라는 건 발포성 와인으로 입안이 쏴한 느낌이 듭니다. 증류주라는 건 도수가 강한 술입니다. 두 분이 마셔본 적 있는 보드카 같은 게 이 종류의 술로, 달리 진, 데킬라, 럼 같은 술이 유명하죠. 리큐어라는 건 보드카 같은 증류주에 과실과 허브류로 풍미를 살리고, 거기에 단맛을 더한 겁니다. 소주는 쌀, 보리, 고구마 등을 원료로 한, 제가 살던 나라의 대표적인 증류주입니다."

『과연 그렇군. 이세계에는 정말로 다양한 종류의 술이 있구먼.』

『정말이야. 그래서, 자네가 마지막에 말한 기타에는 뭐가 있지?』

　바하근 님, 그걸 눈치채셨군요.

기타에는 방금 말한 메뉴에 있는 술의 범위에 들어가지 않는 중국 술과 한국 술이 있었다.

"그 외에는 이쪽 메뉴에 들어가지 않는 술입니다. 중국이라는 나라에서 만들어진 술, 사오싱주라는 약간 특징적인 술이 유명합니다. 그리고 한국이라는 나라에서 만들어진 술, 이쪽은 막걸리라고 하는 탁주가 유명하죠. 그런 술이 여기에 들어갑니다."

메뉴 화면을 가리키면서 설명했다.

『과연, 알았네. 그나저나 이렇게나 많으면 뭘로 할지 망설여지는데. 게다가 각각 100개 이상 있는 거잖아?』

바하근 님의 물음에 "네" 하고 대답하고서 두 사람이 좋아하는 위스키 메뉴를 열었다.

"보이시나요? 시험 삼아 위스키 메뉴를 보여드릴게요. 이런 느낌을 나뉘어 있습니다."

위스키라는 문자를 터치하자 그 아래에 이어서 스카치위스키, 아이리시 위스키, 아메리칸 위스키, 캐나디안 위스키, 국산 위스키라는 다섯 개의 메뉴가 나왔다.

"이건 산지별로 나뉜 거군요. 이중 제일 위에 있는 스카치위스키를 열어보겠습니다."

그중 가장 위에 있는 스카치위스키라는 문자를 터치했다. 그러자 메뉴 오른쪽 화면이 바뀌고, 이번에는 하이랜드, 스페이사이드, 로랜드, 아일레이, 캠벨타운, 아일랜드라고 쓰인 메뉴가 나왔다. 어렴풋한 기억이지만, 분명 이 하이랜드라든가 스페이사이드라든가 하는 건 증류소가 있는 지역이었지.

"여기에 나온 건 증류소가 있는 지역입니다. 스카치위스키는 각각의 지역에 따라 맛에 상당한 차이가 있다고 들었으니까, 그래서 이런 식으로 나뉘어 놓은 것 같습니다. 시험 삼아 하이랜드 메뉴는 열어보면……."

주르륵 위스키가 화면에 늘어섰다.

『오옷!』

둘에게서 놀란 목소리가 터져 나왔다.

"이렇게 꽤 많은 상품 수가 있습니다."

……………….

………….

…….

어째서 아무 말이 없지?

"저, 저기, 왜 그러시나요?"

『어, 어어, 미안하네 미안해. 위스키에 시선을 빼앗기고 있었다네.』

『후우, 나도야.』

아, 화면 가득히 죽 늘어선 위스키에 정신이 팔렸었던 건가.

애주가라면 그럴 만한가.

"그래서, 어느 술로 하시겠습니까?"

『모든 종류라고 이야기하고 싶은 참이네만, 예산은 변함이 없겠지?』

"네. 그 점에 변함은 없습니다. 두 분만 늘려드릴 수는 없으니까요."

그런 짓을 했다간 여신님들에게 무슨 짓을 당할지 알 수 없다고.

『그렇겠지~. 우리만 예산을 늘려줬다간 그 네 멍청이 여신이 무슨 말을 할지 알 수 없을 테니까.』

바하근 님, 네 멍청이 여신이라니……. 부정은 하지 않겠지만.

『어찌할지 잠시 의논일세, 전쟁의 신이여.』

『아아, 그렇군. 대장장이 신.』

그렇게 두 사람은 소곤소곤 이야기를 나누기 시작했다.

─────30분 후.

『…………일……어나…….』

『……왜……자고…….』

으음…… 뭐지……?

『…………이…… 어이………….』

『너………… 적당……나.』

으음, 시끄럽네. 나 졸려.

『어이, 이놈! 왜 자고 있는 게냐!』

『어이, 이 자식, 일어나라고!』

굵은 노성에 벌떡 일어났다.

"어, 어, 어, 무, 무무, 무슨 일입니까?!"

『무슨 일입니까가 아닐세! 어째서 자고 있는 겐가!』

『맞아! 이쪽은 몇 번이나 불렀는데 말이야.』

"죄, 죄송합니다."

그게 이쪽은 던전에서 나온 지 얼마 안 돼서 지쳤는데, 좀처럼

정해주지 않는걸. 그래서 그만 잠들어 버린 거라고. 벌써 한밤중이라고. 이제 그만 자게 해줘.

『흥, 뭐 됐네. 그래서 우리 둘이 찬찬히 이야기를 나눠본 결과네만, 역시 위스키를 원한다는 이야기가 되었다네. 그래서, 우리가 늘 부탁하는 세계 제일의 위스키, 그것보다 위인 위스키가 있을 테지? 그걸 꼭 마셔보고 싶네만.』

그러고 보니 슬쩍 그것도 제일 아래 단계라는 말을 했던 기억이.

아니, 그렇게 나오는 건가. 하지만 그건 확실히 비쌀 텐데.

국산 위스키 메뉴를 확인해보았다. 오, 있다. 인터넷 슈퍼에서 평소 살 수 있는 게 은화 다섯 닢, 다음인 12년산이 금화 한 닢에 은화 두 닢, 이 시점에서 한 사람분의 예산이 넘어간다.

더욱 살펴보니 그 다음인 18년산이……. 으헉…… 그, 금화 네 닢에 은화 두 닢이래. 비싸.

그러고 보니 인터넷 슈퍼에 지나치게 익숙해져서 완전히 잊고 있었어. 비싼 술은 어마어마하게 비쌌었지. 그야말로 몇십만이라든가 몇백만인 것도 있다고 하니까. 18년산이 이 가격이라면, 그 이상의 등급은 어떻게 되는 거냐고. 머뭇머뭇 살펴보니, 나왔다.

25년산, 금화 32닢이라고 한다. …………응, 무리.

"헤파이스토스 님과 바하근 님, 안타까운 소식입니다. 실은 말이죠……."

두 사람에게 방금 알아본 가격을 알려주었다.

"위스키는 장기 숙성한 편이 맛있다고 해서, 숙성 기간이 길수록 비싸집니다."

『그런 겐가. 허나 그렇다고 해도, 비싸구먼……. 술 한 병에 그런 터무니없는 가격이 붙다니 말일세………….』

『하지만, 그런 가격이 붙었다는 건, 그래도 그걸 사는 녀석이 있다는 말이잖아? 그 가격에 걸맞은 맛있는 술이겠지…….』

『마셔보고 싶구먼…… 꿀꺽.』

『마셔보고 싶네…… 꿀꺽.』

아니 아니, 그렇게 간절한 목소리를 낸다고 해도 사주지 않을 겁니다.

"두 분의 예산을 합하면 겨우겨우 12년산은 살 수 있습니다만, 어쩌시겠습니까?"

『크으으…… 전쟁의 신이여, 대화일세.』

『그래, 대화를 나누자고. 대장장이 신.』

그렇게 말하고서 두 사람은 다시 이야기를 나누기 시작했다.

10분 후————.

『어이, 매우 안타깝지만 이번에는 포기하겠네.』

『그래, 정말 안타깝지만 말이지. 모처럼의 외부 브랜드니까, 처음이기도 하고, 가능한 한 다양한 위스키를 즐겨보고 싶어.』

유감스럽기 그지없다는 감정이 목소리에서 배어 나왔다.

『그래서, 다양한 위스키를 즐겨보고 싶다고는 해도 이세계의 술이니 말일세. 우리로서는 도무지 알 수가 없다네. 게다가 보고 놀랐네만, 아무튼 종류가 많더군. 그러니 말일세, 일단 괜찮아 보이는 걸 몇 개 골라주지 않겠나?』

『우리는 그중에서 원하는 걸 고른다는 방법이지.』

그렇군, 그렇게 나오는 건가. 뭐, 확실히 아무것도 모르는 헤파이스토스 님과 바하근 님이 하나하나 보면서 고르는 것보다는 그쪽이 효율 좋겠지. 제일 큰 문제는, 내가 그다지 위스키를 잘 모른다는 건데⋯⋯. 뭔가 좋은 방법이 없을까?

⋯⋯⋯⋯응?

화면을 보고 눈치챘다. 맥주, 와인, 스파클링 와인으로 이어지는 메뉴 아래에 '점장 추천 오리지널 기프트'라는 메뉴가 있는 것이 아닌가.

살펴보니 맥주, 와인, 스파클링 와인, 위스키, 브랜디, 증류주, 리큐어, 소주, 일본 술, 각각에 점장이 추천하는 술이 다섯 개씩 소개되어 있었다. 이 점장 추천을 구입할 때 선물용이라고 선택하면 무료로 포장을 해주기 때문에 애주가분에게 선물하기 좋다는 콘셉트인 모양이었다. 오오, 이거 괜찮네. 술 가게 점장 추천이라면, 우선 틀릴 리는 없을 테지.

그리고, 다시 화면을 보고 눈치챘다. 화면 오른쪽 위에 자그맣게 '랭킹'이라는 게 있는 것이 아닌가. 바로 터치. 맥주, 와인, 스파클링 와인으로 이어지는 술마다의 일일, 주간, 월간 판매 랭킹 TOP10이 나와 있었다. 오옷, 이것도 좋네.

"헤파이스토스 님, 바하근 님. 저는 위스키를 잘 몰라서 괜찮은 걸 골라달라고 하신들 너무 어렵습니다. 하지만 말이죠, 좋은 걸 발견했습니다. 이 가게의 추천이 소개되어 있었습니다. 가게가 소개하고 있는 이상 맛없지는 않을 거라고 생각합니다만."

『오오, 가게 추천이라. 그거 틀림없겠구먼. 어디, 보여주게나.』

『우오, 어서 보여줘 보여줘.』

나는 점장 추천인 다섯 병의 위스키를 보여주었다.

첫 번째로 소개되어 있는 게, 스코틀랜드 스페이사이드에서 만들어진 세계 제1위의 매상을 자랑하는 싱글몰트 위스키다. 과일 향과 맛으로 초심자도 쉽게 마실 수 있는 스카치위스키. 스카치위스키 초심자에게 선물하기도 좋다고 한다. 가격은 은화 세 닢이다.

두 번째로 소개되어 있는 것이 '아일레이의 여왕'이라고 불리는 싱글몰트 위스키다. 스모키한 양이 특징인데, 그중에서도 레몬과 벌꿀 같은 향기가 희미하게 퍼지고, 맛도 스모키하면서도 동시에 단맛과 깊이도 느껴져서 그것이 절묘한 균형과 조화를 이루고 있다고 한다. 특징적인 아일레이산 중에서도 비교적 마시기 쉽다고 한다. 가격은 은화 세 닢과 동화 여덟 닢.

세 번째로 소개된 것이 스카치위스키를 상징하는 브랜드로 '스카치의 프린스'라고도 불리는 블랜디 위스키였다. 바닐라와 너트 계열의 풍미와 숙성된 사과와 벌꿀 같은 깊이 있는 단맛과 부드러운 맛이 특징이다. 1리터로 대용량이라 애주가인 분에게 선물하기 최고라고 한다. 가격은 은화 세 닢과 동화 두 닢.

네 번째로 소개된 것이 테네시 위스키 중에서도 세계적으로 가장 유명하다고 하는 미국산 프리미엄 위스키. 바닐라와 캐러멜 같은 향기와 부드럽고 균형 잡힌 맛. 가격이 비교적 저렴한 것도 추천하는 이유인가 보다. 가격은 은화 두 닢.

마지막 다섯 번째로 소개된 것이 북아일랜드에 있는 세계 최고(最古)라고 하는 증류소에 만들어진 아이리시 위스키. 셰리통에서 비롯된 달콤한 향과 몰트 풍미로 풍부한 맛. 증류를 여러 번 반복하면서 생긴 부드럽고 경쾌한 맛이 특징인 아이리시 위스키로, 그중에서도 특히 추천한다고 한다. 가격은 은화 두 닢.

이걸로 점장 추천 다섯 병의 위스키 설명이 끝났다. 소개 글을 보고 있으려니 비교적 마시기 쉬운 것을 골라놓은 듯했다. 그야 그렇겠지. 선물용으로 좋다고 쓰여 있으니까. 뭔가 정●환 같은 강렬한 향을 가진 위스키도 있다고 들은 적이 있는데, 그런 걸 선물 받은들 어지간한 사람이나 좋아할 것 같은 기분이 든다.

참고로 이 점장 추천은 한 달마다 갱신된다고 한다. 가장 아래에 그런 내용이 작게 쓰여 있었다.

설명이 끝났는데 두 사람 모두 여전히 말이 없었다. 설명하는 동안에도 이상하게 조용했고.

"저기~."

『그래. 이 다섯 병을 사도록 하세. 전쟁의 신이여.』

『응. 이렇게나 많은 술을 파는 가게의 추천이야. 무시할 수는 없지. 대장장이의 신.』

『그런 고로 이 다섯 병(일세)(이다).』

알았습니다. 나는 소개한 다섯 병을 카트에 넣었다.

화면을 보다가 계속해서 이어진다는 것을 깨달았다. 뭔가 싶어서 살펴보니 마지막에 '점장의 오늘 추천'이라는 코너가 있었다. 무려 점장이 독단으로 고른 오늘 마시고 싶은 한 병이라고 한다.

위스키를 좋아하는지, 위스키를 고르는 일이 많다고 적혀 있었다.

그런 연유로 오늘 소개된 것도 위스키였다. 소개된 것은 24면 커트 디자인의 아름다운 병에 담긴 국산 위스키였다. 그야말로 일본 장인의 맛.

'점장의 한마디 "오늘은 화려한 향기와 부드러운 맛을 느긋하게 맛보고 싶은 기분입니다"'라고 되어 있었다. 가격은 은화 다섯 닢.

코너 내용을 헤파이스토스 님과 바하근 님에게 전하자…….

『조금 비싼 느낌이지만, 그 위스키도 맛있어 보이는구먼.』

『느긋하게 맛보고 싶어지는 위스키란 말이지? 흥미 있어.』

그러고 보니 이거…….

"두 분이 좋아하는 세계 제일 위스키를 만드는 곳에서 나온 거네요."

『뭐, 뭐랏?!』

『어이, 이건 사야 해. 대장장이 신. 그 위스키를 만드는 곳이래. 맛없는 걸 만들 리가 없어.』

『그래, 확실히 그러하군. 그 위스키를 만들어내는 곳이니, 맛없을 리가 없을 걸세.』

『이것도 사(게나)(라고).』

네네, 이것도 카트에 투입.

어디, 이걸로 남은 돈은 은화 한 닢인가.

"은화 한 닢이 남았는데, 어쩌시겠습니까?"

『은화 한 닢이라, 어쩌겠나? 전쟁의 신이여.』

『위스키는 충분하니, 보드카 같은 건 어때?』

『좋구먼. 남은 은화 한 닢은 보드카로 부탁하네.』

보드카라. 은화 한 닢으로 살 수 있는 게 있으려나?

이것저것 살펴보니, 가게 제일 첫 화면 아래쪽에 각각이 술마다 '~은화 두 닢, ~은화 세 닢, ~은화 네 닢……'이라고 가격별로 고를 수 있게 되어 있었다. 이것도 매우 큰 도움이 되겠는걸.

바로 증류주의 '~은화 두 닢' 부분을 보았다. 오오, 이게 좋겠네. 폴란드가 자랑하는 술이다. 애주가 지인의 이야기에 따르면, 허브가 절여져서 벚꽃 떡 비슷한 향기가 나고 목 넘김이 부드러워 맛있다고 했었다.

그 맛을 두 사람에게도 전하기로 정했다. 이게 마침 은화 한 닢이니까 예산에도 딱 맞다.

좋아, 이걸로 오케이지. 계산하고…….

"헤파이스토스 님, 바하근 님, 부디 받아주십시오."

종이 상자 제단에 둔 술이 사라지고 동시에 굵은 환성이 들려왔다. 후우, 겨우 끝났네.

서둘러 잠자리에 들려고 자리에서 일어나자 다시 두 사람의 목소리가 들려왔다.

『잠깐 기다려라!』

"또 뭔가요……?"

이제 그만 자고 싶다고.

『앞으로의 참고를 위해서도 다른 술 추천도 알고 싶구나.』

『맞아. 매상 순위도 알고 싶어.』

지금 이 상황에 당신들은······.

"던전에서 돌아와 지쳤습니다. 위스키 랭킹만으로 봐주세요······."

『음, 할 수 없구나.』

『정말이지. 아, 대장장이 신, 방금 온 위스키를 마시면서 듣는 게 어때?』

『오오, 그거 좋구먼.』

짤그랑거리는 소리가 들렸다. 우으으, 이 녀석들 마시면서 설명을 들을 셈이군.

『좋아, 준비됐어. 어서 해.』

『새로운 술을 아는 것은 즐겁구먼.』

즐겁구먼이 아니라고, 정말이지. 하아~······. 크게 한숨을 내쉰 다음, 할 수 없이 위스키의 랭킹(역시 전부는 무리니까 일일 랭킹만)을 설명했다.

『오오, 즐거웠어. 다음에 마시고 싶은 술도 발견했고.』

『그래, 다양한 술을 알 수 있어 즐거웠네. 나도 다음에 마시고 싶은 술을 찾았지.』

『그나저나, 이 초록색 병의 위스키는 맛있는데. 역시 가게가 추천할 만하네.』

『음, 맛있군. 과실 향과 맛이 나는구먼. 허나 그것만이 아닌 뭐라 말할 수 없는 맛일세. 이거라면 얼마든지 마실 수 있을 것 같네.』

『좋아, 대장장이 신. 오늘은 밤새 위스키를 맛보자고.』

『그래, 그거 좋은 생각일세. 대장장이 신이여.』

『그럼, 다음을 기대하고 있겠(네)(어).』

젠장, 자기들 할 말만 하고 통신 끊어버렸잖아. 이쪽은 너무 졸려서 당장에라도 쓰러질 것 같은데.

저 애주가 콤비 놈들…… 이런 시간까지 어울리게 하다니……. 아~ 너무 졸려…….

나는 기듯이 침대로 가서 누웠다. 페르들이 배고프다며 깨울 때까지 과연 얼마나 잘 수 있으려나…….

◇　◇　◇　◇　◇

『……이…… 나라…….』『……배…… 그만…….』『……인…… 배…….』

목소리가 들린다.

하지만, 졸려……. 아직 더 자고 싶어. 가끔은 괜찮잖아.

『어이, 일어나라.』

"끄웹."

배에 압박감을 느끼고 벌떡 일어났다.

보니, 페르가 내 배 주변을 앞다리로 밟고 있었다.

"페~르~."

내가 페르를 원망스러운 표정으로 바라보았지만, 어디서 바람이 부냐는 투였다.

『어이, 배가 고프다. 어서 밥 준비를 해라.』

『그렇다고. 나도 배가 고파.』

『스이도 배고파졌어..』

역시 이렇게 되는 것이 나의 숙명인 것인가…… 풀썩.

배고프다는 모두를 그대로 내버려 둘 수도 없으니, 할 수 없이 아침 식사 준비를 해야겠다 생각하고 있을 때였다. 방문을 노크하는 소리가 들려왔다.

"무코다 씨. 일어나셨습니까? 엘랑드입니다. 열어주십시오."

우으으, 이 자식 분명 아침 식사 시간이라는 걸 알고 온 걸 거야.

"무코다 씨."

시끄러워. 이런 이른 아침부터 방을 비운 척을 할 수도 없어 어쩔 수 없이 문을 열었다.

"그것참, 이른 아침부터 죄송합니다. 혹시 아침 식사 시간이었습니까?"

슬쩍슬쩍 안쪽을 살피며 엘랑드 씨가 그렇게 말했다. 이 아저씨, 염치가 사라지고 있는데.

"아뇨, 이제부터 만들까 하는데요."

"그러셨습니까~ 저도 함께해도 괜찮겠습니까?"

앞으로의 일도 있고, 거절할 수 없다는 점이 정말이지 뭐랄까……. 게다가 어차피 이제부터 페르들의 아침밥은 만들어야만 하니까, 엘랑드 씨 몫도 함께 만든다고 해서 특별히 들이는 노력이 달라지지는 않는다는 점이 뭐랄까……. 이 아저씨 절묘한 타이밍에 온다니까.

"……네."

이렇게 말할 수밖에 없다고. 하아.

"그것참, 무코다 씨의 맛있는 밥을 아침부터 먹을 수 있다니 행복합니다~."

네네. 그거 다행이네요. 정말이지, 성가시지만 후다닥 만들어 볼까.

나는 창을 열어 이 방 전용 뜰로 나왔다. 1층에 있는 이 사역마와 함께 묵을 수 있는 방은 사역마와 함께라는 이유도 있어 자그맣지만 전용 뜰이 딸려 있다. 거기에 마도 버너를 꺼내자.

『어이, 나는 고기가 좋다.』

『오, 좋은데. 나도 고기가 좋아.』

『스이도 고기 먹고 싶어.』

페르도 드라 짱도 스이도 고기가 좋다는 말을 꺼냈다.

"아침부터 든든하게 고기인가요. 좋군요~."

페르가 소리 내 말한지라 엘랑드 씨도 동조하며 그런 말을 했다. 겉보기엔 완전히 채식주의자인데, 아침부터 든든한 고기라도 전혀 문제없는 모양이다. 그렇다고 한다면, 여러분이 바라는 고기로 할까요. 하지만, 귀찮으니까 간단한 걸로.

오늘은 아침부터 스테이크 샌드위치다. 일단 인터넷 슈퍼에서 재료를 조달했다. 스테이크 소스는 남아 있으니, 양상추랑 버터, 연겨자, 다음은 식빵을 구입했다. 고기는 골든 백 불 고기를 쓰기로 했다.

무슨 고기로 할까 하며 고르며 재고를 확인했더니 와이번과 블러디 혼 불 고기가 거의 다 떨어지고 없었다. 이 도시에 체재하는 동안에 다 써버릴지도 모르겠는걸. 이러저러하느라 베를레앙에서도 그다지 고기 조달을 하지 못했으니까. 어스 드래곤(지룡) 고기는 극상품이니까 특별한 때 먹고 싶고, 레드 드래곤(적룡)은 해체가 아직이고. 네이호프에서 조달한 오크 고기와 이곳 던전산 자라와 뱀 고기는 잔뜩 있기는 하지만. 뭐, 절박한 상황인 건 아니니까 고기에 관한 건 나중에 생각하기로 하자.

지금은 아침밥을 얼른 만들어야지. 달군 프라이팬에 기름을 두르고 비교적 살코기가 많은 골든 백 불 고기에 가볍게 소금 후추를 뿌려서 구웠다. 구워지면 접시에 담고, 알루미늄포일을 덮어서 5분 정도 둔다. 여열로 안까지 익어서 부드러운 식감을 유지할 수 있기 때문이다. 살코기는 이렇게 굽는 게 제일이다.

그 사이에 식빵을 노릇노릇할 정도로 오븐에 구워준다. 다 구워진 빵 한 장에는 버터를 바르고 또 한 장에는 연겨자를 바른다. 버터를 바른 식빵에 미리 씻어 찢어두었던 양상추와 여열로 익힌 스테이크를 올리고 스테이크 소스 양파 풍미를 뿌려서 간을 더한 다음 연겨자를 바른 빵을 덮어주면 완성이다.

응, 맛있어 보이네. 아침부터 먹기에는 너무 부담되니까 내 몫은 정당히 햄 샌드위치로 할까 했는데, 봤더니 먹고 싶어졌어.

스테이크 샌드위치를 대량으로 만들고 있으려니 엘랑드 씨가 말을 걸어왔다.

"정말이지 훌륭할 정도로 솜씨가 좋으시군요~."

응, 그건 최근 나도 실감하고 있어. 뭔가 요리 솜씨가 엄청나게 좋아졌다는걸. 이 세계에 와서 이래저래 요리를 계속 만들고 있으니까………… 아.

그리고 보니 내 스테이터스 직업란에 어째선지 요리사라는 게 늘어 있었지. 어쩌면 그 은혜도 있는 건가? 기쁜 듯도 하고 슬픈 듯도 하고 복잡한 기분이네. 그게 있지, 나는 요리사가 아니라고. 아니 뭐, 뭔가 은혜가 있는 것 같고, 그리고 불이익이 없으면 딱히 상관없기는 하지만.

이러저러하는 사이에 대량의 스테이크 샌드위치가 완성되었다. 그것을 페르들용 접시에 담고, 100퍼센트 오렌지주스와 함께 내주었다.

"자, 다 됐어."

페르와 드라 짱과 스이에게 내주자 바로 덥석 베어 물었다.

"엘랑드 씨도 드세요."

"오오, 감사합니다."

페르들 몫은 자르지 않은 채 내주었지만, 나와 엘랑드 씨의 몫은 아무래도 먹기 힘든지라 절반으로 잘랐다. 식빵 가장자리를 잘라내는 것도 귀찮아서 그대로 두었다.

바로 스테이크 샌드위치를 베어 물자 스테이크의 육즙이 입안에 퍼졌다.

응, 맛있어. 연겨자의 찡하고 매운맛이 좋은 액센트가 되어주네.

"오오, 역시 무코다 씨의 밥은 맛있군요~. 이 육즙 가득한 고기도 맛있지만, 이 소스도 훌륭합니다."

엘랑드 씨가 볼륨감 만점인 스테이크 샌드위치 절반을 먹은 다음에 그렇게 말했다.

『그래. 이건 맛있다. 찌르르하는 것도 좋구나. 어이, 더 다오.』

찌르르라는 건 연겨자 말이지? 스테이크 샌드위치를 일본풍으로 만들 때는 꼭 필요하지.

그보다, 먹는 게 빠르잖아. 페르.

만들어둔 스테이크 샌드위치를 페르의 접시에 추가로 담아주었다.

『역시 고기는 맛있어~. 이 소스가 빵에 배어들어서 빵도 맛있어. 나도 더 줘.』

『응, 맛있어~. 스이도 더 먹을래.』

그렇게 말하는 드라 짱과 스이에게도 추가도 음식을 더 내주었다.

몇 번을 더 먹고 만족했는지 페르들은 방 안에 깔아둔 페르 전용 이불에 모여 잠들었다. 태평하네~. 나도 자고 싶지만, 내일은 모험가 길드에 가야만 하니까 먹은 걸 치우고 나면 드롭 아이템 정리를 해야겠지.

"그럼, 저는 제 방으로⋯⋯."

"엘랑드 씨, 어딜 가시려고요?"

움찔하고 돌아보는 엘랑드 씨.

"드롭 아이템 정리는 무슨 일이 있어도 도와주셔야겠습니다. 바로 치울 테니까, 기다려주세요."

정말이지, 방심할 틈이 없네. 우고르 씨가 평소 얼마나 고생할지 알겠어.

"끝났다······."

"겨우 끝났군요. 하아······."

드롭 아이템 정리가 끝나고, 나와 엘랑드 씨는 겨우 한숨을 돌렸다.

두 개의 머그컵에 상비하고 있던 홍차를 타서 하나를 엘랑드 씨에게 건넸다.

"후우, 이제야 살 것 같군요."

"네."

드롭 아이템 정리 말인데, 아무튼 수가 너무 많아서 큰일이었다. 특수 개체가 많이 시기에 맞닥뜨렸다는 것도 있겠지만, 수만 큼이라면 드랭 던전의 드롭 아이템보다 많을지도 모른다.

아무튼 내일은 모험가 길드에 가기로 약속되어 있으니 오늘 중으로 정리해두지 않으면 안 되었고, 점심밥을 만들고 있을 시간도 없었다.

그래서 오늘은 오랜만에 과자 빵으로 밥을 대신했다. 페르와 드라 짱은 고기가 없다며 약간 불만스러워했지만, 단 걸 매우 좋아하는 스이는 기뻐했다. 그리고 엘랑드 씨도.

"빵을 이렇게 먹는 방식도 있다니······. 빵은 달아도 맛있었군요!"

그런 말을 하면서 엄청나게 감동하며 먹었다. 그런 느낌으로 점심 식사도 간단히 끝내고, 드롭 아이템 정리에 열중했다. 그리고 방금 전에 완료했던 것이다.

"어느 정도 정리는 끝났고, 다음은 특수 개체의 드롭 아이템이로군요. 그 부분은 페르에게 부탁해서 오늘 밤에 해두겠습니다."

"이곳 길드에도 간이 감정 매직 아이템은 있으니 부탁해도 괜찮을 테지만, 그렇게 하면 시간이 꽤 걸리고 말 테죠. 그렇다면 어느 정도 나눠두는 편이 거래 시간도 적게 걸릴 테니 좋은 계책이군요."

그렇게 이야기하기는 했지만, 사실은 이미 나눠두었다. 나도 감정할 수 있으니까. 엘랑드 씨에게 들키지 않도록 특수 개체의 드롭 아이템도 나누어 수도 파악해두었으니 괜찮다. 그래서 정리는 이미 끝난 상태다. 정말로, 아무튼 수가 너무 많았다.

특히 곤충 존의 드롭 아이템이 많았지. 검게 빛나는 그 녀석이라든가(물론 그 녀석의 드롭 아이템을 만질 때는 목장갑을 착용했다).

엘랑드 씨와 이야기를 나눈 결과, 고기는 전부 내가 갖기로 했다. 그리고 매직 아이템인 뱀파이어 나이프와 매직 백(특대)도 어떻게 내가 가질 수 없을까 이야기해보았는데, 간단히 승낙해주었다.

"저는 거의 아무것도 하지 않았으니까요. 하하. 그보다, 제가 없었어도 무코다 씨들은 문제없이 이 던전을 답파했을 테죠. 제가 참견하는 것도 이상한 일입니다."

라고 했다.

나로서는 뱀파이어 나이프와 매직 백(특대)을 양보해준다면 가지고 있던 매직 백(중)을 내놓고, 거기에 더해 던전의 드롭 아이템 거래 대금 중 3분의 2를 엘랑드 씨에게 건네도 좋다고 생각했었는데 말이다. 매직 아이템은 비싸고, 뱀파이어 나이프와 매직 백(특대)에는 그 정도의 가치가 있다고 생각하거든. 물론 거래하고 남은 드롭 아이템은 둘이서 반씩 나누고.

그런 이야기를 했더니 엘랑드 씨한테는 "그런 강도 같은 짓은 못 합니다"라며 강경하게 거절당하고 말았다. 엘랑드 씨로서는 에이블링 다음에 드랭의 모험가 길드에도 드롭 아이템을 거래해 주었으면 한다고 했고, 다크 볼(암옥)을 몇 개쯤 넘겨줬으면 한다고 했다. 그리고 노후 자금으로서 히드라의 보물 상자에서 나온 보물의 3분의 1 정도를 받을 수 있다면 그걸로 충분하단다.

하지만 그래서는 엘랑드 씨의 몫이 너무나도 적어지는지라 내가 받아들일 수 없었다. 확실히 전투는 페르와 드라 짱과 스이가 주체였지만, 전 모험가인 엘랑드 씨에게 이런저런 것들을 많이 배우기도 했다. 그 점에 도움을 받은 부분도 컸다.

그런고로 드롭 아이템 거래 대금의 절반이라고 하면 지금 느낌으로는 거부당할 것 같으니, 3분의 1은 건네려고 생각하고 있다. 감사의 마음으로서도, 함께 던전에 들어간 동료로서도, 그 정도는 하고 싶다.

"무코다 씨, 오늘 저녁 식사는 뭔가요? 저는 벌써 배가 너무 고파서."

……방금, 당신에 관해 좋은 생각을 하고 있었는데, 다 쓸모없어졌잖아!

"그럼 미안하지만 사흘 후에 다시 보자고."

"네, 알겠습니다."

모험가 길드 2층에 있는 길드 마스터의 방에서 나디야 씨와의 대화를 마치고 1층 접수처 앞까지 이동했다. 오늘은 나디야 씨에게 드롭 아이템 보고를 하러 온 것이기 때문에 페르와 드라 짱과 스이는 숙소의 방에 남았다.

"그나저나 엘랑드 씨가 했던 말이 이제야 이해됐어. 양이 장난이 아니군."

나디야 씨가 절절한 말투로 그렇게 말했다.

드롭 아이템 리스트를 보여줬더니 나디야 씨는 눈을 부릅뜨며 크게 놀랐었지.

"그렇죠? 드랭에서도 이랬거든요. 그보다, 말씀드린 대로 이번에는 특수 개체가 많이 나오는 시기에 딱 맞닥뜨리는 바람에 순수하게 수만 따지면 드랭의 던전 때보다도 많을지도 모르겠네요."

엘랑드 씨가 그렇게 말하자 나디야 씨가 이마에 손을 대고서 곤란한 듯이 "그랬던 건가"라고 중얼거렸다.

저기, 죄송합니다. 저도 이 정도나 될 줄은 몰랐던지라.

"예산에는 한도가 있으니, 이거 부 길드 마스터와 상세하게 상담해야만 하겠어."

"나디야 씨, 말씀드렸던 대로 다크 볼(암옥)과 무기, 방어구의 소재가 되는 곤충계 마물의 소재는 드랭에도 조금 나눠주십시오."

"알고 있어. 엘랑드 씨. 아무튼 그 많은 양을 우리가 전부 매입하는 건 불가능하니까. 저절로 드랭에도 가게 될 거야."

엘랑드 씨와 나디야 씨의 이야기도 잘 정리되어 다행이었다.

"그럼 사흘 후에 다시 오겠습니다."

그렇게 말하고 나디야 씨와 헤어졌다.

"그럼 용건도 다 끝났으니 숙소로 돌아갈까요?"

"그러지요."

나와 엘랑드 씨가 숙소로 돌아가려 하던 때였다. 뒤에서 누군가가 말을 걸어왔다.

"무코다 씨 아니야?"

"알론츠 씨, 클레멘트 씨, 마티어스 씨, 아네스트 씨. 이 도시에 와 계셨군요?"

나에게 말을 걸어온 것은 네이호프 마을에서 오크 집락 섬멸 의뢰를 함께 수락했던 섀도 워리어(그림자 전사) 멤버들이었다.

◇ ◇ ◇ ◇ ◇

"그것참~ 설마 에이블링 던전도 답파해버릴 줄이야."

"게다가 어느 틈엔가 S랭크가 되어버렸잖아."

"우리 실은 대단한 사람과 알게 된 거였네. 그 의뢰를 받아들인 게 정답이었어."

"맞아. 게다가 무코다 씨 덕분에 큰돈을 벌었지."

섀도 워리어 멤버와 재회한 우리는 모험가 길드에 병설되어 있는 술집 겸 식당으로 자리를 옮겨 이야기를 나누었다.

섀도 워리어 멤버들에게 들은 이야기에 따르면 나와 헤어진 후 주머니 사정도 좋아졌으니 잠시 휴양을 했던 모양이다. 그리고 예정대로 이 도시로 왔다고 한다. 열흘 전에 이곳에 도착해서 한동안 정보 수집을 하고서 던전에 들어가기 시작했다는 모양이었다.

"하지만 말이지, 던전에 들어가서 사흘째쯤에 뭔가 안 좋은 느낌이 들더라고……."

마티어스 씨가 그렇게 말했다.

무려 알론츠 씨와 마티어스 씨가 전 파티에 있었을 때 이 던전에 들어간 적이 있었고, 그때보다도 마물 수가 꽤 많아진 것이 신경 쓰였다고 한다.

"마티어스는 감이 좋거든. 그 감에 우리도 몇 번이나 도움을 받기도 했고."

클레멘트 씨가 그렇게 말하자, 알론츠 씨도 아네스트 씨도 고개를 끄덕였다.

"무코다 씨 덕분에 주머니 사정도 그리 나쁘지 않으니 마티어스의 감을 믿고서 물러났지."

리더 알론츠 씨가 그렇게 말했다.

"하지만 그게 정답이었어. 그 후 바로 길드에서 특수 개체가 많이 나오는 시기에 들어갔다는 발표가 있었거든."

나중에 나디야 씨에게 들은 이야기인데, 던전에 들어간 모험가들에게서 보고가 잇따라 들어왔고, 특수 개체가 많이 나오는 시기가 되었다고 판단하여 발표했다고 한다.

던전에서 돌아온 섀도 워리어 멤버들은 던전이 평소 상태로 돌아오면 다시 들어가기로 하고 정보 수집을 위해 모험가 길드에 매일같이 얼굴을 비추고 있었다고 한다.

"무코다 씨 일행은 우리랑 살짝 엇갈려서 던전에 들어간 모양이군."

아네스트 씨의 말에 나는 고개를 끄덕였다. 이야기를 들은 바로는 시기적으로 그런 느낌이었으니까.

"그래서, 실제로는 어땠지? 우리가 들어갔을 때도 마물이 꽤 많은 느낌이었는데……."

알론츠 씨가 진지한 표정으로 하고서 그렇게 물었다.

"그것참, 깜짝 놀랄 정도로 많았습니다. 특수 개체도 많았죠."

그렇게 대답한 것은 엘랑드 씨였다.

엘랑드 씨에 관해서는 섀도 워리어 멤버들에게 이미 소개를 마친 상태였다. 드랭의 길드 마스터라고 가르쳐주자 모두 놀랐다. 그리고 엘랑드 씨와 함께 이곳 에이블링의 던전을 공략했다고 말하자 섀도 워리어(그림자 전사) 멤버들은 "어째서 드랭의 길드 마스터랑?"이라고 물어 왔다. 그 물음에는 어쩌다 보니 그렇게 되었다고 대답해두었다.

그게, 아무리 그래도 드라 짱을 노리고 따라왔다고 말할 수는 없잖아. 왕도에 갔다가 드라 짱을 만나고 싶다는 이유만으로 무조건 들이닥쳤다고, 이 사람.

"하지만 페르 님도 드라 짱도 스이도 전부 강해서, 전혀 문제없었습니다."

엘랑드 씨가 그렇게 말하자 섀도 워리어 멤버들은 "알지"라며 고개를 끄덕였다.

"그야 그렇지. 펜리르가 있는데, 무코다 씨 일행에게 무슨 일이 생기다니 말도 안 되지."

"펜리르만이 아니라고. 그 조그만 드래곤도 슬라임도 엄청나게 강했잖아."

"우리랑 갔던 오크 집락 섬멸 의뢰 때도 거의 사역마만으로 섬멸한 셈이었지."

"맞아. 무코다 씨네 사역마는 전부 말도 안 되게 강하다니까."

섀도 워리어 멤버들은 제각기 그런 말들을 했다.

"저는 거의 싸우지 않고 끝났지 뭡니까. 무코다 씨 일행과 함께하는 던전은 쾌적 그 자체였습니다. 무엇보다 무코다 씨가 만들어준 식사가 어찌나 맛있던지……."

그렇게 말하며 엘랑드 씨는 눈을 감았다. 아무래도 던전에서 먹었던 밥을 떠올리고 있는 모양이다.

"무코다 씨가 해준 밥, 맛있었지……."

알론츠 씨가 그렇게 중얼거리자 다른 섀도 워리어 멤버들도 깊게 고개를 끄덕였다.

"당신들도 무코다 씨가 만든 밥을 먹어본 적이 있습니까? 그건 일품이지요~?"

그렇게, 어째선지 나를 내버려 둔 채 엘랑드 씨와 섀도 워리어 멤버들이 정신없이 내가 만든 밥에 관한 이야기를 나누었다.

그런 엘랑드 씨와 새도 워리어 멤버들을 조금 어이없어하는 시선으로 보고 있으려니 누군가가 내 어깨를 두드렸다.

"여어, 무코다 씨."

고개를 돌려보니 그곳에는 또다른 익숙한 얼굴이 있었다.

"던전을 답파하고 돌아왔다는 소리를 들었거든. 상황이 좀 정리될 때까지 기다리자 싶었는데, 지금 마침 길드에 있다는 소식을 들어서 와봤어."

던전 안에서 만난 아크(방주) 멤버들이었다.

"그럼, 내일을 기대하고 있겠어."

"내 비장의 술도 가져오겠네."

"오랜만에 무코다 씨가 만든 밥을 먹을 수 있다니, 우리도 기대하고 있다고."

"아, 네에……."

아크 멤버들과 새도 워리어 멤버들이 웃으며 자리를 떴다.

그리고 어느 틈엔가 내가 주최하는 던전 답파 기념 축하 연회를 열게 되어버렸다.

어, 어쩌다 이렇게 된 거지…….

나를 방치해둔 채로 엘랑드 씨와 두 파티 멤버들이 내가 만든 밥과 던전 이야기로 한창 흥이 오르더니, 그냥 그대로 나를 내버려 두고는 이러쿵저러쿵하더니만 어째선지 내가 주최하는 던전 답파 기념 연회를 열기로 정해졌다.

내가 던전을 답파했는데, 이상하네. 보통은 내가 초대받는 입장 아냐? 라고 생각했지만 "그건 그거야" 어쩌고 하며 이해할 수 없는 논리를 펼쳐 나를 설득하려 했다. 그건 그거라니, 그게 대체 뭔데? 게다가 페오도라 씨가 "지상에 돌아가면 또 맛있는 걸 대접하겠다고 했었어"라며 압박을 해오니 말이지…….

분명히 페오도라 씨에게 그런 말을 하기는 했었지. 결국 페오도라 씨의 그 말이 쐐기가 되어 내가 주최하는 축하 연회 개최가 결정되었다. 축하 연회라고 해도, 요컨대 먹고 마시는 식사 자리 같은 거다. 내가 주최자가 되었으니, 그 음식도 결국에는 내가 만들어야만 하는 거지만. 모두 그걸 기대하고 있는 모양이기도 하고. 하아, 돌아가면 할 일이 산더미겠네.

해산물을 잘 못 먹는 알론츠 씨가 있으니까, 요리는 고기를 위주로 해야겠지? 그렇다고 하면, 가진 고기 재고가 충분하려나. …………아, 그게 있었지. 던전에서 대량으로 입수한 그게.

좋았어, 이번에는 뱀 고기를 써야겠다. 뱀 고기 천지인 뱀 고기 파티다.

숙소로 돌아오자 페르와 드라 짱과 스이가 기다리고 있었다.

배가 고프다는 모두와 당연하다는 듯이 내 방으로 따라온 엘랑드 씨에게도 식사를 대접했다. 아침에 넉넉하게 지어두었던 밥에, 재빠르게 오크 고기와 채소를 듬뿍 넣어 달콤 짭짤하게 볶아 올린 덮밥을 만들었다. 오전 중에 밥을 잔뜩 지어두길 잘했네.

밥을 먹으면서 페르들에게도 내일 있을 축하 연회에 관해 이야기해주었는데 모두 맛있는 걸 먹을 수 있기만 하면 아무런 불만도 없다고 했다. 아니, 오히려 다양한 요리를 많이 먹을 수 있겠다며 기뻐했다.

아크 멤버들과 섀도 워리어 멤버, 그리고 페르들까지 더해지면, 대량으로 준비해야만 하겠는걸.

식사를 마치고, 뜰로 나와서 바로 내일을 위한 준비에 돌입했다. 우선 닭고기가 아니라 뱀 고기, 이걸 어떻게 요리할까……. 으음, 사람 수가 수다 보니. 역시 이건 바비큐 같은 게 좋을지도. 바비큐라면 모두 마음대로 구워 먹게 할 수 있는 데다, 준비도 간단하다.

뱀 고기는 몇 종류의 양념에 재워두면 되려나. 다음은 채소와 함께 꼬치에 꿰어둔 것도 만들어둬야지. 그리고 블랙 서펜트와 레드 서펜트가 있으니까 튀김도 만들자. 분명 맛있을 거야.

우선은 튀김부터다. 나는 아이템 박스에서 블랙 서펜트와 레드 서펜트 고기를 꺼내 튀김을 만들기 시작했다.

"후우, 이 정도면 되려나."

바삭하게 두 번 튀겨낸 튀김을 넓적한 접시에 담았다. 간장 베이스와 소금 베이스 두 가지 맛 튀김을 대량으로 완성했다.

튀김을 만들고 있으려니 페르들이 냄새를 맡고서 작업하고 있는 내 뒤에서 군침을 흘려댔다. 정말이지.

"방금 밥 먹었으면서. 이거라도 먹어둬."

그렇게 말하며 페르와 드라 짱과 스이에게 단과자빵을 주고 말았지만. 그 모습을 본 엘랑드 씨도 먹고 싶다는 표정이 되었고, 어쩔 수 없이 엘랑드 씨에게도 단과자빵을 건넸다.

그런고로, 모두 저녁으로 튀김을 기대하고 있는 것 같았기에 저녁에 먹을 튀김까지 추가로 튀겼다. 결국에는 어마어마한 양이 되고 말았다.

"일단 이걸로 튀김은 다 됐으니까, 다음은 생소시지려나."

오크와 골든 백 불 고기를 스이 특제 미스릴 분쇄기로 갈아 섞어두고, 전에 만든 적이 있는 간 흑후추 풍미와 허브 레몬 풍미 두 종류의 소시지를 만들었다.

"튀김과 소시지는 끝났고, 다음은 뱀 고기를 몇 종류의 양념에 재워둔 것과 꼬치에 꿰어둔 걸 만들면 끝인가."

블랙 아나콘다, 블랙 서펜트, 레드 서펜트, 그리고 크림슨 애습 같은 각종 뱀 고기를 적당한 크기로 잘랐다. 그걸 간장과 채 썬 마늘과 사과 주스를 섞은 양념에 재워두었다. 단순한 마늘 간장이지만, 사과 주스의 상큼한 달콤함이 더해져 맛있다니까. 이게 말이지. 다음은, 역시 소금 누룩 레몬 양념에도 재워둬야지. 이것도 소금 누룩과 흑후추에 레몬즙을 더해 섞을 뿐인 단순한 양념이지만, 깔끔해서 정말 맛있다. 마지막은 모두가 좋아하는 카레 맛 탄두리 치킨, 아니, 탄두리 뱀인가? 플레인 요거트, 간 마늘과 간 생강, 소금 후추, 카레 가루를 섞은 데 고기를 재워둔다. 전부 비닐봉지에 넣어서 양념이 배기를 기다리면 끝이다. 이제 내일이면 적당하게 양념이 밸 테고, 꺼내서 굽기만 하면 된다.

인터넷 슈퍼에서 산 긴 대나무 꼬치에는 피망, 양파, 당근, 아스파라거스 등등의 적당한 채소와 뱀 고기를 번갈아 꼽는다. 이것도 대량으로 만들어서 나중에 굽기만 하면 된다. 꼬치구이는 심플 이즈 베스트라, 양념은 소금 후추만으로 할 생각이다. 일단 채소도 준비했지만, 아크 멤버들과 섀도 워리어 멤버들을 생각해 봤을 때……

"그건 완전히 육식계지."

일단 오후 시간을 전부 써가며 내일 준비를 마무리했다.

저녁밥을 고대하고 있던 페르와 드라 짱과 스이에게는 튀김을 곱빼기로 내주었다. 물론 엘랑드 씨에게도.

"이거 엄청나게 맛나네!"

"맞아. 바삭하고 촉촉한 육즙이 주르륵 나온다고."

"이 차가운 에일도 맛있는걸. 게다가 이 고기와 아주 잘 맞아."

"정말이야. 이 에일과 고기, 최고인걸!"

한낮이 지나 모인 아크와 섀도 워리어 멤버들과 던전 답파 축하연회(뱀 고기 파티)가 절찬 개최 중이다. 인원수가 인원수라, 실내에 있던 테이블을 가져와 방에 딸린 뜰에서 개최하게 되었다.

드랭에서 특별 주문해 만든 바비큐 그릴로 고기를 굽는 동안,

일단 튀김이라도 먹고 있으라는 뜻으로 수북하게 담은 튀김을 모두에게 내주었다. 아크 멤버들도 섀도 워리어 멤버들도 술은 좋아하는 모양이었으니, 바비큐라면 맥주라고 생각해 병맥주도 대량으로 준비해두었다. 드워프인 시그발드 씨가 있는 시점에서 대량소비는 확실할 테니까.

양쪽 멤버들 모두 맥주를 한 손에 들고, 수북한 튀김에 달려들었다. 엘랑드 씨와 페오도라 씨는 맥주에는 관심도 두지 않고 튀김만 먹고 있지만. 페르와 드라 짱과 스이도 자신 전용 접시에 고봉으로 담긴 튀김을 우걱우걱 먹고 있는 중이다.

"우물우물, 꿀꺽. 이건 말이죠, 튀김이라는 요리랍니다. 던전 산 블랙 서펜트와 레드 서펜트 고기를 기름으로 튀긴 거죠."

엘랑드 씨가 의기양양한 얼굴로 그렇게 설명했다. 만든 건 나거든요…….

"브, 블랙 서펜트와 레드 서펜트라고? 최고급 고기잖아……?"

"무코다 씨, 우리 같은 거한테 줘도 괜찮은 거야?"

아크 멤버들과 섀도 워리어 멤버들이 걱정스러운 표정을 하고 있었다.

"괜찮습니다. 어차피, 고기는 길드에 팔지 않고 저희끼리 먹을 예정이었으니까요. 그게, 우리는 다들 대식가라서요……."

내 뒤에서 튀김을 허겁지겁 먹고 있는 페르들을 슬쩍 보면서 그렇게 말했다.

"그러니까 사양하지 마시고 많이 드셔주세요."

"그런가. 그런 거라면 감사히 먹기로 하지."

"잘 먹겠네."

걱정스러워하던 아크의 멤버들과 새도 워리어 멤버들도 내 말을 듣고 다시 웃으며 튀김을 먹기 시작했다.

양쪽 모두 나에게 마음을 써준 모양인지, 선물로 꽤 괜찮은 것들을 받았다. 아크 멤버들에게는 이 나라의 남부에 있는 오파트루니 지방에서만 채취된다고 하는 오랑주 꽃 벌꿀을, 새도 워리어 멤버들에게는 이 나라의 동부 엘보라이산 암염층에서 채취할 수 있는 희미하게 핑크색을 띤 천연 암염. 다른 도시의 가게에서 슬쩍 본 적은 있었지만, 양쪽 모두 꽤 비싼 가격에 팔고 있었던 것을 기억하고 있다. 양쪽 다 고급품으로 귀족 어용 상인들이 취급하는 물건이었다.

나=밥이라는 이미지가 강한지, 이런 선택이 되었다고 한다. 나중에 감사히 쓰도록 해야지.

그나저나, 우리가 그러한 대화를 나누는 중에도 엘랑드 씨와 페오도라 씨 엘프 팀은 평상시와 다를 게 없었다. 두 사람에게 시선을 보내자, 정신없이 튀김을 우걱우걱 먹고 있었다. 뭐, 두 사람답다면 답지만, 엘랑드 씨에게는 레드 드래곤(적룡)과는 별건으로, 이 도시에 있는 동안에 좀 배우고 싶은 게 있으니, 이것으로 서로 빚은 없는 셈 치기로 하자.

아, 이제 슬슬 바비큐 쪽도 다 된 것 같은데.

"여러분 이쪽 고기도 다 구워졌으니 드세요."

내가 그렇게 말하자 모두들 우르르 바비큐 그릴 주변으로 모여들었다.

『어이, 나한테도 다오.』『나도야.』『스이도.』

가장 먼저 다가온 페르들이 그렇게 말했지만, 지금은…….

"손님이 먼저야. 너희는 잠깐 기다려."

내가 그렇게 말하자 모두는 어쩔 수 없다는 느낌으로 내 뒤에서 대기했다.

"이게 블랙 아나콘다고, 이쪽이 크림슨 애습, 이쪽이……."

설명해나가자 모두 하나같이 놀랐다.

이것들 모두 블랙 서펜트와 레드 서펜트와 마찬가지로 최고급 고기라고 한다. 그중에서도 크림슨 애습은 고 랭크 마물인 데다 찾기도 쉽지 않기 때문에, 귀족들도 평생 동안 한 번 먹으면 행운이라고 할 정도라고 한다. 그런 식재료이기 때문에 5년 정도 전에 어느 나라의 왕궁 만찬회에 나왔을 때는 엄청난 화제가 되었었다는 이야기가 있단다. 뱀 고기, 버릴 게 아니네.

"블랙 아나콘다……."

"크림슨 애습……."

"이런 걸 먹을 수 있다니……."

"무코다 씨랑 만나지 못했다면, 우리 평생에 입에 대볼 일 같은 건 없었을 거야."

아크 멤버들과 섀도 워리어 멤버들도 그런 말을 하며 좀처럼 손을 대지 못했다. 어쩔 수 없어서, 내가 적당히 접시에 덜어 담아 모두에게 건네주었다. 반짝반짝하는 눈을 하고 먹을 마음으로 가득한 엘프 팀은 마지막이다.

"네네, 많이들 드세요. 여러분을 위해서 만든 거니까요."

그렇게 말하면서 아크 멤버들과 섀도 워리어 멤버들에게 건네고 마지막으로 "페오도라 씨와 엘랑드 씨도 드세요"라며 엘프 두 사람에게도 건넸다.

접시를 건네받은 것과 동시에 미식가인 엘프 두 사람이 걸신이 들린 듯 먹기 시작했다. 그 모습을 보고서 다른 멤버들도 먹기 시작했다.

"맛나!"

"이건 얼마든지 먹을 수 있겠어."

"담백하면서도 씹을 때마다 감칠맛이 나오잖아."

"이 양념도 좋은걸~."

네네, 얼마든지 드세요. 여러분을 위해서 대량으로 준비해두었으니.

"아, 여기에 고기가 있으니까, 이제부터는 각자 원하는 대로 구워서 드셔주세요."

양념에 재워둔 고기와 꼬치구이 고기 등을 접시에 담아두었다. 집게도 몇 개 준비해두었으니, 이제 마음껏 드세요라는 느낌이다.

이런, 페르들 몫은 준비해줘야지. 페르, 드라 짱, 스이에게 제각기 각종 요리가 산처럼 담긴 특대 접시를 두 개씩 건네고, 비워진 튀김 접시에도 튀김을 추가로 담아주었다.

"일단 이걸 먹도록 해. 더 먹고 싶으면 말하고."

페르들에게 그렇게 말하고 나는 아크 멤버와 섀도 워리어 멤버들 사이로 들어갔다.

◇ ◇ ◇ ◇ ◇

"꿀꺽꿀꺽꿀꺽, 그나저나 이 술 맛있는데!"

"맞아. 차가운 에일이 이렇게나 맛있을 줄은 몰랐어."

"게다가 이 무코다 씨의 고기 요리와 아주 잘 어울려."

"그래, 확실히. 얼마든지 먹겠어."

그거 에일이 아닌데요. 병맥주라고 하면 바로 이거다 싶은 S사의 검은 라벨 맥주를 준비했는데, 모두 마음에 들었는지 물처럼 벌컥벌컥 마시고 있었다.

술이 들어가자 모두 긴장이 풀어졌는지, 먹고 마시며 시끌시끌 즐거운 시간을 보내고 있었다.

"음, 술이 없구먼……."

비어버린 맥주 병을 거꾸로 뒤집어 들고 있는 드워프 시그발드 씨.

우오, 벌써 다 마신 거야? 많이 준비했다고 생각했는데. 예상 이상의 소비량이네. 모두 잘 마시는군. 만약을 위해 맥주를 여유롭게 구입해서 아이템 박스에 넣어둔 것이 정답이었어.

"추가 술을 꺼낼 테니 잠시만 기다려주세요."

나는 아이템 박스에서 다시 맥주를 꺼내 테이블에 늘어놓았다.

"오오오오, 미안하구먼."

그렇게 말하며 시그발드 씨가 직접 맥주를 잔에 따르려고 했다.

"따라드릴게요. 자, 받으세요."

얼른 맥주병을 빼앗아 시그발드 씨의 컵에 따랐다.

시그발드 씨가 "고맙네"라며 꿀꺽꿀꺽 맥주를 마셨다.

"꿀꺽꿀꺽꿀꺽꿀꺽, 푸하아~ ……맛있어!"

역시 드워프. 시원스럽게 마시네.

"이렇게 맛있는 에일은 처음일세. 시원하고 목 넘김도 아주 좋아서 끝없이 마실 수 있겠어."

"이건 라거 맥주라고 하는데, 엄밀하게 말해서 에일과는 다르답니다."

"응? 다른 건가? 뭐, 맛있는 술이라면 뭐든 상관없네. 으하하하하하."

그렇게 말하며 웃더니 시그발드 씨는 잔에 남아 있던 맥주를 꿀꺽꿀꺽 비워버렸다.

"이런, 잊을 뻔했군. 어제 말했던 내 비장의 술이라네."

시그발드 씨가 품에서 병을 하나 꺼내서 내게 건넸다.

수제 느낌이 드는 투병한 병에 담긴, 황금색 술. 드워프인 시그발드 씨의 비장의 술이라니, 어떻게 생각해도 알코올 도수가 높을 것 같은데……

"바로 한잔 해보게나."

그렇게 권하면 마시지 않을 수 없지. 병의 코르크 마개를 뽑아 아주 조금만 마셔보았다.

꿀꺽————.

화악 하고 목이 타는 듯한 감각.

"쿨럭, 쿨럭, 쿨럭, 쿨럭, 쿨럭………… 하아, 하아, 뭐, 뭔가요? 이건?!"

아주 조금밖에 마시지 않았는데, 목이 타들어 가는 것처럼 뜨겁다. 평소 맥주 정도밖에 마시지 않는 나에게는 너무 세다. 나는 맥주와 함께 준비해두었던 오렌지주스로 얼른 입을 씻어냈다.

"으하하핫, 그게 드워프가 심혈을 기울여 만든 술이라네."

무슨 심혈을 기울였다는 거야? 알코올 도수가 너무 높아서 맛 같은 거 하나도 모르겠다고.

"웃을 일이 아니라고요. 이게 뭡니까? 목이 타는 줄 알았습니다."

그렇게 불만을 말하자 가우디노 씨와 기디온 씨가 다가왔다. 섀도 워리어 멤버들도 이끌려 다가왔다.

"시그발드, 너 무코다 씨한테 그 술을 마시게 한 거야?"

가우디노 씨가 어이없다는 말투로 그렇게 말했다.

"내 비장의 술이라고 하면 그거인 게 당연하지 않은가."

"아하하하, 드워프 비장의 술 같은 거 마시면 안 된다고. 무코다 씨."

기디온 씨가 웃음을 터뜨렸다.

"그러는 기디온도 옛날에 시그발드가 이 술을 권해서 곤죽이 됐었잖아."

"잠깐, 리더. 말하지 말라고~."

그 말을 들은 섀도 워리어 멤버들이 웃었다.

"으하핫, 드워프의 술은 세다고들 하니까 말이야."

정말이지, 알코올 도수가 높으면 무조건 좋은 게 아니라고.

…………아니, 잠깐. 알코올 도수가 높은 술이라고 하면, 나도 준비했었잖아.

사실대로 말하자면, 오늘을 위해서 어젯밤에 술을 몇 종류 준비했던 것이다. 모처럼 외부 브랜드 술 가게가 들어오기도 해서 술 가게 메뉴를 보고 있는 사이에 이것저것 담게 되었고, 최종적으로는 꽤 많은 종류가 되어버렸다. 하지만 오늘 아침이 되어서 찬찬히 생각해보니 '바비큐에 가장 잘 어울리는 건 역시 맥주 아냐?'라고 생각해서 술은 결국 맥주만 내놓았었다.

　그리고 그 준비했던 술 중에 장난삼아 구입했던 술이 있었단 말이지. 후후후후후. 이거라면 드워프가 심혈을 기울여 만들었다는 이 술에도 뒤지지 않을걸?

　"시그발드 씨, 실은 말이죠. 당신에게 꼭 좀 대접해드리고 싶은 술이 있습니다."

　나는 아이템 박스에서 그것을 꺼냈다.

　폴란드산 보드카로, 알코올 도수는 무려 96도. 세계 최강의 보드카라고 불리는 물건이다. 이 정도의 알코올 도수면 당장 불이 붙기 때문에, 절대 화기 엄금인 술이다.

　보드카는 스트레이트로 마신다면 아주 차갑게 해서 마시는 거라고 애주가 지인에게 배웠기 때문에, 얼음으로 차갑게 해서 아이템 박스에 보존해두었었다. 어젯밤 사이에 인터넷 슈퍼에서 잔 종류도 이것저것 구입했고, 그중에는 쇼트 글래스도 당연히 있었다.

　아주 차갑게 해둔 세계 최강의 보드카를 쇼트 글래스에 따랐다. 드워프가 심혈을 기울였다는 그 독한 술을 늘 마시고 있는 거라면, 이것도 스트레이트로 한 잔 정도는 괜찮겠지.

　"시그발드 씨가 자랑하는 드워프가 심혈을 기울여 만든 술에 못지않은 술입니다."

"뭐라? 어디 어디……."

쇼트 글래스를 받아 든 시그발드 씨가 세계 최강의 보드카를 벌컥 들이켰다.

"크, 크ㅇㅇㅇㅇㅇㅇㅇㅇㅇ웃!"

우, 우와, 뭐야? 역시 알코올 도수 96도는 드워프라도 무리였던 거야?

"이, 이, 이건 대체 뭔가?! 찌르르한 단맛도 있어서 매우 맛있는데 도수는 어마어마하게 강하잖나!"

아니 아니, 잠깐, 시그발드 씨. 얼굴이 너무 가까워요.

"주게, 더 주게!"

시그발드 씨가 흥흥 거친 콧바람을 내쉬면서 더 달라고 압박해 왔다.

"아뇨, 저기 말이죠. 마셔보고 아신 대로, 이 술은 어마어마하게 도수가 셉니다. 그러니까, 그렇게 단번에……."

애주가 지인이 보드카는 스트레이트로 마신다면 아주 차게 해서 마시라고 말하기는 했지만, 솔직히 얘기하자면 이 세계 최강의 보드카만은 스트레이트로 마시지 말라고 했었다.

이 술을 구입한 것도 어디까지나 장난이었는데……. 아무리 드워프라고는 해도, 아무리 그래도 이걸 벌컥벌컥 마시면 큰일이 날 게 틀림없다.

"나는 드워프일세. 이 정도 술은 아무렇지도 않아. 그런 것보다 어서 그 최고로 맛있는 술을 주게!"

"아니, 그러니까요. 이건 그렇게 많이 마시는 게 아니라니까요."

장난인 셈이었는데, 시그발드 씨의 주게 주게가 계속되고 있다. 에잇, 나도 몰라!

"정말로 정말로 강한 술이라, 보통은 다른 무언가와 희석해서 마시는 거라고요! 이대로 마시는 건 이게 마지막입니다! 아시겠죠?!"

그렇게 말하며 시그발드 씨가 든 쇼트 클래스에 두 잔째 세계 최강의 보드카를 따랐다.

그걸 다시 벌컥 들이켜버린 시그발드 씨.

"크으으~, 오는구먼~! 맛있어, 맛있어!"

가우디노 씨와 기디온 씨, 그리고 섀도 워리어 멤버들은 나와 시그발드 씨의 대화를 어이없다는 듯이 지켜보고 있었다.

"시그발드가 놀라는 술이라니……."

"어이어이, 저 시그발드가 온다느니 하는 말을 지껄였다고."

"센 술이라도 웃으면서 벌컥벌컥 마시는 드워프가 놀라는 술 같은 게 있는 거야……?"

여러분이 드시면 아마도 바로 넘어가실 겁니다.

"한 잔 더, 한 잔 더 주게."

"시그발드 씨, 안 됩니다. 그게 마지막이라고 말씀드렸잖아요."

"그렇게 구두쇠처럼 굴지 말게. 제발 부탁이네. 응?"

응? 이 아니라고.

"아, 정말. 이 술 말고도 다양한 게 있으니까 그쪽을 드세요."

아무래도 알코올 도수 96도의 강렬한 보드카를 계속 마셨다간 아무리 드워프라고 해도 어찌 될지 알 수 없는 일이다.

"뭐라? 다양하다고?! 그 말부터 해줬어야지!"

잠깐 진정해주세요. 술이 관련되면 드워프는 정말이지 눈빛부터 달라진다니까.

"여러분도 드세요."

가우디노 씨, 기디온 씨, 그리고 섀도 워리어 멤버들에게도 말을 걸었다. 그리고 어젯밤에 구입한 술을 아이템 박스에거 꺼내 모두의 앞에 늘어놓았다. 전부 무난하게 순위에 오른 술 중에서, 부담되지 않는 가격에 마시기 쉬운 것들을 골라보았다.

우선은 위스키. 애주가 콤비 신들과 어울리면서 이것저것 보기도 해서 위스키 비율이 높아지고 말았다. 국산 메이커인 수염 난 아저씨 라벨이 유명한, 마시기 쉽고 질리지 않는 깔끔한 맛의 위스키다. 그리고 세계적으로 사랑받고 있는 블랜디드 스카치위스키로, 40종류 이상의 원주를 블랜딩하여 만들어진 풍부하면서도 부드러운 맛의 위스키다. 마지막은 "진짜는 타협하지 않는다"를 콘셉트로 하는, 버본 위스키 하면 이것이라고 할 정도의 술이다. 알코올 도수는 높지만, 버본을 맛본다면 반드시 이것이어야 한다고 역설하는 코멘트가 붙어 있었기 때문에 구입해보았다.

이어서 준비한 것이 브랜디. 프랑스 메이커로, 황제 나폴레옹 1세에게 꼬냑을 헌상하고, 나폴레옹 3세 시대에는 '황제 어용 상인'까지 된 메이커의 물건이다. 비싼 가격이 많은 브랜디 중에서도 비교적 적당한 가격에 즐길 수 있는 것으로 랭킹에 오른 술이다. 과일 풍미에 숙성감을 느낄 수 있는 부드러운 느낌으로 맛있게 마실 수 있다고 한다.

그리고 진도 사보았다. 푸른 병이 예뻐서 여성에게도 인기 있는 진이다. 이건 나도 록으로 마셔본 적이 있는데, 허브와 감귤류의 향기가 나는 깔끔하고 상쾌한 맛이라 마시기 편했다. 진인 만큼 알코올 도수는 높은데, 마시기 편해서 어느샌가 과음하고 만다는 것이 난점이다. 나도 그 때문에 다음 날이면 호된 꼴을 당하곤 했다.

다음은 최근 팬이 급증하고 있다고 하는 럼주도 사보았다. 과테말라산 럼주로 록이나 스트레이트로 마시는 데 적합한 다크 럼. 23년산 원액을 20종류 이상 블랜드 하고 그것을 화이트 프렌치 오크통에 담아 4년 이상 숙성시킨 프리미엄 럼주. '좋은 향기와 달고 부드러운 맛은 럼주 초심자에게 권하고 싶다'고 점장 코멘트가 붙어 있었기 때문에, 조금 비쌌지만 사보았다.

그리고 마지막 술은 일본 술이다. 니가타현의 양조장에서 만들어진 술로 평판이 좋아서 나도 알고 있었다. 깔끔한 맛이지만 감칠맛도 있고 딱 떨어지는 뒷맛과 목 넘김이 좋은 쌉쌀한 술이라고 한다. 월간 랭킹에서 당당히 1위를 차지하고 있기에 사보았다.

이상의 술을 주르륵 테이블 위에 늘어놓았다. 모두 록이나 스트레이트로 마실 수 있는 술이기 때문에, 얼음을 넣은 잔과 아무것도 넣지 않은 잔을 준비했다.

"드셔보세요."

그렇게 말하자 와아 하며 시커먼 남자놈들이 몰려들었다.

"좋아, 술이다!"

차려진 술을 보며 애주가 드워프 시그발드 씨가 흥분했다.

"그나저나, 이렇게 많은 종류의 술을 준비하다니. 역시 무코다 씨네."

가우디노 씨가 그렇게 말하자 모두 동의했다.

"술에 관해서는 연줄이 좀 있어서요……."

외부 브랜드 술집이라는 연줄이 있으니 거짓말은 하지 않은 거야. 거짓말은.

"비교적 도수가 센 것이 많으니, 천천히 마시도록 하세요."

모두 잇따라 술병에 손을 댔다.

"이거 향기가 좋은데."

"나는 이쪽이 더 좋아."

"이거, 맛있겠는데."

"나는 이 파랑 병을 마셔보겠어."

클레멘트 씨가 파란 병의 진을 그대로 잔에 따르려 했다.

"아앗, 그 술은 록으로 마시는 편이."

"응? 그런 거야?"

그 옆에서는 가우디노 씨가 얼음이 담긴 잔에 브랜디를 따르려 하는 중이었다.

"아, 그쪽은 얼음이 들어 있지 않은 잔으로."

"그런 건가?"

그런 대화를 하는 사이에, 시그발드 씨가 엉뚱한 짓을 저지르고 말았다.

버번 위스키를 잔에 찰랑찰랑하게 따라 단숨에 들이켠 것이다.

"크하하, 맛있어!"

"자, 잠깐만요. 그것도 도수가 강하니까 천천히 드시라고요!"

"맛있는 술이 이렇게 많잖나! 오늘은 밤새 마시자고!"

"""""""오오!"""""""""

그 후로는 카오스에 돌입. 술을 내준 것은 내 실수였어. 하아……

"으으응………."

최악의 기상이다. 느릿느릿 몸을 일으킨 순간 머리에 격통이 일었다.

"아야……."

머리가 징징 울린다. 바닥에서 잤기 때문인지 온몸이 아팠다.

아픈 머리를 누르면서 방을 둘러보자, 여기저기에 빈 술병이 굴러다니고 있었고, 아크 멤버들과 섀도 워리어 멤버들이 다닥다닥 붙어 코를 골며 잠들어 있었다. 어째선지 침대는 가우디노 씨가 혼자서 제대로 차지하고서 자고 있었다.

페르와 드라 짱과 스이는 방에 깔아둔 페르 전용 이불 위에서 다 함께 자는 중이었다.

엘랑드 씨와 페오도라 씨는 없었다. 그 두 사람은 철저하게 먹는 데 집중하고 술은 마시지 않았으니 적당한 때에 돌아갔으리라. 두 사람의 엘프 팀은 직접 바비큐 그릴을 이용하여 마음껏 고기를 구워 먹어댔다는 것은 기억나지만……. 페오도라 씨의 경우에는 꼬치구이를 양손으로 들고서 먹었었지. 페르들도 엘랑드 씨에게 고기를 구워달라고 해서 먹었던 모양이고.

그 옆에서 우리는 술판을 벌였다. 시그발드 씨가 "맛있는 술이 이렇게 많아! 오늘은 밤새 마시자고!" 같은 소리를 하니까, 흥이 오르고 오르고. 술도 처음 꺼내놓은 것만으로는 부족해서 도중에 몇 번이나 보충했고 말이야. 다행이었던 건 모두 고주망태가 돼서 인터넷 슈퍼를 열어 물건을 사도 아무도 태클을 걸지 않았다는 점 정도다.

"끄으……."

너무 마셔서 머리만 지끈대는 것이 아니라 위도 메슥메슥 쓰렸다.

"으으, 이겨 숙취가 장난 아니네. 신의 가호로 상태 이상은 무효가 되는 거 아니었어……?"

무심코 혼자서 투덜투덜 불만 늘어놓고 있으려니 기분 나쁜 듯한 낮은 목소리가 머릿속에 울렸다.

『흥, 당연하다.』

『그렇다고. 우리의 가호라고 해도 이세계 물건에까지 영향은 없으니까.』

이, 이 목소리는?

"헤파이스토스 님과 바하근 님……."

『그래. 우리일세. 전부 다 찬찬히 보았다네. 그렇지? 전쟁의 신이여.』

『맞아, 차안찬히 전부 보았지. 대장장이 신.』

꿀꺽…….

『자네가 친한 모험가들에게 듬뿍 술을 제공하는 걸 말일세.』

『그렇다네. 신인 우리들을 제쳐두고, 온갖 술을 맛보게 해주다니.』

원망하듯 언성을 높이는 헤파이스토스 님과 바하근 님.

"아, 아, 아니, 그건 말이죠. 어찌 됐든 제가 주최하는 축하 연회이고, 술도 그 나름대로 내놓지 않으면 그게 좀 말이죠……."

어, 어째서 내가 이런 변명을 해야만 하는 건데?

그보다, 나를 줄곧 보고 있었던 거야? 그렇게 한가해? 그만둬 달라고.

『던전에서도 마물에게 술을 던진다고 하는 아까운 짓을 하더군. 정말이지 화가 치밀어서 참을 수가 없더구먼.』

『뭐, 그건 마물을 쓰러뜨리기 위한 거였으니 납득하고 이야기하지 않았었는데 말이야. 어제 그건 있지.』

우으으, 그것도 보고 있었던 건가.

『우리, 신인데 말일세.』

『우리, 신인데 말이야.』

『자네들만 맛있는 술을 잔뜩 마시고 좋았(는가)(어)?』

우으으, 숙취로 힘든데 아침부터 지근덕지근덕.

이 애주가 콤비 놈들.

"아, 알았습니다. 알았어요. 술이란 말이죠? 두 분께 술을 바치는 건 상관없지만, 절대로 닌릴 님들에게 들키시면 안 됩니다?"

술을 바치는 것은 문제없었다. 다만 걱정인 것은 여신님들에게

319

들킬 경우이다. 들키면 들키는 대로 한바탕 말썽이 날 것 같단 말이지. 아니, 반드시 그렇게 되겠지.

『윽, 그 얘기를 꺼내는 겐가. 녀석들은 이상한 부분에서 감이 좋아서 말일세.』

『그렇다니까. 게다가 같은 신으로서 이 녀석과 접촉한 걸 완전히 감추는 건 불가능하고…….』

이야기를 듣고 있어보니, 아무래도 같은 신이라는 위치이면 끝까지 감추는 것은 무리인 모양이다. 잘 알 수 없지만, 능력이 비슷하다거나 해서 그런 거려나?

뭐, 그건 그렇다 치고…….

"들킬 가능성이 있다면 그만두는 편이 낫다고 봅니다. 나중에 무슨 말을 들을지 알 수 없고, 크게 다투게 될 테니까요. 그러니까, 이렇게 하는 건 어떨까요?"

내 생각을 둘에게 전했다. 다음 공물을 바칠 때, 두 사람은 물론이고 여신님들도 포함해서 각자 하나씩 좋아하는 걸 추가로 주문할 수 있도록 하는 것은 어떨까 하고.

"너무 고가인 건 안 되지만, 금화 한 닢분 정도라면 괜찮을지도 모르겠네요."

『금화 한 닢이라고? 조금 더 쓰게나.』

『맞아. 지난번에 점 찍어둔 위스키 중에 금화 한 닢을 조금 넘는 게 있었다고.』

뭐야, 벌써 뭘 점 찍어둔 거야?

"그럼 금화 한 닢을 조금 넘어도 괜찮습니다."

『어오, 그런가 그런가. 그렇다면 괜찮네. 그렇지? 전쟁의 신이여.』

『그래, 그거면 딱 좋아. 그렇지? 대장장이 신.』

도중에 기분이 좋아진 애주가 콤비. 정말이지 타산적인 신들이야.

"그럼, 그런 걸로."

얼른 물러나 주세요. 이쪽은 숙취로 한숨 더 자고 싶은 참이니까.

『그럼 다음에 보세.』

『다음을 기대하고 있겠어.』

그 말을 마지막으로 통신이 뚝 끊겼다.

"자, 그럼 한숨 더 자볼까."

성가신 신들과의 대화를 마치고 그리 생각했지만, 등 뒤에서 기척이……

『어이, 배가 고프다.』

『나도. 네가 도무지 일어나지 않아서 그래.』

『스이도 배고파졌어.』

너희들, 일찍 일어났구나……. 한숨 더 자려고 했었는데.

"오늘은 상태가 좀 좋지 않으니까 사서 줄게."

『흥, 술은 너무 마셔서 그렇다. 어째서 저런 걸 좋다고 마시는지 나로서는 전혀 이해할 수가 없다.』

어제 우리가 늦게까지 떠들썩하게 소란을 피운 탓에 페르는 기분이 안 좋은 모양이었다.

"에이, 그렇게 말하지 마. 좋아하는 사람한테는 참을 수 없이 맛있다고. 너희한테 있어 고기 같은 거지."

그렇게 이야기하며 기분이 안 좋아 보이는 페르의 말을 슬쩍 넘기고 인터넷 슈퍼에서 서둘러 밥이 될 만한 빵을 샀다. 크로켓 빵과 야키소바 빵, 카레 빵에 비엔나 롤과 콘 마요 빵 등등. 아침이라서 밥이 될 만한 빵을 중심으로 샀더니 페르들이 달달한 빵도 원한다며 요청을 해왔다. 늘 먹던 단팥 빵과 크림 빵 같은 달콤한 과자 빵도 추가로 구입했다.

그리고 그 김에 숙취에 좋은 영양 드링크도 내 몫으로 구입했다.

봉지에서 꺼낸 빵을 하나하나 접시 위에 담았고…….

"그럼, 이거 먹고 있어. 나는 한숨 더 잘 테니까. 잘 부탁해."

나는 그렇게 말하고 아이템 박스에서 내 이불을 꺼내 깔았다.

그리고 방금 산 숙취 해소 영양 드링크를 꿀꺽 마시고서 이불 속으로 들어갔다.

"흐아~아."

한숨 자고 일어나니 영양 드링크 덕분에 숙취도 많이 나아져 있었다.

주변을 둘러보자 아크 멤버들과 섀도 워리어 멤버들은 여전히 쿨쿨 자고 있었다.

나는 사람들을 깨우지 않도록 주의하면서 이불을 아이템 박스에 넣었다.

"일단, 이걸 어떻게든 해야겠지…….."

방 안에 대량으로 흩어져 있는 빈 술병을 아이템 박스에 대충 넣었다.

이건 나중에 한꺼번에 스이에게 처분해달라고 하자. 이런 쓰레기 처리는 전부 스이의 분열체가 처리해주고 있는데, 정말 큰 도움이 된다. 술병 처리는 이걸로 됐고, 그렇지. 뜰에 바비큐 그릴이니 하는 것들이 그대로 방치되어 있겠네.

뜰로 나오자 페르와 드라 짱과 스이가 햇볕을 쬐면서 꾸벅꾸벅 졸고 있었다. 평화롭고 좋네. 그 옆에서 나는 바비큐 그릴 등을 정리했다.

"후우, 이걸로 끝."

한숨 돌리고 있으려니 페르의 목소리가…….

『끝난 것이냐? 배가 고프다.』

페르 옆에는 드라 짱과 스이도 함께였다.

『고기여야 해. 오늘 아침 같은 건 안 돼.』

오늘 아침처럼 사서 줘도 괜찮으려나 하는 생각을 하고 있었는데, 드라 짱이 먼저 안 된다고 했다.

『스이도 고기가 좋아~.』

스이도 고기가 좋구나. 고기 재고를 생각하면, 어제에 이어서 또다시 뱀 고기를 써야겠네. 닭고기와 비슷한 맛이니까, 간단하게 빵에도 잘 어울리는 닭고기 아니 뱀 고기 토마토 치즈구이로 하자. 인터넷 슈퍼에서 토마토와 모차렐라 치즈 등의 재료를 조달한 다음 조리를 시작했다.

뱀 고기(이번에는 블랙 아나콘다 고기로 해보았다)를 적당한 크기로 자른 다음 마늘 소금을 양면에 빈틈없이 뿌려주고, 치킨 소테를 만드는 요령으로 프라이팬에 구워준다. 참고로 마늘 소금은 마늘 파우더와 소금과 간 후추가 함께 들어 있는 것으로, 이것 하나로 고기에도 생선에도 응용할 수 있어서 애용하고 있다. 뱀 고기가 구워지면 그 위에 동그랗게 자른 토마토와 모차렐라 치즈를 얹고서 오븐에 굽는다. 치즈가 녹고 슬쩍 누른 부분이 생기면 완성이다.

이건 빵 사이에 끼워 먹어도 맛있을 것 같은데. 그렇다면 분명…… 오, 있다 있어. 아이템 박스에 남아 있던 이쪽 세계의 검고 둥근 빵. 그 흑빵 한가운데를 자른 다음 거기에 뱀 고기 토마토 치즈구이를 끼워 넣으면…….

"뱀 고기 토마토 치즈구이 버거 완성. 꽤 맛있어 보이는걸."

마찬가지로 흑빵에 뱀 고기 토마토 치즈구이를 끼워가며 계속해서 뱀 고기 토마토 치즈구이 버거를 만들었다.

"자, 다 됐어."

커다란 접시에 쌓아 올린 뱀 고기 토마토 치즈구이 버거를 내밀었다.

바로 달려드는 페르와 드라 짱과 스이.

『음, 맛있다. 역시 고기는 좋다.』

역시라니, 아침 한 끼가 빵이었을 뿐이잖아.

『이 하얀 치즈라는 게 맛있네. 고기와 잘 어울려.』

『응, 죽 늘어나는 거 맛있어.』

그럼 페르들이 더 달라고 할 게 분명하니까 추가로 뱀 고기를 구운 다음 내 몫의 아침 식사도 만들까. 아무래도 지금은 고기를 먹을 마음이 들지 않으니, 위에 부담 없는 죽이라도 만들까 싶다. 추가 뱀 고기 토마토 치즈구이를 만들고 있으려니 뒤에서 목소리가 들려왔다.

"무코다 씨, 저희에게도 주시겠습니까?"

이 목소리는 엘랑드 씨인가? 그리 생각하며 돌아보니…….

"페오도라 씨?"

싱글벙글한 표정의 엘랑드 씨 옆에는 어째선지 페오도라 씨도 대기하고 있었다.

"아니, 몇 번이나 노크했습니다만, 나오시질 않기에 들어와 보았습니다. 아침에도 왔었습니다만, 모두들 주무시고 계시는 듯해서……."

이 두 엘프는 아침밥을 먹으러 왔다가 내가 자고 있는 것을 보고 이번에는 점심밥을 노리고 왔다는 건가?

"참으로 맛있어 보이는군요."

"……밥."

엘랑드 씨도 페오도라 씨도 페르들이 먹고 있는 뱀 고기 토마토 치즈구이 버거를 빤히 바라보고 있었다. 정말이지, 이 엘프 콤비는 음식 앞에서는 정신을 못 차리네.

"지금 만들고 있으니까 잠시만 기다려주세요."

추가로 만든 것도 완성되었고…….

"여기, 드세요."

엘랑드 씨와 페오도라 씨에게 뱀 고기 토마토 치즈구이 버거를 건넸다.

"오오, 이건 가리케 냄새……. 식욕이 도는군요."

가리케는 마늘을 말하는 건가? 만능 조미료 마늘 소금을 썼으니까.

엘랑드 씨가 뱀 고기 토마토 치즈구이 버거를 베어 물었다.

"녹은 치즈가 뭐라 표현할 수 없군요. 맛있습니다."

엘랑드 씨의 말에, 뱀 고기 토마토 치즈구이 버거를 건네자마자 이미 우걱우걱 먹고 있던 페오도라 씨가 몇 번이나 고개를 끄덕였다.

"그건 그렇고, 이 냄새는 마늘입니다."

이 도시의 가게에서 발견했을 때도 분명 마늘이라고 쓰여 있었던 걸로 기억한다.

"아, 제 고향에서는 가리케라고 부른답니다. 재미있게도 가리케라고 부르는 지역과 마늘이라고 부르는 지역이 있지요. 글쎄옛날 다른 세계에서 소환되어 온 용사님이 가리케를 마늘이라고 말했고, 그게 자리를 잡았다던가요? 그래서 가리케 혹은 마늘이라고 말하지요. 뭐, 양쪽 다 대체로 통하니까요. 그런 게 꽤 있답니다."

호오~ 옛날에 다른 세계에서 소환되어 온 용사님이라. 틀림없이 일본인이겠군.

실제로 나도 용사 소환 의식으로 이 세계에 있게 되었으니, 옛날에 그런 의식이 치러졌다고 해도 이상할 건 없겠지. 불려온 우리로서는 정말이지 민폐인 이야기지만. 뭐, 이제 와서 이러니저러니 이야기해본들 어쩔 수 없는 일이지만.

아, 이 엘프 콤비 한 개로는 부족하겠지?

"하나로는 부족할 테니까, 여기에 하나씩 더 놓아두겠습니다."

그렇게 말하자 "저기, 괜찮다면 하나 더 주실 수 있을지……"라는 엘랑드 씨. 같은 의견이라는 듯이 페오도라 씨도 엄청나게 빠른 속도로 고개를 끄덕였다. 어쩔 수 없네.

뱀 고기 토마토 치즈구이 버거를 하나씩 더 접시에 올려두었다.

『어이, 더 다오.』

『스이도 더 줘.』

페르와 스이에게 추가 주문이 들어왔다. 드라 짱은 이미 배가 부른 모양이었다.

페르와 스이에게 음식을 더 내주고, 그럼 이제 죽을 만들어볼까 하던 때에 아크 멤버들과 섀도 워리어 멤버들이 차례차례 일어나 나왔다.

"우으~ 기분 나빠." "딸꾹……." "머리가아~." "우으으."

모두 숙취인 모양이다. 그야 그렇게나 마셨으니까. 나도 숙취가 엄청났다고.

"으음, 좋은 아침이로구먼! 어제는 맛있는 술을 잔뜩 마실 수 있어서 최고였다네."

한 사람만 기운이 넘쳤다.

시그발드 씨, 제일 많이 마셨는데도 기운차네. 시그발드 씨에게는 일단 뱀 고기 토마토 치즈구이 버거를 건넸고, 시그발드 씨는 "미안하구먼" 하고 말하더니 우걱우걱 먹기 시작했다.

다음으로 다른 멤버들을 어떻게든 해야겠지. 알코올 도수가 높은 술만 너무 내놓으면 안 되는 거였어. 반성. 예상을 훨씬 뛰어넘어서 모두 벌컥벌컥 마신 탓도 있지만.

모두에게 보이지 않도록 인터넷 슈퍼를 열고, 이온 음료를 사서 텀블러에 넣었다.

"이거, 숙취에 효과가 있는 음료수입니다. 드세요."

숙취인 멤버들에게 이온 음료를 건넸다.

"우으, 미안해……."

평소에는 리더다운 태도를 보이는 가우디노 씨도 오늘만은 형편없었다.

"이 안에 들어 있는 음료수를 충분하게 마셔두면 술기운이 빠르게 빠져나갈 겁니다."

이온 음료가 담긴 텀블러를 내려놓았다.

겸사겸사니 숙취인 멤버들 몫도 포함해서 죽을 만들자. 그러면 죽은 죽이라도 깔끔하게 먹을 수 있는 중화식 죽이 좋으려나. 마침 밥솥 하나분의 밥이 남아 있으니, 그걸로 간단하게 중화식 죽을 만들자. 원래대로라면 생쌀부터 찬찬히 시간을 들여 만드는 것이 제일이지만, 시간도 없으니 어쩔 수 없지.

인터넷 슈퍼에서 재료를 구입해서 만들기 시작한다. 우선은 냄비에 밥과 물을 넉넉하게 넣고 불에 올린다. 부글부글 끓기 시작하면 중화식 육수 과립을 넣고 한소끔 더 끓인다. 조금 걸쭉해지기 시작하면 소금으로 간을 하고 다음은 그릇에 덜어 담아 채 썬 자차이를 토핑하면 끝이다. 이번에는 자차이만 올렸지만, 다른 토핑도 얹거나 참기름을 살짝 뿌려도 맛있다.

"이거, 속이 편할 테니까 드셔보세요."

그렇게 말하며 중화식 죽을 건네자 못 봐줄 얼굴을 한 숙취 멤버들이 중화식 죽을 들이켰다.

나도 중화식 죽을 먹었다. 응, 꽤 맛있는걸. 무엇보다 담백해서 위에 편하다는 점이 숙취에는 아주 좋아.

"오, 이건 아주 깔끔하군요. 게다가 이 꼬들꼬들하면서 짠맛이 느껴지는 것과 함께 먹으니 간이 적당하고 매우 맛있습니다."

⋯⋯⋯엘랑드 씨, 어째서 당신이 또 먹고 있는 건데? 이 중화식 죽은 당신을 위해 만든 게 아니거든? 그보다, 페오도라 씨도 빈틈없이 중화식 죽을 먹고 있어. 냄비에 남아 있던 거니까 상관은 없지만.

그나저나 엘랑드 씨도 페오도라 씨도 마른 체구인데 잘도 먹네.

"그럼, 즐거웠어. 잘 먹었고. 그럼 또 보자고."

"기회가 되면 또 마시자고. 그럼 다음에 보세."

아크 멤버들과 섀도 워리어 멤버들이 돌아갔다. 한 사람을 제외하고.

"어이, 페오도라가 없어!"

문 밖에서 기디온 씨의 목소리가 들려왔다. 그 후 곧바로 내 방문이 열렸다.

"무코다 씨, 미안."

태연한 얼굴로 내 방에 자리 잡고 있던 페오도라 씨가 면목 없다는 얼굴을 한 가우디노 씨와 기디온 씨에게 끌려나갔다.

"으하하하, 미안하네. 무코다 씨. 그럼, 또 보자고. 다음에는 나도 훨씬 더 맛있는 술을 찾아서 올 테니, 기대하고 있게나!"

마지막으로 시그발드 씨가 그렇게 말하며 문을 닫고 나갔다.

"하아, 드디어 태풍이 지나갔네."

오늘은 이제 아무것도 안 할 거야. 느긋하게 지낼 거라고.

◇ ◇ ◇ ◇ ◇

어제 아크 멤버들과 섀도 워리어 멤버들이 돌아간 다음에는 아주 느긋하게 지냈다. 당연하게도 배가 고프다는 페르들에게 저녁 밥만은 만들어주어야 했지만. 그쯤에는 내 숙취도 진정되었고, 든든한 고기가 먹고 싶어져서 고기를 구웠다. 그렇게 말해도 축하 연회를 위해 준비했다 남은 바비큐지만. 꼬치구이와 소시지가 꽤 남아 있어서 꼬치구이를 구웠다. 후추와 허브 솔트 뿌린 것을 먹었는데, 정말로 맛있었다.

오늘 아침 메뉴도 바비큐를 위해 준비했다 남은 소시지로 만든 핫도그다. 나, 페르, 드라 짱, 스이 그리고 엘랑드 씨라는 평소와 같은 멤버로 아침 식사를 하고 있으려니 에이블링 모험가 길드의 여걸 길드 마스터 나디야 씨가 모습을 드러냈다.

"이른 아침부터 미안해. 노크를 했는데 반응이 없더라고. 문이 잠겨 있지 않아서 실례지만 이렇게 들어왔어."

"안녕하세요. 나디야 씨. 무슨 일이신가요? 아침 식사 후에 그쪽으로 찾아뵈려던 참입니다만."

약속한 날이라 엘랑드 씨와도 아침 식사 후에 가사고 이야기를 했었는데.

"아니, 그렇긴 한데, 드롭 아이템 거래 날짜를 모레까지 미뤄줬으면 해."

나디야 씨의 이야기에 따르면 우리가 던전을 답파한 직후부터는 던전 내부도 평소대로 돌아왔다고 한다. 우리라고 할까, 페르와 드라 짱과 스이가 마물을 마구 사냥해댔으니까.

모험가 길드에서 특수 개체가 많이 나오는 시기가 끝났다고 바로 얼마 전에 발표했고, 던전에 들어가는 모험가가 급격히 늘어났다. 그 덕분에 통상 업무도 바빠졌다고 한다.

그런 와중에 나디야 씨와 부 길드 마스터는 매입품을 찬찬히 살피고 있는데, 물품 수가 많은 데다 모두 모험가 길드에는 필요한 물건들뿐. 그러나 예산이……라는 상황인 모양이었다.

"연일 부 길드 마스터와 상담하고 있지만, 좀처럼 추려지질 않아."

그 이야기를 듣자 엘랑드 씨가 "알죠"라며 응응 고개를 끄덕였다. 그러고 보니 기분 탓인지 나디야 씨 지친 표정인걸?

"나디야 씨, 아침 식사는 하셨나요?"

"아니, 아직이야. 뭔가 바빠서."

나는 바로 핫도그를 만들어 나디야 씨에게 건넸다.

"아침을 거르면 힘이 안 납니다. 이거 드세요."

"그래도 괜찮겠어? 미안하네."

그렇게 말하며 나디야 씨가 핫도그를 호쾌하게 베어 물었다.

"호오, 이거 맛있는데."

"더 있으니까, 얼마든지 드세요."

나디야 씨는 핫도그를 하나 다 먹더니 건네두었던 오렌지 주스로 목을 축였다. 아무래도 콜라는 그런가 싶어서 나디야 씨에게는 오렌지 주스를 컵에 따라주었다.

"그래서, 방금 전 이야기의 다음인데, 이러저러하는 사이에 상인 길드가 던전 답파 이야기를 주워들은 모양이더라고. 상인 길드도 매입에 한몫 끼고 싶다고 하더군."

상인은 정보에 매우 밝다.

"평소라면 우리도 거절하겠지만, 자금 문제도 있으니까. 이번에는 상인 길드도 끼게 해주고, 공동으로 매입하자는 이야기가 되었어."

"과연. 그래서 매입품 선정에 시간이 더 걸릴 것 같다는 거군요."

"그런 거야."

나디야 씨의 말투로 봤을 때, 공동으로 매입을 하게 하고 모험가 길드가 상인 길드에 은혜를 베풀어둔다고 하는 의도도 있는 모양이었다.

"그래서 거래 날짜를 모레로 미뤄줬으면 하는데, 부탁할 수 있을까?"

"물론 저는 괜찮습니다. 엘랑드 씨는 괜찮으신가요?"

"우물우물, 꿀꺽…… 네, 물론 괜찮습니다."

아니, 당신 어서 드랭으로 돌아가지 않아도 괜찮은 거야?

"드랭으로 돌아가는 게 늦어지는 건데, 괜찮겠어요?"

"아, 그걸 걱정하신 겁니까? 괜찮습니다, 괜찮아요. 여기서 돌아가는 게 조금 더 늦어진다고 해도 그렇게 달라질 건 없습니다. 게다가 우고르 군에게 맡겨두면 문제없으니까요."

그렇게 말해도 괜찮은 거야? 나는 엘랑드 씨가 우고르 씨에게 엄청나게 혼나는 미래밖에 안 보여. 뭐, 나는 그 점에 관여하지 않을 거지만.

"승낙도 받았으니, 그럼 나는 그만 돌아가지. 아침 맛있게 잘 먹었어."

그렇게 말한 나디야 씨는 모험가 길드로 돌아갔다.

그나저나 오늘 예정이 없어져서 하루가 통째로 비어버렸네. 나디야 씨는 모레까지라고 말했으니, 내일도 하루 비고. 그렇다면 고기를 확보할 겸 생각했던 걸 실행해도 괜찮으려나. 던전에서 그걸 손에 넣었으니까, 엘랑드 씨에게 배우겠다고 생각했던 그걸.

"엘랑드 씨, 오늘 내일은 시간이 비게 되었으니, 도시 밖까지 함께 가주시겠어요? 고기 확보 겸 좀 배우고 싶은 게 있어서요."

"응? 도시 밖으로요? 물론 좋습니다."

좋아, 이걸로 공짜로 배울 수 있겠어. 삼시 세끼 먹여주고 있으니까, 이 정도는 해주셔야지.

"그래요. 그렇습니다. 그 관절을 빼는 겁니다. 관절이 빠지면 여기를 따라서 잘라냅니다."

흙 마법으로 만든 돌 테이블에 놓인 코카트리스에 엘랑드 씨의 지시를 따라 미스릴 나이프를 넣어 움직였다. 스이 특제 미스릴 나이프는 아주 잘 들어서 재미있을 만큼 슥슥 고기가 잘려 나갔다.

나는 지금 에이블링 도시 교외에 있는 숲에서 엘랑드 씨에게 마물 해체 강습을 받고 있었다. 평소에는 쓸모없는 장년 엘프인 엘랑드 씨이지만, 드래곤 해체를 할 수 있을 만큼의 실력을 갖고 있는 만큼 지시도 적확하고 알기 쉬웠다.

던전에서 뱀파이어 나이프가 나왔을 때, 해체에 관해 배워야겠다고 생각했었다. 그러던 중에 마침 오늘내일 시간에 여유가 생겼고, 엘랑드 씨에게 부탁해 바로 고기 확보 겸 강습회를 개최한 것이다. 그렇다고는 해도 커다란 사냥감을 혼자 다루는 것은 아무래도 무리일 테니 일단은 코카트리스 정도를 해체할 수 있게 가르쳐달라고 부탁했다.

그러나 엘랑드 씨는 "자그마한 레드 보아 정도까지 해체할 수 있게 되면 여러 가지로 응용할 수 있습니다"라는 조언을 해주었고, 레드 보아 해체도 시도해보기로 했다. 확실히 자그마한 레드 보아가 몸길이 2미터 정도니까, 이 정도의 사냥감을 해체할 수 있게 되면 폭이 꽤 넓어질 것 같다. 무엇보다도 보아계 마물은 어느 숲에나 있다고 하니까. 사족 보행 마물을 해체하는 방법도 크게 다르지는 않는다고 들었으니까 레드 보아 해체가 가능하면, 여차할 때는 큰 사냥감도 어떻게든 될 듯하다.

엘랑드 씨가 말하길 "이런 건 익숙해지는 게 중요합니다"라고 했고, 일단 해체해보기로 했다. 페르들에게 부탁해서 일단 코카트리스를 사냥해 와달라고 했고, 지금은 엘랑드 씨에게 배우면서 코카트리스를 한창 해체하고 있는 중이었다.

그 페르들로 말할 것 같으면, 코카트리스를 다섯 마리 정도 사냥해 여기에 둔 다음은 다시 사냥에 나섰다. 이번 던전 탐색으로 획득한 매직 백(특대)을 가져가게 했으니 배가 고파질 때까지는 돌아오지 않으리라.

참고로 뱀파이어 나이프는 매우 우수해서, 코카트리스에 꽂아넣었더니 기세 좋게 피를 빨아냈다. 피를 빨고 있을 때는 뱀파이어 나이프의 날 부분이 적갈색이 되고 피를 다 빨면 원래의 거무스름한 마철색으로 돌아가게 되어 있었다. 그 덕분에 코카트리스 해체를 하고 있어도 피로 더러워지는 일은 없었고, 그로테스크함도 크게 줄어들어서 나라도 평범하게 해체 작업을 할 수가 있었다.

역시 이런 작업을 할 때는 피가 촤아 하고 튄다든가 피 냄새라든가 하는 게 가장 힘들다고 생각하거든. 그게 없는 것만으로도 매우 차분하게 작업을 할 수 있었다. 뱀파이어 나이프 님이다. 이걸 구한 것만으로도 에이블링 던전에 들어간 보람이 있었어.

"무코다 씨, 내장도 드신다고 하셨는데, 정말입니까?"

코카트리스의 배를 가르고 드디어 내장을 손질하려던 차에 엘랑드 씨가 그렇게 물었다.

"네, 물론이죠."

이쪽 세계에서는 내장을 먹지 않는 모양이라, 전부 폐기 처분한다고 한다. 모험가 길드에 해체를 부탁할 때는 어쩔 수 없었지만, 직접 해체한다면 이야기는 다르다. 물론 닭이랑은 다를 테니 제대로 먹을 수 있는지 어떤지 판별해야겠지. 나에게는 편리한 감정 스킬이 있단 말씀.

감정 씨, 감정 씨, 도움이 되어주렴.

【식도】
식도, 기도. 꼬들꼬들하고 탄력 있는 식감을 가진 희소 부위. 식용 가능.

【염통】
심장. 탱글탱글하고 탄력 있는 식감이 특징. 식용 가능.

【간】
간장. 비타민류와 철분이 풍부하여 영양가가 높고, 누린내가 없어 먹기 쉽다. 식용 가능.

【모래집】
근위. 조류 특유의 기관. 담백한 맛에 꼬들꼬들한 식감. 식용 가능.

【콩팥】

신장. 기름지고 감칠맛이 강한 희소 부위. 식용 가능.

【난포】
체내에서 성장 도중인 알. 식용 가능.

【엉덩이 살】
꼬리에 해당하는 부분. 근육이 발달한 부위라 감칠맛이 강하고 기름진 희소 부위. 식용 가능.

오오, 감정 씨 고마워. 마물이지만 내장은 역시 먹을 수 있구나. 전부 이자카야와 꼬치구이 집에서 한 번은 본 적이 있는 부위다.

그렇다고는 해도, 내장은 내장이다. 코카트리스는 커서 내장 하나하나가 새보다 크다고는 해도, 고작해야 한 마리에 꼬치 한두 개분일까. 이건 나 혼자서 즐길 양밖에 안 되겠나. 뭐, 이 정도는 봐주겠지. 응. 닭 꼬치구이, 맥주와 함께 먹으면 최고일 테지. 추르릅…… 안 돼, 안 돼. 지금은 해체 도중이야. 얼른 내장을 손질해야지.

상처가 생기지 않도록 하나하나 조심스럽게 꺼냈다. 단, 모래집만은 꺼내기 조금 어려운 부분에 있어서 잘 꺼낼 수 없어 단념. 뭐, 몇 번 해체하다 보면 어떻게든 되겠지.

"무코다 씨가 그렇게나 조심스럽게 다루신다는 건, 맛있는 겁니까?"

내가 신중하게 손질을 마친 내장을 아이템 박스에 넣는 것을 보고서 엘랑드 씨가 그렇게 물었다.

"이건 말이죠, 꼬치에 꽂아서 숯에 구우면 맛있답니다."

물론 양념은 소금만. 꿀꺽하고 군침을 삼키는 소리가 들려왔다.

"무, 무코다 씨.……"

"알고 있습니다."

다만, 내장이라 희소하다고. 조금은 나눠줘도 괜찮겠지만, 어디까지나 내가 우선이야. 그다음은 엘랑드 씨의 지시에 따라 내장을 제거한 코카트리스를 잘랐다.

마침 해체가 끝났을 때 배가 고파진 페르들이 돌아왔다.

점심은 도시를 나오기 전에 숙소에서 준비해 온 오크 고기덮밥이다. 간장, 설탕, 맛술, 술, 물을 넣어 조린 소스를 넣은 오크 고기가 듬뿍 올라간 고기덮밥.

고기덮밥으로 배를 채운 페르들은 다시 사냥에 나섰다. 나와 엘랑드 씨는 남은 코카트리스를 해체했다.

"후우, 마지막 코카트리스 해체가 끝났네요."

"어떻습니까? 역시 실제로 해보는 편이 알기 쉽지요?"

엘랑드 씨 말대로다. 실제로 해보는 편이 빠르게 익숙해진다. 한 마리 해체한 다음은, 어떻게든 순서도 알게 되고, 한 마리 또한 마리 해체를 하는 시간도 점점 짧아졌다. 이거라면 코카트리스 해체는 혼자서도 충분히 할 수 있을 것 같다.

"네. 이제 코카트리스 해체도 문제없습니다. 고맙습니다."

"레드 보아는 어떻게 하시겠습니까? 페르 님이 점심때까지 사냥해 온 것이 있습니다."

점심때 돌아온 페르들이 사냥해 온 사냥감 중에, 자그마한 걸 부탁했는데 꽤 커다란 레드 보아가 몇 마리 있었다.

"아뇨, 지금부터 시작하면 페르들이 돌아올 때까지 끝내지 못할 것 같으니까, 내일 하죠. 그보다 이 코카트리스로 저녁 준비를 할까 하는데요."

"아아, 그거로군요."

"네. 내장도 먹을 겁니다. 고기를 꼬치에 꿰기만 하면 되니까, 도와주시겠어요?"

"요리는 잘 못하지만, 꼬치에 꽂는 정도라면 괜찮습니다."

좋아, 분명히 들었어. 내가 고기를 손질하고, 엘랑드 씨에게는 고기를 꼬치에 꿰달라고 해야지. 구이판은 직접 만들 셈이니까, 꼬치는 긴 꼬치로 준비했다. 엘랑드 씨에게 고기를 꽂고 남은 끝부분이 1.5센티미터 정도 튀어나오는 상태로 해달라고 말했다.

내가 고기를 자르고 엘랑드 씨가 고기를 꼬치에 꽂았다. 분업하여 하다 보니 꽤 많은 양이 완성되었다. 내장에 관해서는 밑 준비를 해서 내가 직접 꼬치에 꽂았다. 꼬치구이 가게 아르바이트 경험이 여기에서 도움이 되었어. 파와 고기, 다리 살, 껍질, 모래집 같은 내장까지. 코카트리스를 아낌없이 사용했다.

"후우, 지쳤습니다.…… 이건 마물과 싸우는 것보다 피곤하군요."

"아하하, 도와주셔서 감사합니다. 저녁 기대해주세요."

한숨 돌렸을 무렵에 페르들이 돌아왔다.

"어서 와. 어땠어?"

『음. 제법 성과가 있었다.』

『맞아. 아, 제대로 먹을 수 있는 걸 사냥해 왔다고.』

『커다란 거 많이 잡아 왔어.』

페르들이 가져갔던 매직 백(특대) 안을 확인해보니.……

와이번×10, 와일드 바이슨×5, 골든 시프×6, 자이언트 혼 보아×1, 록 버드×2다.

"이건…… 대단한 성과로군요."

페르들의 오후 사냥 성과에 엘랑드 씨도 놀랐다.

참고로 오전은 부탁한 것도 있어서 코카트리스×12와 그 알×4, 그리고 레드 보아×6이었다. 코카트리스 알은 매우 귀하다고 하는데, 둥지를 발견했다며 가져다준 것이다.

"어이, 와이번이 열 마리나 있잖아."

『그래. 마침 날고 있는 녀석들을 찾아서 열 마리 정도 떨어뜨렸다.』

『맞아 맞아. 그리고 나랑 스이가 머리를 잘라냈어.』

『그랬어~. 페르 아저씨가 떨어뜨린 걸 스이랑 드라 짱이 쓰러뜨렸어.』

그, 그렇구나. 와이번도 큰일이었네.

처음 보는 와일든 바이슨은 몸길이 3미터 정도 되는 검고 위협적인 소였고, 골든 시프는 그 이름대로 금색 털을 가진 양으로 크기는 보통 양보다 조금 큰 정도였다. 자이언트 혼 보아는 아래턱에서 튀어나온 두 개의 커다란 이빨 외에 머리 한가운데 커다란 뿔이 자라난 경트럭 크기의 커다란 멧돼지였다.

"이, 이건 꼭 드랭에 팔아주시지 않겠습니까? 안 된다면 적어도 골든 시프만이라도⋯⋯."

엘랑드 씨의 이야기에 따르면 골든 시프 꼬리가 귀족들에게 매우 인기 있어 고가에 거래된다고 한다. 그런데 최근에는 포획 수가 격감하여 품귀 상태라는 모양이었다.

"알겠습니다. 어차피, 에이블링 모험가 길드는 던전 물품 거래로 꽤 많은 예산을 쓸 것 같으니, 이건 드랭에서 팔기로 하겠습니다."

"고맙습니다."

"그럼, 도시로 돌아갈까요?"

이리하여 우리는 에이블링으로 돌아갔다.

『아직이냐?』

"아직이야."

페르와 드라 짱과 스이가 꼬치구이를 만들고 있는 바로 앞에서 진을 치고 이제나저제나 하며 꼬치가 다 구워지기를 기다리고 있었다. 덤으로 엘랑드 씨도 내 뒤에서 대기하고 있었다.

숙소로 돌아온 우리, 라고 할까, 나는 곧바로 저녁 식사 준비를 시작했다. 물론 오늘 저녁은 코카트리스 꼬치구이다. 방에 딸린 뜰에 흙 마법으로 만들어 설치한 돌 구이판. 꼬치 길이에 맞추고 대량으로 구울 것을 염두에 두고, 앉아서 구울 수 있도록 높이도 조절했다.

흙 마법으로 만든 의자에 앉아서 꼬치구이를 숯불에 찬찬히 굽고 있는 도중이었다. 눈앞의 구이판에 죽 놓인 파와 고기를 꽂은 꼬치와 다리 살 꼬치.

"좋아, 이제 슬슬 됐으려나."

『이제야 먹을 수 있는 것이냐?』

"아냐. 꼬치구이 소스를 발라서 또 구워야 해."

절반은 소스, 절반은 소금으로 구웠다. 소금 쪽은 굽기 전에 소금과 후추를 뿌려놓았다. 이 소금 후추도 공을 들여 보았다. 소금은 오키나와 천연 소금이고, 후추는 밀이 달린 용기에 담긴 유기농 흑후추였다. 소금도 후추도 살짝 맛을 보았는데, 소금은 짜기

만 한 게 아니라 부드러운 짠맛과 감칠맛이 있었고, 후추도 바로
간 것이라 풍미가 뛰어났다. 이걸로 양념한 꼬치구이는 분명 맛
있을 것이 틀림없다.

『으으음, 배가 고프다…….』

조금만 더 기다려.

불필요한 지방이 적당히 떨어지고 노릇노릇하게 구워진 꼬치
구이를 아르바이트했던 꼬치구이 집 양념 레시피를 재현한 소금,
맛술, 술, 굵은 설탕, 물을 푹 끓인 소스에 담갔다 빼서…….

좌아아. 살짝 탄 자국이 생길 때까지 다시 숯불로 구워간다. 고
소한 냄새가 주변에 가득해졌다. 꼬치구이는 이 냄새가 견디기
힘들다.

"응, 이 정도려나."

소금 쪽을 먼저 접시에 담고, 소스 쪽도 살짝 탄 자국이 생겼을
때 접시에 담았다.

『드디어냐. 이 냄새는 참기 힘들구나. 어서 다오.』

『맞아, 맞아. 서둘러.』

『스이 배고파. 빨리 먹고 싶어!』

페르와 드라 짱과 스이가 어서 어서라며 재촉을 했다.

"잠깐 기다려. 꼬치에서 빼서 줘야 하잖아."

페르들이 먹기 편하게 꼬치구이를 꼬치에서 빼나갔다.

"자, 이쪽이 소금이고 이쪽이 소스야."

페르와 드라 짱과 스이 앞에 꼬치구이가 수북하게 쌓인 접시를
두 개씩 놓자 모두 일제히 달려들었다.

『으음, 이거 맛있구나. 맛있어. 소금도 소스도 좋다. 이 요리는 마음에 들었다.』

『딱 알맞게 구워졌어. 고소한 냄새가 식욕을 한층 돋우네. 양쪽 다 맛있지만, 나는 소금 쪽이 더 좋아.』

『맛있어! 스이 이거 아주 좋아!』

모두들 염화로 그렇게 전하면서 우걱우걱 먹고 있었다. 꼬치구이 양념도 소금도 전반적으로 호평이라 만든 보람이 있었다. 아까부터 기다리고 있는 이 사람에게도 줘야겠지.

"여기, 엘랑드 씨도 드세요."

"기다렸습니다! 이 소스가 뿌려진 쪽이 실로 맛있어 보인다고 생각했습니다. 잘 먹겠습니다!"

엘랑드 씨도 꼬치에 꽂힌 고기를 덥석 베어 물었다.

"오옷, 이건 기다릴 만한 가치가 있는 맛이로군요! 달콤 짭짤한 맛과 고소하게 구워진 고기가 절묘하게 어우러진 맛이에요~."

응응, 그렇지? 그렇지? 내가 아르바이트했던 꼬치구이 집의 주방장 수준까지는 아니어도, 양념도 비슷한 배합으로 재현했고, 굽는 법도 일반인치고는 꽤 잘 구웠다고 자부하고 있다고.

계속해서 꼬치구이를 구이판에 올려놓고서 나도 먹어야지. 우선은 이거다. 네이호프에서 샀던 내 전용 자동 냉각 컵에 인터넷 슈퍼에서 산 차가운 맥주를 따랐다. 이거라면 구이판과 가까워도 맥주가 미지근해질 걱정은 없다.

꿀꺽꿀꺽꿀꺽.

"크으, 맛 좋다!"

구이판 앞에 있어서인지 차가운 맥주가 한층 더 맛있었다.

그리고 다음은 파랑 고기다. 물론 소스 쪽으로. 예전부터 익숙한 건 역시 소스니까. 응, 이게 바로 꼬치구이지. 달콤 짭짤한 소스와 숯불로 고소하게 구워진 코카트리스 고기가 참을 수 없네. 사이에 끼운 파도 열이 가해져서 단맛이 나고 있고, 코카트리스 기름이 배어들어 맛있어.

꼬치 하나를 다 먹고서 다시 맥주.

꿀꺽꿀꺽꿀꺽, 푸하아.

"역시 꼬치구이랑 맥주 조합은 틀림이 없다니까."

그렇게 생각하면서 다음으로 다리 살 소금을. 다리 살도 맛있네. 이 단순한 양념이 코카트리스의 깊은 맛이 가득한 감칠맛을 더욱 강조해주었다. 아, 꼬치구이를 만끽하고만 있을 때가 아니었어.

재촉당하지 않도록 구이판 위에 올려둔 꼬치를 뒤집었다. 굽고 있는 꼬치구이 중 절반은 양념을 묻혀서 다시 굽고…….

"좋아, 이번 것도 다 구워졌어."

페르와 드라 짱과 스이 접시에 추가로 담아주자 다시 우걱우걱 먹기 시작했다. 엘랑드 씨에게도 건네주자 기뻐하며 베어 물었다.

"그러고 보니 엘랑드 씨는 술을 안 드시나요? 지난번에도 안 드시던데."

지난번 축하 연회에서도 분명 안 마셨었지.

"예. 엘프는 술은 그다지 좋아하지 않는답니다. 그 대신에, 이렇게 맛있는 음식에는 정신을 못 차리지요. 하하핫."

그렇게 말하며 파와 고기 꼬치를 베어 물었다.

나도 거기에 이끌려 다리 살 꼬치를 물어뜯었다. 그리고 벌컥 벌컥 맥주를 비워버렸다.

"아~ 맛있어."

좋아, 이번에는 껍질이랑 내장도 구워볼까.

파와 고기, 다리 살, 껍질, 식도, 염통, 간, 모래집, 콩팥, 난포, 엉덩이 살. 파와 고기, 다리 살은 전과 마찬가지로 양념과 소금 반반으로. 내장류인 간, 그리고 난포는 닭 꼬치구이인 만큼 난관 도 함께해서 양념을 바르고, 껍질과 나머지 내장류는 소금으로 했다.

촤아, 촤아.

고소한 향, 고기에서 떨어지는 기름. 이게 바로 닭 꼬치구이. 참기 힘드네.

"좋아, 잘됐어."

다 구워진 파와 고기, 다리 살을 페르와 드라 짱과 스이에게 내 주었다. 그리고 드디어…….

"이게 내장입니까?"

"맞습니다."

내장류는 한 마리당 꼬치 두 개분밖에 나오지 않기 때문에 나 와 엘랑드 씨가 하나씩 먹기로 했다.

"이건, 어느 부분입니까?"

"그것 염통이라고 하는데, 심장입니다. 쫄깃쫄깃한 탄력이 있는 식감이 맛있죠."

엘랑드 씨가 심장이라는 말을 듣고 살짝 당황하기에 내가 먼저 먹어 보였다.

응, 맛있어. 탄력 있는 쫄깃한 식감에 내장인데도 누린내가 없어서 정말 맛있다. 아르바이트하던 꼬치구이 집에서 먹어본 적이 있는데, 코카트리스 쪽이 감칠맛이 강한 만큼 이쪽이 훨씬 맛있었다. 내가 맛있게 먹고 있는 것을 보고서 엘랑드 씨도 염통을 베어 물었다.

"오오, 정말이군요. 쫄깃합니다. 게다가 누린내가 없어서 예상보다 먹기 쉽습니다."

엘랑드 씨는 내장이라는 말을 듣고 분명 누린내가 나서 처음 먹는 사람에게는 먹기 어려운 음식일 거라고 생각했던 모양이었다.

"그렇죠? 신선해서 더 누린내가 없고 맛있답니다. 이쪽 간도 드셔보세요. 이건 영양도 풍부하고 찰진 식감에 감칠맛이 있어서 맛있답니다."

그렇게 말하며 간도 덥석. 응응, 이것도 맛있어. 신선해서 누린내도 없고, 이거라면 내장을 싫어하는 사람이라도 먹을 수 있을 것 같아.

"무코다 씨 말씀대로, 감칠맛이 강해서 정말 맛있습니다."

엘랑드 씨도 간을 베어 물면서 그렇게 말했다. 내장을 먹는다는 사실에 머뭇거리던 느낌이었던 엘랑드 씨도 먹어보니 맛있다며 이제는 거침없이 내장이 꽂힌 꼬치구이에 손을 대고 있었다.

다음 꼬치구이를 숯불에 구우면서 모래집을 만끽하고 있으려니 희미하게 문을 두드리는 소리가 들려온 것만 같은 기분이 들었다.

"응? 누가 왔나? 엘랑드 씨, 노크 소리가 들리지 않았나요?"

"글쎄요. 들리지 않았습니다만."

……톡…………톡톡.

"아, 두드리고 있군요."

……똑똑똑.

초조해지기 시작했는지 노크 소리가 점점 커졌다.

"저는 구이판에서 눈을 뗄 수 없으니까 괜찮다면 엘랑드 씨가 나가봐 주시겠어요?"

"알았습니다."

똑똑똑똑.

"네네. 지금 나갑니다. 잠시만 기다려주세요~."

엘랑드 씨가 그렇게 중얼거리면서 문 쪽으로 걸어갔다.

"무코다 씨, 손님이라고 해야 할지, 뭐라 해야 할지……."

뭔가 불명확한 엘랑드 씨의 말투에 그쪽을 바라보니…….

"어라? 페오도라 씨??"

어째선지 눈을 반짝이고 있는 페오도라 씨가 있었다.

"밥, 주세요."

페오도라 씨가 반짝반짝 빛나는 눈으로 나를 바라보면서 그렇게 말했다.

으………… 뭐야, 그 안력은.

살짝 유감스러운 부분이 있기는 하지만 정말 아름다우니까, 그

런 눈으로 바라보면 조금이라고 할까, 꽤 두근두근하거든요.

"밥을, 주세요."

페오도라 씨가 반짝반짝 글썽글썽하는 눈으로 다시……

"네, 기꺼이!"

페오도라 씨는 꼬치구이 양념이 마음에 들었는지, 오른손에 파와 고기 꼬치구이를 왼손에 다리 살 꼬치를 들고서 번갈아 가며 먹고 있었다. 정말 시원시원할 정도의 먹성이다.

"그게, 동족으로서 죄송합니다."

그 엘랜드 씨라도 생각하는 바가 있었는지, 얌전한 태도로 그런 말을 했다.

"아뇨 아뇨, 괜찮습니다."

살짝 유감스러운 부분은 있지만, 페오도라 씨는 정말로 미인이고 반짝반짝 글썽글썽한 눈으로 바라보면 나도 싫다고는 말할 수 없으니까. 그 순간에 싫다고 말하면 남자가 아니지.

그보다, 아까 페오도라 씨의 시선을 받았을 때 엄청나게 두근두근했거든. 맛있는 거에 정신을 못 차린다는 점이 좀 그렇지만, 엘프인 페오도라 씨에게는 그것을 능가할 정도의 아름다움이 있었다. 있는지 없는지 묻는다면, 엄청나게 있다. 애초에 이런 미인과 접할 기회 같은 건, 일본에 있던 때도 포함해서 없었다.

페오도라 씨가 내 여자 친구가 되는 모습을 상상해보았다. 페오도라 씨가 내게 기대고, 내가 그 어깨를 살포시……. 으흐흐, 매우 좋지 않은가. 페오도라 씨도 내 방까지 이렇게 찾아왔다는 것은 적어도 나를 싫어하지는 않는다는 뜻이겠지? 그것참, 이거 나한테도 드디어 봄이 찾아오는 거려나~.

꼬치구이를 구워가면서 그런 생각을 하고 있으려니, 다시 문을 노크하는 소리가 들려왔다.

똑똑똑, 똑똑똑.

"무코다 씨, 있나?"

이 목소리는 가우디노 씨인가?

"엘랑드 씨, 거듭 죄송하지만 밖을 확인해주실 수 있을까요?"

"아, 네."

그리고 엘랑드 씨가 데려온 것은 역시 가우디노 씨를 비롯한 아크(방주)의 멤버들이었다.

"역시 여기에 있었던 건가……."

"맛있는 냄새가 났을 때부터 나는 확신했다고. 이 녀석이 여기 있을 거란 걸."

"엘프는 맛있는 거에 정신을 못 차린다고는 하지만, 여길 쳐들어오다니. 이 녀석 때문에 곤란해 죽겠어……."

가우디노 씨도 기디온 씨도 시그발드 씨도, 양손에 꼬치구이를 들고 와구와구 먹고 있는 페오도라 씨를 발견하자 어이없다는 표정을 하고서 그렇게 말했다.

"미안, 우리 페오도라가…….."

리더이기도 한 가우디노 씨가 정말로 면목 없다는 얼굴로 그렇게 말했다.

"무코다 씨, 정말로 미안해."

기디온 씨도 죄송스럽다는 얼굴을 하고서 그렇게 말했다.

"모험가로서는 일류인데. 그 이외에는 도무지…… 미안하네."

시그발드 씨까지도 그렇게 말하며 고개를 숙였다.

페오도라 씨, 모두에게 폐를 끼치면 안 되잖아요. 하지만 뭐, 페오도라 씨는 내 여자 친구 후보니까 이번에는 원만하게. 아니, 페오도라 씨가 내 여자 친구가 되면 아크를 탈퇴하게 될지도 모르니까, 더더욱 원만하게 이야기를 진행시키기 쉽도록 모두에게도 잘 보여놔야만 하는 게 아닐까?

"아니 아니, 괜찮습니다. 그보다 여러분도 드셔보시겠어요? 코카트리스를 숯불에 구운 요리랍니다. 꽤 괜찮게 구운 자신작이거든요."

나는 가우디노 씨들에게 마침 다 구워진 꼬치구이를 권했다. 가우디노 씨들은 "아니, 지난번에도 대접을 받았는데"라고 말하면서 좀처럼 손을 대려 하지 않는지라 다 구워진 꼬치구이를 접시에 담아서 건넸다.

"자자, 드셔보세요."

내가 그렇게 말하자 그들은 그제야 주저주저 꼬치를 손에 들고 꼬치구이를 입에 댔다.

"식욕을 자극하는 냄새라고는 생각했지만, 이건 맛있군."

"맛나! 이거 엄청나게 맛나잖아!"

"맛있구먼! 이건 술과 잘 어울리겠어!"

역시 드워프. 시그발드 씨, 역시 뭘 좀 아시네요.

"잠깐 기다려주세요."

그렇게 말하고 페르와 드라 짱과 스이에게 추가로 꼬치구이를 접시에 담아 내주고, 엘랑드 씨와 페오도라 씨에게도 꼬치구이를 담은 접시를 건넨 다음, 아크의 세 사람에게 보이지 않게 인터넷 슈퍼를 열어서 축하 연회 때에도 준비했던 S사의 검은 라벨 병맥주를 구입했다.

배달된 병맥주의 마개를 전부 열고, 컵과 함께 아크 세 사람에게 가져갔다.

"이 요리에는 이 술이 아주 잘 어울립니다. 드세요."

맥주를 컵에 따라서 세 사람에게 건네주었다.

"얻어먹기만 해서 미안하군."

"아뇨 아뇨, 괜찮습니다. 자, 드세요."

내 미래를 위해서도 원만한 커뮤니케이션은 필요하다.

"호오! 내가 생각했던 대로구먼! 이건 술과 딱 맞아!"

"크으~ 맛나네!"

후후후, 항복인가? 맥주와 꼬치구이는 엄청나게 잘 어울린다고.

"무코다 씨 말대로야. 이 술과 잘 어울려. 아, 그렇지. 지금 기디온과 시그발드와 함께 상의했는데, 이걸 부디 꼭 좀 받아줬으면 해."

그렇게 말하며 가우디노 씨가 나에게 건넨 것은 5센티미터 정도 크기의 짙은 녹색을 띤 눈물 형태의 돌이었다.

"이건?"

가우디노 씨의 이야기를 들어보니, 이것은 엘만 왕국에 있는 던전의 전이석이라고 한다.

호오~ 하고 생각하면서 전이석을 빤히 보고 있으려니 엘랑드 씨가 다가왔다.

"이 모양은 브릭스트 던전의 전이석이로군요. 게다가 이 색은…… 반복해서 쓸 수 있는 30층 전이석이 아닙니까?!"

"엘랑드 씨는 아시는 건가요?"

"물론입니다! 그건 말이죠, 엘만 왕국의 브릭스트라는 도시에 있는 던전의 전이석입니다. 그중에서도 그건 매우 귀중한 물건이죠."

엘랑드 씨의 이야기를 듣기로는, 그 브릭스트 던전은 아직까지 답파한 자가 없는 난관 던전 중 하나라고 한다. 그 깊이는 50계층 혹은 그 이상이라고 하며, 현재까지 도달한 층은 37층이 최고란다. 그것도 100년 이상 전의 모험가가 달성한 기록이라는 모양이었다.

"그런 던전의 30계층까지 몇 번이고 자유롭게 오갈 수 있다는 겁니다. 무코다 씨, 좋은 걸 받으셨군요. 매우 귀중한 물건입니다. 그야말로 브릭스트 던전에 들어간 모험가들로서는 군침이 줄줄 흐를 정도로 갖고 싶은 것일 테니까요."

"엑? 그렇게 귀한 물건인 건가요?"

"그렇습니다! 브릭스트 던전의 전이석에는 일회용과 반복해서 쓸 수 있는 것이 있는데, 일회용은 그 이름대로 한 번밖에 쓸 수 없습니다. 반복해서 쓸 수 있는 것은 몇 번이고 사용할 수 있는 편리한 것이지만, 좀처럼 나오지 않아서 수가 압도적으로 적습니다. 게다가 30계층이라고 하면……."

엘랑드 씨의 이야기에 따르면, 이 던전의 전이석은 계층주(보스) 중에서도 5층마다 나타나는 계층주(보스)를 쓰러뜨림으로써 드물게 구할 수 있는 것으로, 반복해서 쓸 수 있는 타입의 전이석이 되면 더욱 수가 적다고 한다.

일회용 타입 그 이름대로 한 번 쓰고 버리지만, 갈 때도 올 때도 쓸 수 있다. 예를 들면 10계층에서 입수한 전이석이라면 그 층까지의 마법진을 이용하여 지상으로 귀환도 할 수 있고, 반대로 지상에 설치된 마법진을 써서 10층까지의 계층으로 이동하는 것도 가능하다. 물론 가든 오든 어느 쪽에 써도 일회용 타입은 그 한 번뿐이기는 하지만.

그 반면에 반복해서 쓸 수 있는 타입은, 예를 들면 지금 내가 받은 30계층 전이석이라면 30계층까지의 층이라면 몇 번이고 자유롭게 오갈 수 있다고 한다. 이게 있으면 목적하는 계층으로 바로 전이해서 가는 것도 가능하고, 지상으로도 마법진을 사용하여 단숨에 돌아올 수 있다고 한다.

참고로 눈물 모양의 전이석은 브릭스트 던전 특유의 형태로, 5계층마다 손에 넣을 수 있는 전이석은 각각의 색이 정해져 있으며 일회용 타입과 반복 사용 타입은 그 색의 농담(濃淡)으로 구별할 수 있다고 한다.

그래서 엘랑드 씨도 내가 받은 전이석이 브릭스트 던전의 30계층에서 나온 전이석이라는 것을 보자마자 안 모양이었다.

"엘랑드 씨의 이야기를 듣고 엄청나게 귀한 것이라는 건 알았습니다만, 그런 귀중한 걸 받아도 괜찮겠습니까?"

이거 사려고 들면 꽤 높은 가격에 거래될 거 아냐? 그런 걸 받아도 괜찮은 걸까?

이 일의 발단인 가우디노 씨에게 이야기를 돌리자 "괜찮아"라는 답이 돌아왔다.

"무코다 씨에게는 신세를 졌으니까. 게다가 맛있는 요리를 배부르게 먹여주고, 맛있는 술도 실컷 마시게 해줬잖아. 그런데도 답례를 안 한다면 A랭크 모험가라고 할 수 없지."

"맞아 맞아. 리더가 말한 대로야. 게다가 우리는 운이 좋은지, 솔직히 말하자면 같은 전이석을 하나 더 갖고 있거든. 이쪽은 시그발드가 우리와 파티를 짜기 전에 구한 거지만."

"그래, 기디온이 말한 대로일세. 몇 년 전에 이 파티로 브릭스트 던전에 도전했을 때에도 손에 넣었거든. 하나의 파티에 같은 게 두 개나 필요하진 않다네. 우리 마음일세. 받아주게나."

그렇게까지 말씀하시니…….

"그럼, 사양 않고 받겠습니다."

"그렇게 해줘. 드랭에 이어 이곳 던전도 답파했다는 건, 언젠가 브릭스트 던전에도 갈 셈인 거겠지? 그때 써주게."

아니 아니, 가우디노 씨. 던전 같은 데 갈 예정은 전혀 없거든요.

"브릭스트 던전에도 갈 예정일 테지만, 무코다 씨들의 경우 로센달의 던전에 먼저 가고 싶지 않겠나?"

시그발드 씨, 앞으로 던전에 갈 예정 같은 건 전혀 없다니까요.

그보다, 로센달 던전은 대체 어디인데?

"고기 던전인가! 으아하, 확실히 그렇군."

기디온 씨, 고기 던전이라니 뭔가요?

"하하하, 무코다 씨들에게는 고기가 필수품이니까요. 생각해보니 고기 던전은 안성맞춤인 곳일지도 모르겠습니다."

엘랑드 씨까지 그런 말을 꺼냈다.

"저기, 고기 던전이라니 뭔가요?"

그렇게 물어보자 아크 세 사람과 엘랑드 씨가 가르쳐주었다.

고기 던전이라는 것은 이 나라에 있는 던전 중 하나로 로센달이라는 곳에 있는 던전이라고 한다. 12계층으로 되어 있으며, 난도가 낮지만 매우 인기 있는 던전이라고 한다. 그 이유는 바로……

"로센달 던전의 드롭 아이템은 말이지, 고기가 대부분이거든. 그런고로, 통칭 '고기 던전'이라고 불리고 있지."

"매일 소비되는 음식이니까. 팔리지 않는 일은 일단 없지. 다소나마라도 반드시 현금을 구할 수 있고, 여차하면 고기를 먹으면 되니까 굶을 일도 없고. 모험가로서는 더 바랄 게 없는 던전이라고."

"뭐, 수입은 그다지 많지 않지만, 안정된 수입을 얻을 수 있으니 말일세. 그래서 그곳은 가족을 가진 모험가가 많다네."

"게다가 그곳은 고기 던전이 있는 덕분에 음식 메카이기도 하답니다. 이곳과 드랭에도 뒤지지 않을 만큼 활기차지요."

이야기에 따르면 소시지의 발상지이기도 하단다.

이 세계에서는 내장을 먹지 않는데 어쩌선지 소시지용 내장 소금 절임은 팔고 있던 것을 떠올리고 어라? 했었지. 내가 소시지를 만드는 데도 사용했던 화이트 시프의 내장은 이 고기 던전에서 대량으로 드롭된다고 한다. 정육점에서 파는 내장 소금 절임의 대부분이 고기 던전산으로, 로센달에서 만들어진 소시지와 육포는 특산품으로서 유명하다고 한다.

호오~ 과연. 고기 던전이라. 그 던전이라면 언젠가 고기를 확보할 겸 가보는 것도 괜찮을지 모르겠는걸.

"원하신다면 바로 고기 던전에 갈까요?"

엘랑드 씨가 싱글벙글 웃으면서 그런 말을 꺼냈다. 당신, 무슨 소리를 하는 거야?

"엘랑드 씨. 이제 그만 드랭으로 돌아가지 않으면 큰일일 텐데요? 우고르 씨한테 혼날 겁니다."

내가 그렇게 말하자 엘랑드 씨는 "확실히, 아무래도 이 이상 늦으면 우고르 군도 더는" 하며 씁쓸한 표정을 지었다. 우리 이야기를 듣고 있던 아크 세 사람은 "길드 마스터는 일을 해야지"라며 웃었다. 그렇다고. 일하라고.

"드랭……."

방울 소리 같은 여성의 목소리.

페오도라 씨가 어느 틈엔가 우리 가까이로 다가와 있었다.

"어이, 페오도라. 드랭에 가자는 건 아니겠지? 미리 말해두겠는데, 안 돼. 우리는 내일부터 여기 던전에 들어갈 거야."

"가우디노가 말한 대로일세. 드랭이라면 다녀온 지 얼마 안 됐잖나. 게다가 이래저래 1년 가까이 있었고."

"맞아 맞아, 리더와 시그발드 말이 맞다니까. 애초에 드랭에 갔던 것도 페오도라가 손자 얼굴이 보고 싶다는 말을 꺼내서 예정을 변경해서 갔었던 거잖아. 네 고집만 들어줄 수는 없다고."

·················응?

내가 잘못 들은 거려나? 방금 손자라는 말이 들렸던 것 같은 기분이 드는데······.

"오오, 페오도라 씨의 손자분은 드랭에 계신 겁니까?"

"맞아, 페오도라한테는 네 자녀가 있는데, 그중 장녀 가족이 드랭에 살고 있어."

역시, 손자······.

그뿐 아니라 네 자녀가 있다고······?

"따님 가족입니까? 혹시 모험가인가요?"

"아니, 딸도 그 남편도 약사니까, 모험가 길드와는 그다지 관계가 없을걸?"

"모험가라면 아는 사람이려나 했습니다만, 아무래도 약사는 잘 모른답니다."

"그래서, 페오도라가 그 약사 딸한테 오랜만에 편지를 받았거든. 손자에 관해 쓰여 있었는지, 만나고 싶다느니 하는 말을 꺼내길래 가기로 정해졌지. 처음 예정으로는 드랭에 간다면 던전에도 들어가자는 이야기가 나왔었고, 3개월 정도 예정했었는데, 페오도라가 말이지……."

엘랑드 씨와 기디온 씨의 대화는 도중부터 귀에 들어오지 않았다.

"페오도라 씨에게…… 손자…………?"

겨우 나온 내 목소리에 엘랑드 씨가 "아, 보통은 놀라지요"라고 말했다.

"우리 엘프는 성장은 느리지만, 그래도 서른 살이면 성인이 되어 결혼도 할 수 있게 됩니다. 그리고 300살 정도가 될 때까지는 거의 외모가 바뀌지 않고, 그 나이가 지날 때쯤부터 천천히 조금씩 늙기 시작합니다. 그러니, 페오도라 씨 같은 외모라도 손자가 있는 건 평범한 일입니다. 참고로 저는 334세랍니다. 아직 기운 넘치지요. 하하핫."

"그렇다네. 이래 봬도 페오도라는 우리 파티 멤버 중에서 가장 연상일세."

그, 그렇구나…….

하하하하, 하하………… 풀썩.

나한테도 드디어 봄이 왔다고 생각했는데…….

네 자녀, 게다가 손자. 아무리 예뻐도, 이건 무리입니다. 죄송합니다.

이세계에 왔어도 나에게 봄은 오지 않았다. 젠장.

──그 시각 신계.

『이런 결말인가. 뭐, 그럴 거라고는 생각했느니라. 저 녀석, 전체적인 운은 나쁘지 않지만, 연애운만은 극단적으로 나쁘니 말이야……..』

『으아하하, 정말이라니까! 이 녀석 연애운만은 한 자릿수잖아!』

『잠깐, 아그니. 웃으면 불쌍하잖아. 뭐, 연애운이 없어 보이는 얼굴을 하고 있지만. 있다니까, 이렇게 좋은 사람인 채로 끝나버리는 애가.』

『있어. 지나치게 평범하다고 할까…….』

『그런 녀석일수록 스스로 어필해서 상대에게 인상을 남겨야만 하는데 말이야.』

『하지만, 이 이세계인 군이 스스로 어필 같은 걸 할 수 있을 거라고 생각해?』

『무리이니라. 우유부단하고 무사안일주의인 저 녀석이 할 수 있을 리가 없다.』

『아하하하하핫, 연애와 인연이 없는 건 운 때문만은 아니라는 거지.』

『특히 이 세계는, 좀 더 이렇게 쭉쭉 끌고 가줄 것 같은 타입이 인기 있다고 생각하거든.』

『그러하니라. 저 녀석이 인기 있을 만한 상황은, 일단 생기지 않을 테지.』

『완전 부정이야? 뭐, 나도 그렇게 생각하지만.』

『…………꼬치구이.』

『……여자라는 건 잔혹하네. 대장장이 신.』

『……그러게나 말일세. 전쟁의 신이여.』

뭐, 뭐야? 이거 엄청나게 맛있어!

베를레앙산 해산물에 빵가루를 묻혀서 기름에 튀긴 프라이라는 요리라는데, 바삭한 빵가루 옷과 그 안의 부드러운 감칠맛이 응축된 해산물의 조화가 절묘해서 정말로 맛있어.

이것만으로도 호화롭고 맛있는 요리인데, 거기에 뿌려진 하얀 소스(타르타르 소스라는 모양이다)가 또 맛있잖아.

짭짤하고 새콤하면서도 부드러운 맛이, 아무튼 이 튀김이라는 요리에도 정말 잘 어울려.

아니, 애초에 말이지 베를레앙의 해산물을 어떻게 이 에이블링에서 먹을 수 있는 건데?!

그것도 여기는 던전 안이라고!

아~ 정말 뭐가 뭔지 모르겠지만, 이거 진짜 맛있어.

막내딸이 독립하고, 남편이 죽고, 한가해서 옛날에 익힌 솜씨로 모험가로 복귀한 건데, 복귀한 게 정답이었어.

모험가는 이곳저곳을 돌아다니니까 다양한 맛있는 음식을 맛볼 수 있고, 이런 예상치도 못한 좋은 만남이 있어서 좋다니까~.

그런 생각을 하면서 잇따라 프라이를 입에 넣으려니……

접시에 있던 프라이를 어느샌가 다 먹어버리고 말았다.

프라이 사라진 접시를 보면서 풀 죽어 있으려니 동족인 드랭의 길드 마스터 목소리가 귀에 들어왔다.

"오오, 짜기만 한 게 아닌 복잡한 맛이 나는 소스가 이 포슬포슬하고 담백한 맛의 생선과 잘 어울리는군요. 아까 먹은 신맛이 도는 부드러운 맛의 하얀 소스도 매우 맛있었습니다만, 이쪽 소스도 꽤 좋군요."

시선을 돌려보니 프라이에 갈색 소스가 뿌려진 것을 맛있게 먹고 있었다.

어? 그게 뭐야?

어째서 당신만 더 먹는 건데?

아는 사이라서? 치사해.

게다가 그거, 방금 먹은 하얀 소스랑 다른 소스잖아.

나, 알아. 그것도 분명 맛있겠지.

크으~ 나도 먹고 싶어!

동료인 가우디노랑 기디온이랑 시그발드도 먹고 싶어 하고 있어.

부탁이야. 우리한테도 더 줘!

그런 우리의 마음을 눈치챘는지, 이 요리의 제공자인 무코다 씨가 "더 드시겠어요?"라며 물어보았다.

물론이지! 그 말을 기다렸어!

나는 무코다 씨를 향해서 정신없이 고개를 끄덕였다.

그 덕분인지 갈색 소스(이건 우스터 소스라고 한다는 모양이다)가 뿌려진 프라이를 받을 수 있었다.

갈색 소스가 뿌려진 튀김도 아주 맛있어!

드랭의 길드 마스터가 말한 대로 복잡한 맛이야.

하지만 프라이에 아주 잘 어울리는 맛.

하얀 소스와 갈색 소스, 양쪽 다 프라이와 잘 어울리고 맛있어. 이건 우열을 가릴 수 없는 맛이야.

갈색 소스를 뿌린 프라이에도 감동하고 있으려니, 다시 드랭의 길드 마스터 목소리가 귀에 들려왔다.

"이 수프도 일품이로군요. 무코다 씨가 만드는 요리는 정말로 맛있습니다. 왕도에서 일류라고 불리는 레스토랑보다 낫습니다."

이런, 그랬지. 수프도 있었어.

프라이에 정신이 팔려서 잊어버릴 뻔했네.

이렇게 맛있는 프라이를 제공해준 무코다 씨니까, 마찬가지로 무코다 씨가 제공해준 수프도 당연히 맛있겠지.

그나저나, 드랭의 길드 마스터는 말을 제법 잘하잖아.

나도 왕도의 일류라고 하는 레스토랑에서 식사를 한 적이 있는데, 무코다 씨의 프라이는 그것보다 절대로 맛있어. 단언할 수 있다니까.

나, 음식에는 까다롭다고. 그런 내가 단언하는 거니까, 상당한 수준이야.

호록 호록, 후루르륵————.

으음~ 역시 이 수프도 맛있어!

채소랑 조개가 듬뿍 들어간 우유 수프.

조개가 들어간 우유 수프는 처음 먹어보는걸.

우유 자체가 귀한 거라 애초에 그리 쉽게 먹을 수 없는 거지만.

그나저나 조개와 우유가 이렇게나 잘 어울리다니. 몰랐어.

조개의 감칠맛과 우유의 진한 맛, 채소의 단맛. 그것들이 훌륭하게 조화를 이루어 극상의 수프가 완성되었어.

내가 수프를 만끽하고 있는 옆에서 가우디노가 "나도 맛있다고 생각했는데, 엘프인 당신이 그렇게 말한다면 분명 틀림없을 테지. 맛에 까다로운 우리 페오도라도 정신없이 먹고 있고"라며 드랭의 길드 마스터에게 말을 걸고 있지만, 신경 쓰지 않는다.

내가 맛에 깐깐한 건 사실이고, 이 수프를 정신없이 먹고 있는 것도 사실이니까.

그보다, 맛에 깐깐하지 않은 엘프는 어린아이 정도라고.

엘프는 장수하니까, 다양한 것을 맛볼 수 있지. 그러다 보니 아무래도 맛에 깐깐해지고, 오래 살다 보면 먹는다는 근원적인 행위에서 즐거움을 찾게 되거든.

우걱우걱, 꿀꺽꿀꺽, 꿀떡.

후우~ 이거 정말로 맛있는 수프야.

아니, 벌써 다 없어져버렸어.

이걸로는 부족해. 이 수프 더 먹고 싶은데…….

맛있는 수프가 없어져서 슬픈 기분에 잠겨 있었더니, 무코다 씨가 "수프 더 드실래요?"라며 물어보았다.

물론이지! 당신 아주 눈치가 빠른걸! 훌륭해! 유능해!

무코다 씨에게 그릇을 건네자 수프를 가득 따라주었다.

김이 모락모락 피어오르는 뜨거운 수프를 보니 무심코 웃음이 새어 나오고 말았다.

다시 조개와 우유가 들어간 맛있는 수프를 만끽했다.

언뜻 수수해 보여서 모험가 같은 건 어울리지 않는 느낌의 사람이지만, 무코다 씨라고 했지? 완전히 외웠어.

사람 이름을 외우는 건 잘 못하지만, 이런 맛있는 걸 주는 사람은 예외야.

게다가 맛있는 걸 알아채는 나의 육감이 찌릿찌릿 느끼고 있어.

이 사람은 맛있는 걸 아직 더 많이 알고 있고, 훨씬 맛있는 걸 먹게 해줄 거라고.

후후후후후, 놓치지 않을 거야.

페오도라의 번뜩이는 눈이 무코다를 록 온 했다.

후기

에구치 렌입니다. 『터무니없는 스킬로 이세계 방랑 밥 6 고기 소보로 덮밥×신성한 각인』을 구입해주셔서 정말로 고맙습니다!

5권 이후로 공백이 길었습니다. 죄송합니다. 드디어 6권이 발매되기에 이르렀습니다.

감사하게도 이것으로 여섯 권째입니다. 여기까지 올 수 있었던 것도 읽어주신 독자 여러분 덕분이라고 절절히 느낍니다.

정말로 고마운 일이고, 여러분께는 감사의 마음뿐입니다.

6권은 다시 던전 편입니다. 지난번과는 달리 무코다 일행에게 드래곤 러브인 그 사람이 더해져서, 라기보다는 억지로 따라왔습니다(웃음). 물론 드라 짱을 노리고서.

페르, 드라 짱, 스이의 활약 외에 그분의 활약(?)도 즐겨주셨길 바랍니다.

그리고 던전에 다녀와 레벨 업 한 후의 즐거움, 새로운 외부 브랜드도 개방되었으니, 그 부분도 즐겨주시면 좋겠습니다.

그리고 무려 이번 6권과 동시에 본편 코믹스 3권과 스이가 주역인 외전 『스이의 대모험』 1권도 발매되게 되었습니다!

본편 코믹스도 외전 코믹스도 양쪽 모두 엄청나게 재미있으니 부디 그쪽도 잘 부탁드립니다.

일러스트를 그려주고 계신 마사 선생님, 본편 코믹스를 담당해주고 계신 아카기시 K 선생님, 그리고 외전 코믹스를 담당해주고 계신 후타바 모모 선생님, 담당인 I 님, 오버랩사의 여러분, 정말로 고맙습니다.

마지막이 되겠습니다만, 무코다와 페르와 드라 짱과 스이의 느긋하고 따스한 이세계 모험담『터무니없는 스킬로 이세계 방랑밥』WEB, 서적, 본편 코믹, 외전 코믹을 앞으로도 잘 부탁드립니다.

7권에서 다시 만나 뵐 수 있기를 기도하겠습니다.

Tondemo Skill de Isekai Hourou Meshi 6
©2019 Ren Eguchi/OVERLAP
First published in Japan in 2019 by OVERLAP, Inc.
Korean translation rights reserved by Somy Media, Inc.
Under the license from OVERLAP, Inc., Tokyo JAPAN

터무니없는 스킬로 이세계 방랑 밥 6

고기 소보로 덮밥×성스러운 각인

2020년 3월 8일 1판 1쇄 인쇄
2023년 4월 15일 1판 2쇄 발행

저　　　자 에구치 렌
일 러 스 트 마사
옮 긴 이 이신
발 행 인 유재옥
본 부 장 조병권
담 당 편 집 박치우
편집 1팀 김준균 김혜연
편집 2팀 정영길 조찬희 박치우 정지원
편집 3팀 오준영 이해빈
편집 4팀 전태영 박소연
디 자 인 김보라 박민솔
라이츠담당 김정미 맹미영 이윤서
디 지 털 박상섭 김지연
발 행 처 ㈜소미미디어
등　　　록 제2015-000008호
주　　　소 서울시 마포구 토정로 222, 403호 (신수동, 한국출판콘텐츠센터)
판　　　매 ㈜소미미디어
영　　　업 박종욱
마 케 팅 한민지 최원석 박수진 최정연
물　　　류 허석용 백철기
전　　　화 판매 및 마케팅 (070)4165-6888 Fax (02)322-7665

ISBN 979-11-6507-349-7
　　　979-11-6190-011-7 (세트)